新 潮 文 庫

剣客商売101の謎

西 尾 忠 久 著

7083

剣客商売一〇一の謎

目次

模擬テスト ——前書きに代えて——

「どちらかと聞かれると『鬼平犯科帳』より『剣客商売』のほうが好きかなあ……」という人はあっても、「『剣客商売』は大好きだが『鬼平犯科帳』は嫌い」と旗色鮮明な読み手は、経験的にいって少ないようにおもう。

経験的……とは、あちこちの生涯学習センターの〈鬼平〉クラスで、千人を超える池波ファンの受講者に接してみてのこと。いつかインターネットでも問いあわせてみたいと思案してもいるが、内閣支持率調査ではあるまいし数がどうこうというものでもないのだから……。

『剣客商売』の秋山小兵衛《こへえ》と『鬼平犯科帳』の鬼平——長谷川平蔵の共通していることを問題に仕立ててみる。

問 二人に共通しているのは?

(a) 剣の流派

(b) 長男に嫁がいる

(c)喫煙

剣の流派でいうと、
小兵衛は無外流《むがい》。

鬼平は一刀流《いっとう》。

大治郎は三冬と結婚し、小太郎という小兵衛にとっては孫まで得ているが、辰蔵は未婚のまま（史実では寛政五年〔一七九三〕ごろ、永井亀次郎安清《やすきよ》の養女と結ばれ、翌年には男子・宣茂《のぶしげ》を得ている）。で、正解はもちろん、(c)である。

鬼平は、2巻「谷中・いろは茶屋」で愛煙家ぶりを早くもしめすが（p87　新装　p91）、小兵衛は、4巻「雷神」でやっと煙管《きせる》に煙草《たばこ》をつめてその喫煙ぐせを知らせる（p25　新装　p27）。ヘビースモーカーの池波さんにしてはずいぶん我慢をしたものだ。下手な小説書きは喫煙シーンを挿入して間をもたす、との俗説を気にしてのことではあるまいが……。つづいて4巻「突発」では、下谷《したや》・坂本三丁目の裏店へ煙管師・友五郎（五十四歳）を訪ねて新しく煙管を発注する（p268　新装　p292）。三年前から愛用していた友五郎作の煙管を、居宅を新築したときにおはるの父親・岩五郎に乞《こ》われて進呈してしまっていたのだ。

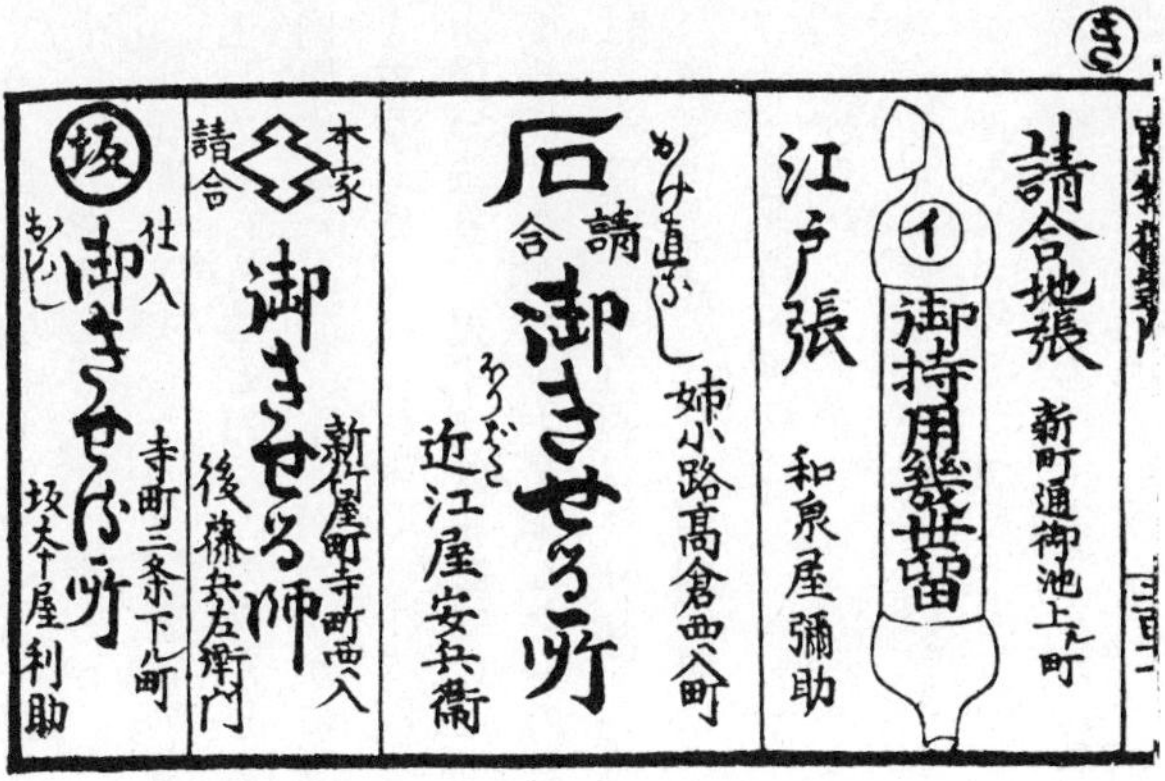

煙管問屋の中に一軒だけ煙管師・後藤兵左衛門
(『商人買物独案内』)

友五郎は、京都の二条・富小路《とみのこうじ》に住んでいた名工・後藤兵左衛門《ごとうへいざえもん》方へ弟子入りして十年修業を積んだ煙管師である。

小兵衛が工夫したのは、雁首《がんくび》の背のふくらんだところあたりに蝸牛《かたつむり》の浮き彫りを細工してもらうことだった。熱がじかにつたわる部位だから指をあてるわけではない。肉厚になった分、重心がわずかに雁首のほうへよるから吸いぐあいがよくなるだろうと推量した。

いっぽう、鬼平が愛用している煙管は、亡父・宣雄《のぶお》が京都西町奉行時代に十五両で後藤兵左衛門にオーダーしたものだ。池波さんは『鬼平犯科帳』の連載の終り近くでは、一両を二十万円に換算しているから、十五両だと三百万円にもなる。

宣雄のときの兵左衛門の工房は、

新竹屋町寺町西入ル

にあった。

「突発」の舞台は安永八年（一七七九）。宣雄の京都町奉行在任は安永元年（一七七二）から二年へかけてだから、七年の間に兵左衛門工房は越したか？

いや、そもそも、池波さんが煙管師・後藤兵左衛門に着目したのは、安永年間より六十年ほどあとに、都の名だたる商舗《みせ》の広告をあつめて板行された『商人買物独《ひとり》案

内』によっており、それには工房の所在は、

新竹屋町寺町西へ入ル

となっている。

ま、新竹屋町寺町から二条・富小路へ越し、また元の住所《ところ》へもどったのだとおもっておこう。

どうでもいいようなこういう知的〈遊戯《あそび》〉がたのしめるのも池波小説ファンなればこそ。どうでもいいようなことの延長でいうと、〔いい息子〕の代表のような大治郎と〔遊びたいざかりの年齢《としごろ》の息子〕の典型である辰蔵はまるで正反対の嫡男として造型されているが、それでも共通点が一つ——どちらも、煙草をやらない。

もう一問。

問　13巻「消えた女」では、御用聞き・四谷《よつや》の弥七《やしち》が手札をもらっている南町奉行所同心・永山精之助《せいのすけ》が八丁堀の自宅へ帰るべく湊橋《みなとばし》をわたった霊岸島《れいがんじま》・南《みなみ》新堀《しんぼり》で斬殺されるが、犯人の浪人・山口為五郎《ためごろう》が住んでいた「深川の藤《ふじ》ノ棚《たな》の船宿の二階」（p28　新装　p30）——この藤ノ棚を記載している切絵図は

……
(a)尾張屋板
(b)近吾堂板

池波さんは、昭和三十年（一九五五）の秋、

そのころの私は、まだ小説を書いてはいず、芝居の脚本・演出をしており、折《おり》柄《から》、名古屋の御園《みその》座へ出演している新国劇の稽古《けいこ》に行き、近くの古書店で買った。

『江戸切絵図散歩』新潮文庫 p6

その切絵図は近吾堂板で、売価は御園座での脚本料よりも高かったそうだが、時代小説作家には必携のもの。

爾来《じらい》、この切絵図を座右《ざゆう》へおいて「一日に何度となく手に取る」（同）ばかりでなく、散歩や外出のときにも携えた。

そうそう、深川・仙台堀《せんだいぼり》にかかる亀久橋《かめひさばし》の北岸の道に「俗ニ藤ノ棚ト云」と注記しているのは近吾堂板「深川之内　小名木《おなぎ》ヨリ南之方《みなみのかた》一円」のほう。

蛇足をくわえる。『鬼平犯科帳』1巻「むかしの女」で、木綿問屋の大丸屋をゆすった不逞《ふてい》浪人集団が、詫《わ》び金五百両の持参場所に指定したのが「深川・藤ノ棚、専光寺裏空地」（p279　新装　p295）。専光寺はもちろん架空。

直木賞も受賞、時代小説の流行作家となってからの池波さんには、行きつけの古書店もでき、店のほうもせっせと資料を探してくれたろう。尾張屋板の切絵図も入手できた。

池波さんが文政七年（一八二四）に刊行された『江戸買物独案内』の復刻本を求めたのは、いつのころだったろう（ついでにいっておくと、これの京都編ともいえる前出『商人買物独案内』は『江戸……』の大成功によって編まれた）。その時期は小説を検証してみて、『鬼平犯科帳』執筆のすこし前だったのだろうと推察する。というのは『犯科帳』は商店から盗《と》る賊を捕《と》らえる話でできあがっているが、それにはまず、盗られる店側の資料がないと書けない。逆にいうと、『江戸買物独案内』が手に入ったから、池波さんは『鬼平犯科帳』の連載意欲を編集者へ暗示したのだろう。

それまでは師・長谷川伸さんの書庫のそれを利用していたと推測。

『江戸買物独案内』のデータは『剣客商売』にもふんだんに活用されている。池波小説を支えているもう一つの資料が、『江戸名所図会《ずえ》』である。

『剣客商売』を読んでいて、

（あ。これは『江戸名所図会』のあの絵の再現だ……）

おもいあたること、しばしばである。

『江戸名所図会』が出たとき、めったにほめない滝沢馬琴が「文四分、絵六分」といったのはよく知られていることだが、いまだと「文三分、絵七分」……いや、「文一分、絵九分」といってもいいほどで、池波さんもこの『図会』の絵の価値を高く評価しており、

〔江戸名所図会〕の絵を描いたのは長谷川雪旦《はせがわせったん》だが、この古書と切絵図を合わせ見るとき、古き江戸の町や、人の姿が彷彿《ほうふつ》として脳裡《のうり》に浮かんでくる。

同p7

不遜《ふそん》をおそれずにいうと池波さんは、『剣客商売』や『鬼平犯科帳』のそれぞれの篇の構想をねる前に『名所図会』の絵を熟視、意識の底で、この景色の中に小兵衛を置いたら……、ここでは三冬はどうしたろう……と考えながら寝る。翌朝、散歩していているときのうの『図会』の情景の中を秋山小兵衛や佐々木三冬が勝手にあるいていた

ことも多かったにちがいない。

　そこで、池波さんの心をとらえたはずの『江戸名所図会』の風景を引用しながら、それにからめてクイズ仕立てにしてみた。『剣客商売』のもう一つの読み方の指標になっていれば幸いである。

一章　鐘ケ淵の隠宅まわり

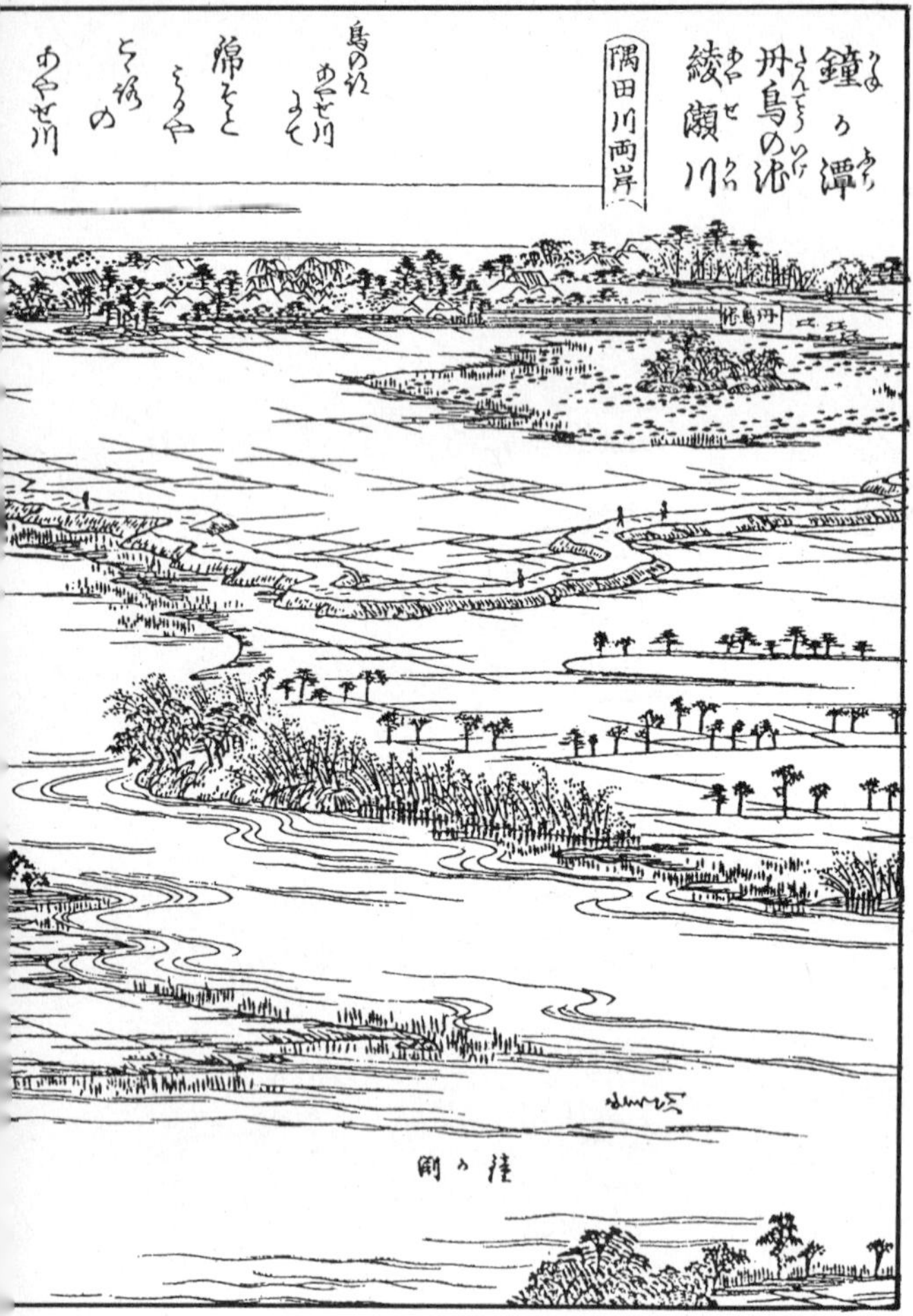

↗右手はずれに設定した。さらに右へ行くと桜樹の名所となる。

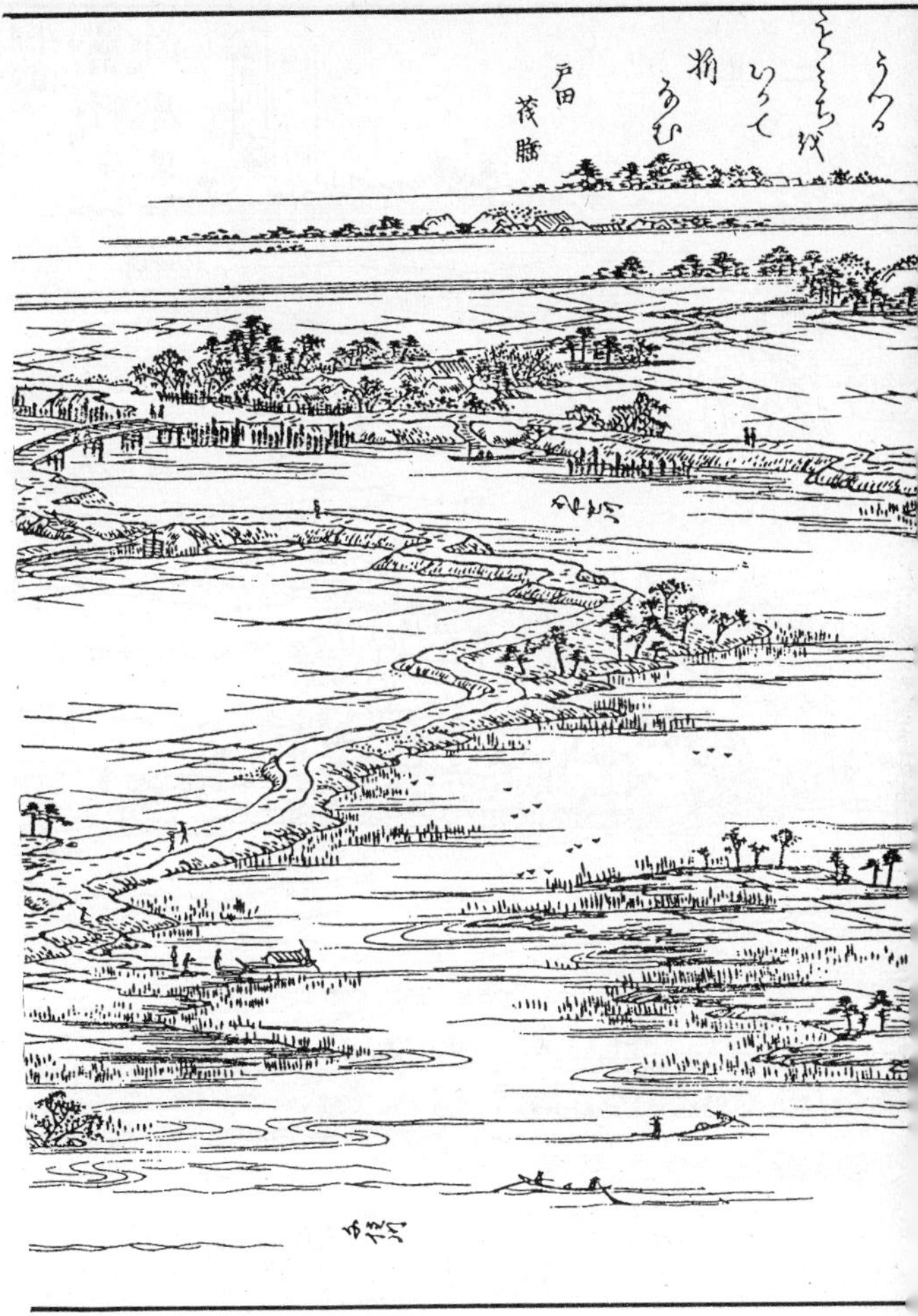

鐘ケ淵　丹鳥の池　綾瀬川（『江戸名所図会』）

池波さんは、この絵の鄙びた風景に触発されて秋山小兵衛の隠宅を左頁の

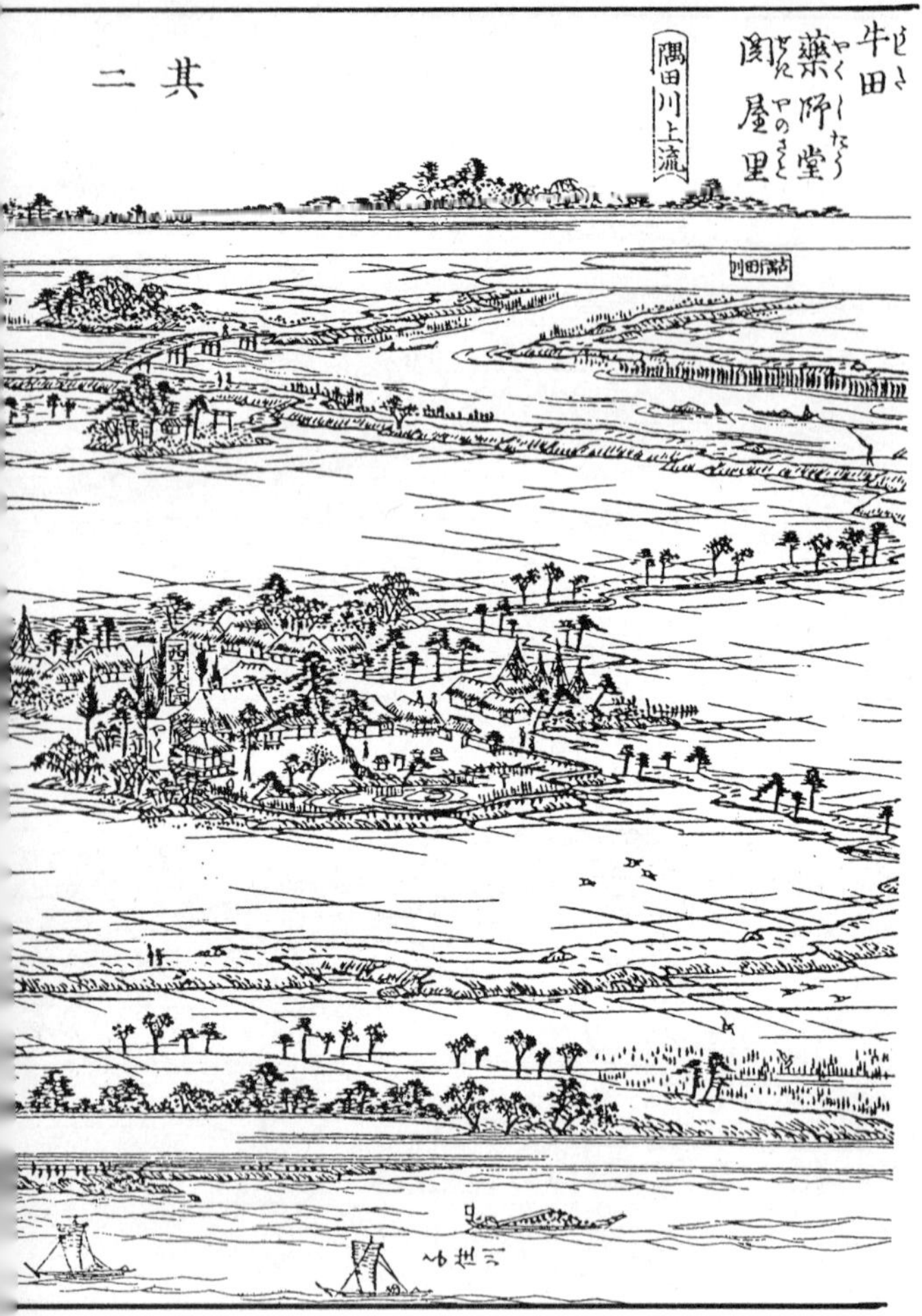

↗手前の道を左へたどる。

牛田薬師堂　関屋の里

おはるが関屋村の実家へ帰るときには、前々ページ左端の綾瀬橋をわたり、

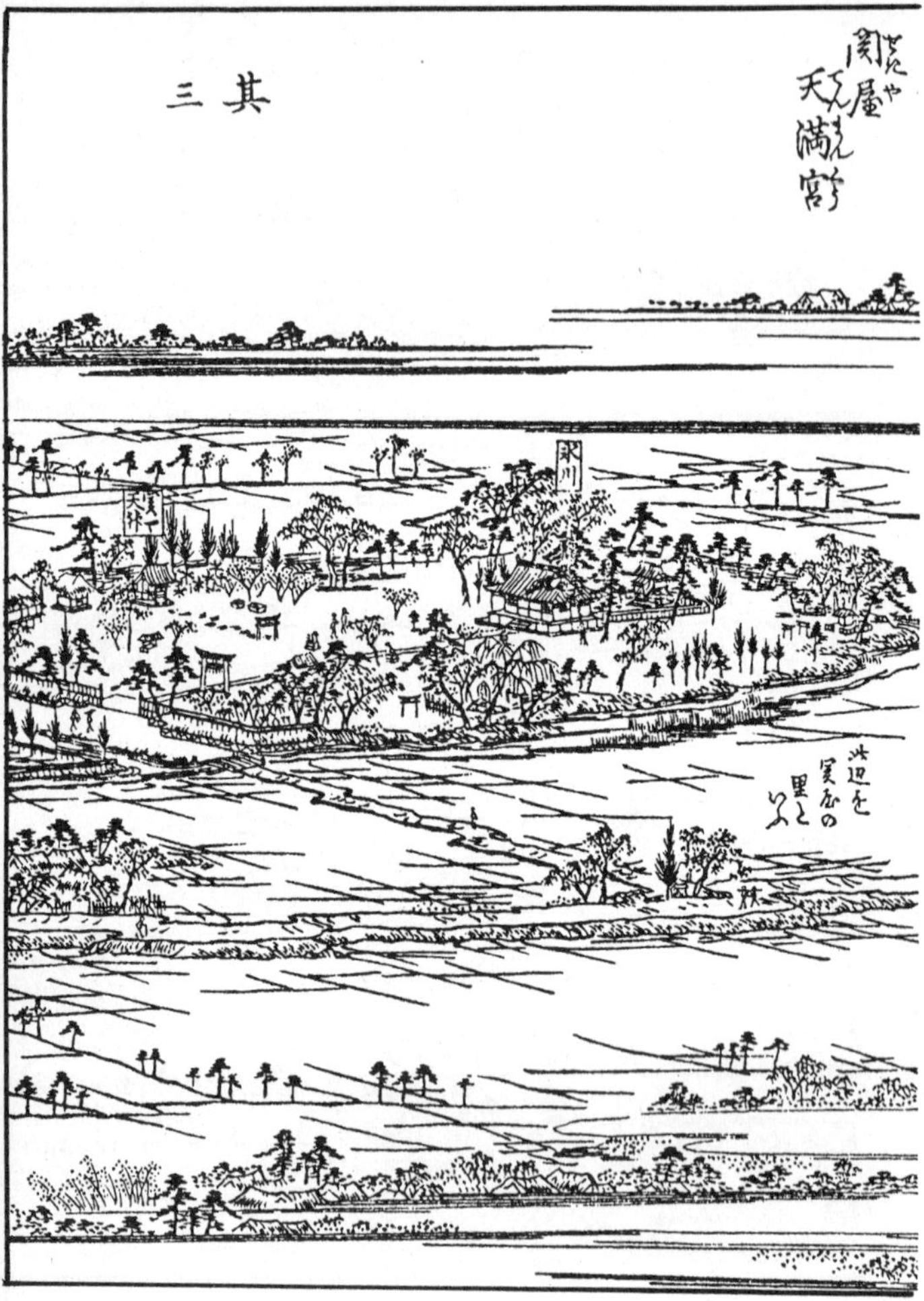

関屋天満宮

おはるの実家は左下隅あたりか。

2巻「妖怪《ようかい》・小雨坊《こさめぼう》」で妖怪〔小雨坊〕に似た剣客・伊藤郁太郎《いくたろう》と伊藤三弥《さんや》に恨みの放火をされる前の、鐘《かね》ケ淵《ふち》の秋山小兵衛の隠宅についての描写は、

ものの本に、

「官府《かんぷ》の命ありて、堤の左右へ桃・桜・柳の三樹を植させられければ、二月《きさらぎ》の末より弥生《やよい》の末まで、紅紫翠白枝《こうしすいはくえだ》をまじえ、さながら錦繍《きんしゅう》をさらすがごとく、幽艶《ゆうえん》賞するに堪《た》えたり」

とあるような景観が展開し、あたりには木母寺《もくぼじ》・梅若塚《うめわかづか》、白鬚明神《しらひげみょうじん》などの名所旧跡が点在して、四季それぞれの風趣はすばらしく、秋山小兵衛がこのあたりへ住みついてから、もう六年になる。

小兵衛の家は、堤の道を北へたどり、大川・荒川・綾瀬《あやせ》の三川が合する鐘ケ淵をのぞむ田地の中の松林を背に在った。

わら屋根の百姓家を買い取って改造したもので、三間ほどの小さな家である。

1巻「女武芸者」p13　新装p13

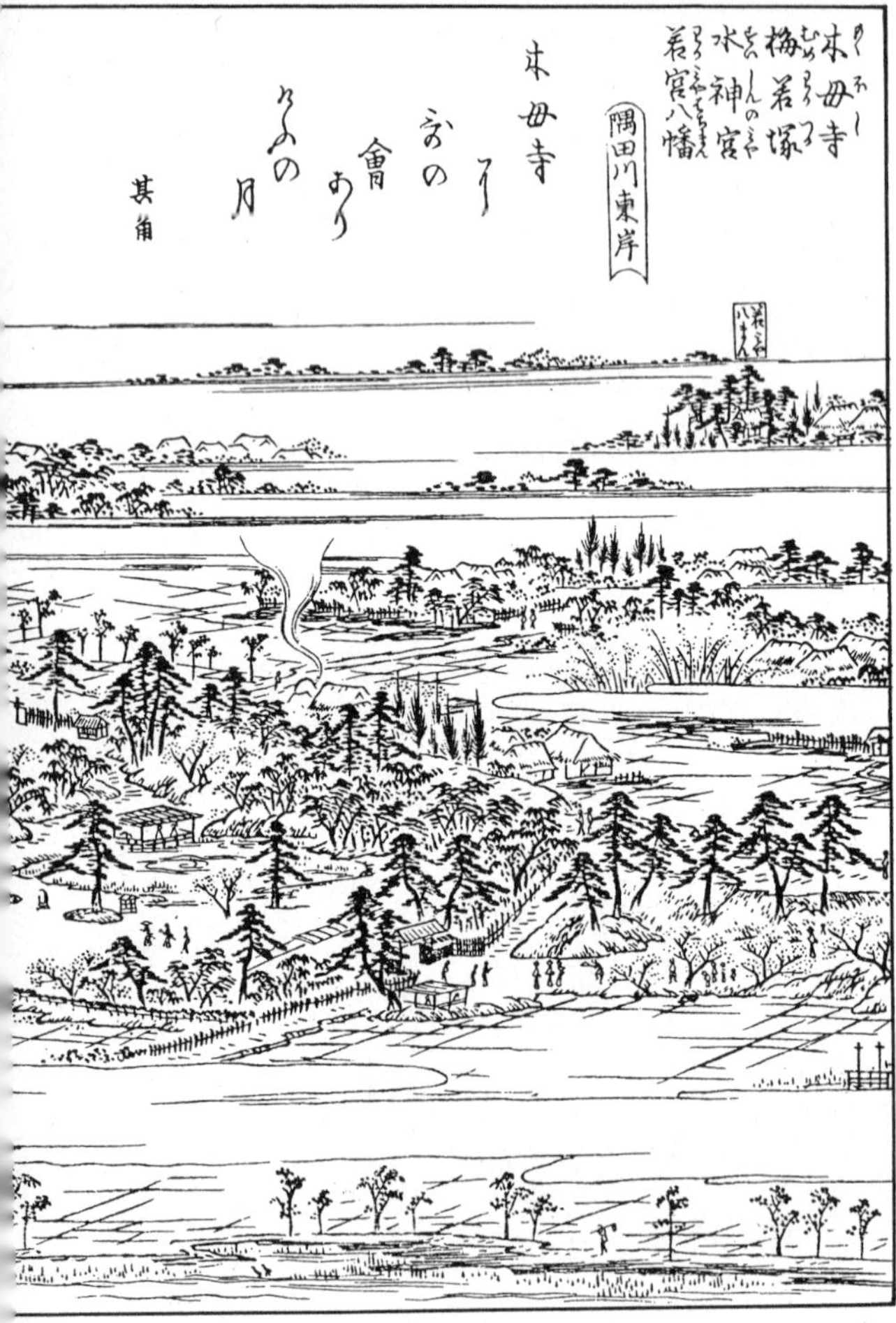
木母寺《もくぼじ》
梅若塚《うめわかつか》
水神宮《すいじんのみや》
若宮八幡《わかみやはちまん》
隅田川東岸
木母寺に哥の會ありけふの月
其角
若宮八まん

↗へたのむ。

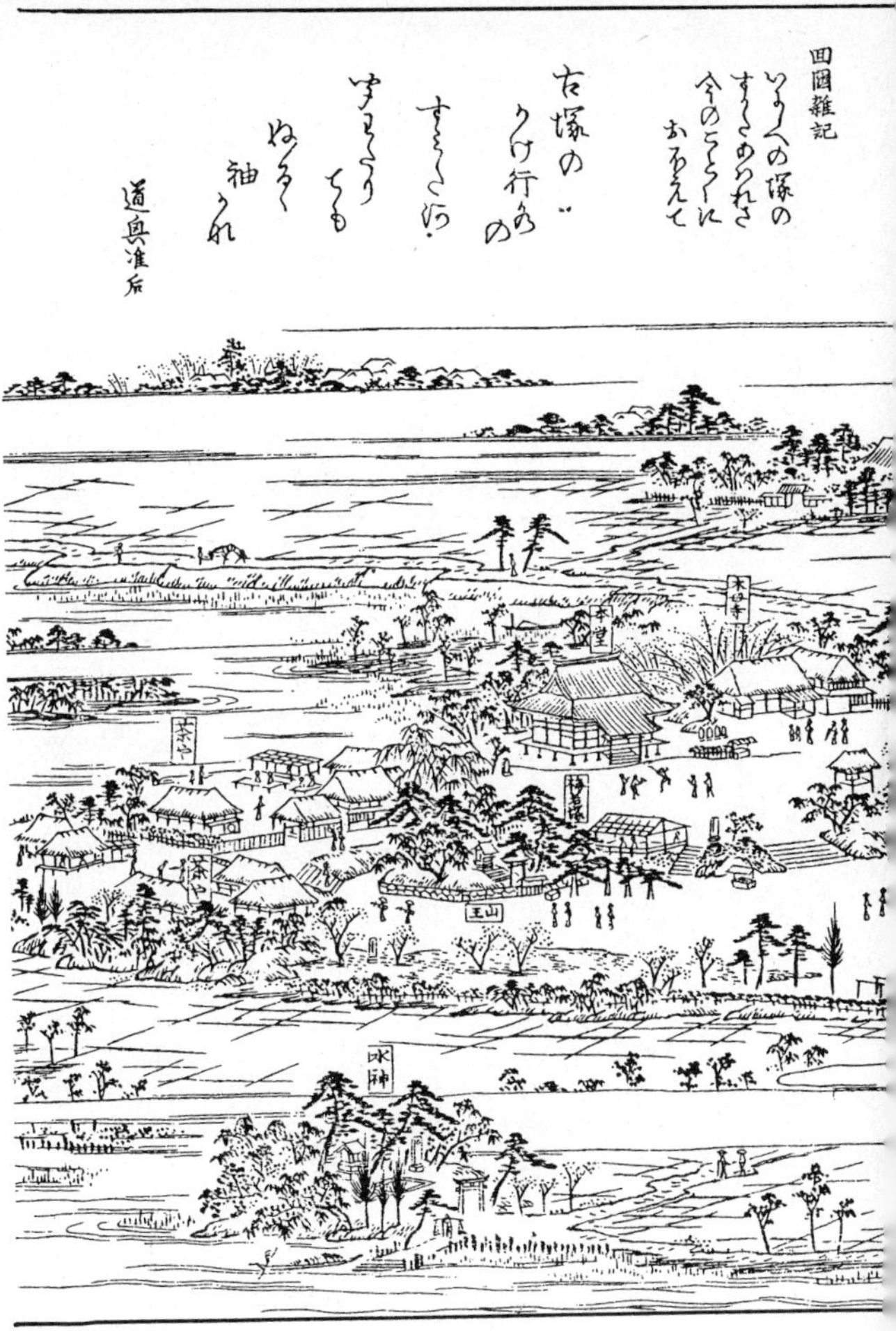

木母寺　梅若塚　水神宮　若宮八幡（『江戸名所図会』）
木母寺は秋山小兵衛の隠宅に近い。四谷の弥七への手紙は左端の茶店の親父

「ものの本」とは『江戸名所図会』である。斎藤月岑《げっしん》の気分をそそるような文章と長谷川雪旦の正確で情味のある風景画に目を惹《ひ》かれた池波さんは、小兵衛の隠棲《いんせい》の地をここに定めた。

もっとも「桃・桜・柳の三樹」が錦繡をさらすがごとくに咲きほこるのは、隠宅から三、四町（三、四百メートル）南ではある。『図会』はさらに、

また、菫菜《すみれ》・砕米菜《げげばな》さかりの頃は、地上に花氈《かせん》を敷くがごとく一時の壮観たり。

ところで、住家を全焼された小兵衛とおはるは、焼け跡に新しい隠宅が建つまで、対岸・橋場《はしば》の料亭〔不二楼《ふじろう》〕亭主・与兵衛のすすめでその奥の離れで暮らすが、〔不二楼〕については項をあらためて触れるとして、もうすこし隠宅のあたりの描写を。

小兵衛の隠宅から五町たらずのところに、綾瀬川がながれている。川幅は十二間《けん》ほどで、この川は大川《おおかわ》（隅田川）と新川をむすんでいる。
川縁《かわべり》を少し東へ行くと、綾瀬橋という橋があった。
おはるは、関屋村の実家へ行くたびに、よくこのあたりを通る……。

15巻「おたま」p13　新装p13

五ページつづきの最初の見開きの左奥に、綾瀬橋が描かれている。隠宅はこの橋の南側（右手）のうんと手前、とおもっておこう。

鐘ケ淵の手前側の岸で奇妙な葉ぶりをわずかにのぞかせているのは、綾瀬川名物だった合歓《ねむ》の木である。

江戸時代には、綾瀬川の河口――鐘ケ淵から下手《しもて》が隅田川（大川）、上手《かみて》は千住《せんじゅ》川（荒川）と呼ばれていたようだ。綾瀬川はいまでは荒川へつながる四百メートルほどが旧綾瀬川となって残る。新綾瀬川は八潮市あたりから埼玉県との県境を流れ、高速6号三郷線に沿ったのちに中川に合する。

問1　1巻「女武芸者」は安永六年（一七七七）の暮れから物語がはじまっている。この安永六年における秋山小兵衛の年齢《とし》は？

(a) 五十九歳
(b) 六十歳
(c) 六十一歳

問2　おはるが小兵衛の隠宅へ下女として働きにきたのは？
(a)一年前
(b)二年前
(c)三年前

問3　おはるを下女に世話したのは？
(a)橋場の船宿〔鯉屋《こいや》〕の女将《おかみ》・お峰
(b)四谷・伝馬町《てんまちよう》の御用聞き・弥七の女房のおみね
(c)麹町《こうじまち》の剣友・内山文太

問4　全焼した隠宅を再建するにあたり、おはるのたっての希望で、最初の設計図から広く変えられたのは？
(a)炊事場
(b)風呂場
(c)寝間

問5　小兵衛も一つの仕掛けをつけたしたが、それは？
(a)天井裏の小部屋
(b)押入れの隠し戸
(c)床下からの抜け穴

問6　隠宅の「鐘ケ淵の水を引きこんだ庭のながれのまわりに」群生している草花は？
(a)菖蒲《しょうぶ》
(b)カキツバタ
(c)水バショウ

問7　隠宅の庭に咲いていない春の花は？
(a)桐
(b)小手毬《こでまり》
(c)桜
(d)沈丁花《じんちょうげ》

問8　隠宅の庭に咲いていない夏の花は？

(a)山百合《ゆり》
(b)山吹《やまぶき》
(c)白粉花《おしろいばな》
(d)弁慶草《べんけいそう》

問9　隠宅を訪れたことのある要人は？

(a)田沼主殿頭《とのものかみ》意次《おきつぐ》
(b)一橋卿《ひとつばしきょう》・徳川治済《はるさだ》
(c)松平越中守定信

問10　隠宅を襲撃していないのは？

(a)念流《ねんりゅう》・浅田虎次郎《とらじろう》一味
(b)暗殺者・戸羽平九郎
(c)雲弘流《うんこうりゅう》・平内太兵衛《ひらうちたへえ》

解答1　1巻「女武芸者」の安永六年（一七七七）暮れにおける秋山小兵衛の年齢は、
(a)五十九歳
小兵衛とおはるの年齢差が四十であることは、読み手側の常識である。いや、男性読者の憧憬《どうけい》といっておこう。

「女武芸者」で、おはるが漕《こ》ぐ小舟で大川をわたりながら、大治郎が聞く。

「おはるは、いくつだったか？」

「十九」　p18　新装　p19
小舟をたくみにあやつるおはるは、いまでいえば自家用車の運転手であり、季節ごとの献立をこなす料理人であり、もち肌の湯たんぽであり、出来たての毛饅頭《けまんじゆう》でもあるから、幻想だけは持続しているものの実戦力は激減している初老の男性には羨望《せんぼう》の的。

で、筆者は、おなじように馬齢《ばれい》をかさねている友人たちを、こう諭《さと》している。

「たしかにうらやましいし、ねたましくもある。が、おはるはことあるごとに《あたし、ちからが余っているのだよう、先生》（3巻「赤い富士」p59　新装　p64）と、脅迫《きようはく》もどきにねだっている。その道の奥義《おうぎ》をきわめている小兵衛ではあっても忸怩《じくじ》たるものがあろう。われわれ凡人ならきっと夜が怖《こわ》くて逃げ出したくなるのではあるまいか。そして若すぎる女房は似合いの男をつくって……」

解答2　おはるが小兵衛宅へ下女として働きにきたのは、いちおう、(b)二年前、としておこう。解答1に引用した大治郎との問答のつづき。

「父上のもとへ来て二年になるとか……」
「あい」
「ふうむ……」

大治郎がうなったわけは、すぐあとで明かされるが、その前におはるが隠宅へ来た二年前――安永四年（一七七五）に注意を向けたい。いや、安永四年という年にはさしたる意味はない。『剣客商売読本』（新潮文庫）の筒井ガンコ堂編〈剣客商売〉年表は、小兵衛はこの年あたりに四谷・仲町にあった道場をたたみ、鐘ケ淵に隠棲したと推量しているが、前文で1巻「女武芸者」から引いた「秋山小兵衛がこのあたりへ住みついてから、もう六年になる」どおりとすると、小兵衛の引退は明和八年（一七七二）で、おはるが来るまでの三、四年間、衣食の世話を近所の農家の主婦にたよっていたと推察している。

いや、7巻「決闘・高田馬場」にはこんな目くらましの文章もある。

　関屋村の百姓・岩五郎の次女に生れたおはるは、十七のとき、四谷の小兵衛宅へ下女に雇われた。

　すると、どこが気に入ったものか、すぐに小兵衛が手をつけてしまい……

p313　新装　p342

おはるが下女奉公に来たのは鐘ケ淵の隠宅ではなく、やがて閉鎖されるはずの四谷の道場のほうだったというのだから、話がこんぐらがる。関屋村は鐘ケ淵に近い。四谷ではいささか不自然の感をともなう。ま、ここのところは読まなかったことにして……。

浅草の花川戸《はなかわど》と本所・中《なか》ノ郷《ごう》をむすんで長さ八十四間（百五十メートル余）、幅三間

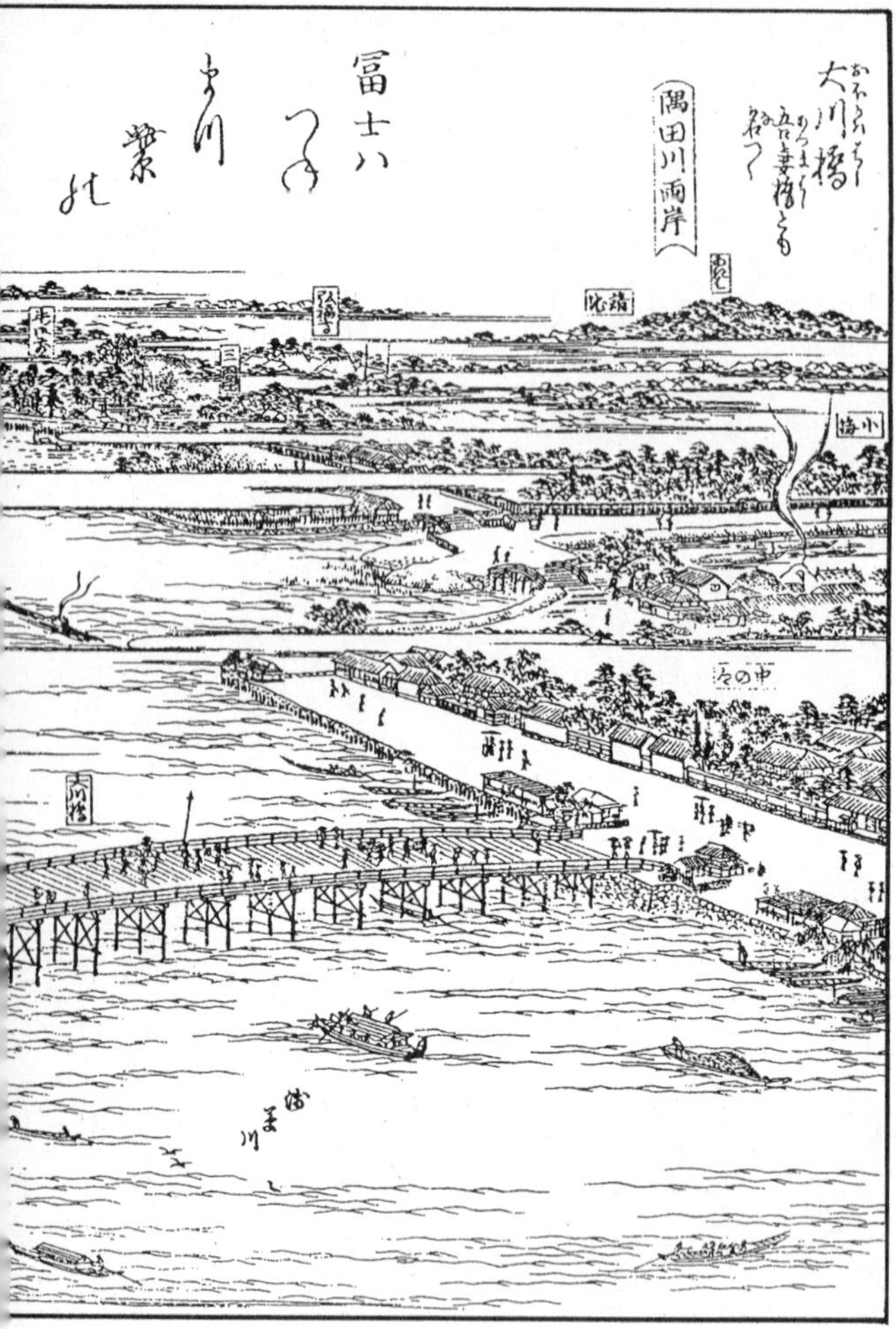

↗とともに観覧した。小説中で小兵衛がもっとも多くわたるのもこの橋で、十一回。つづいて両国橋の八回。

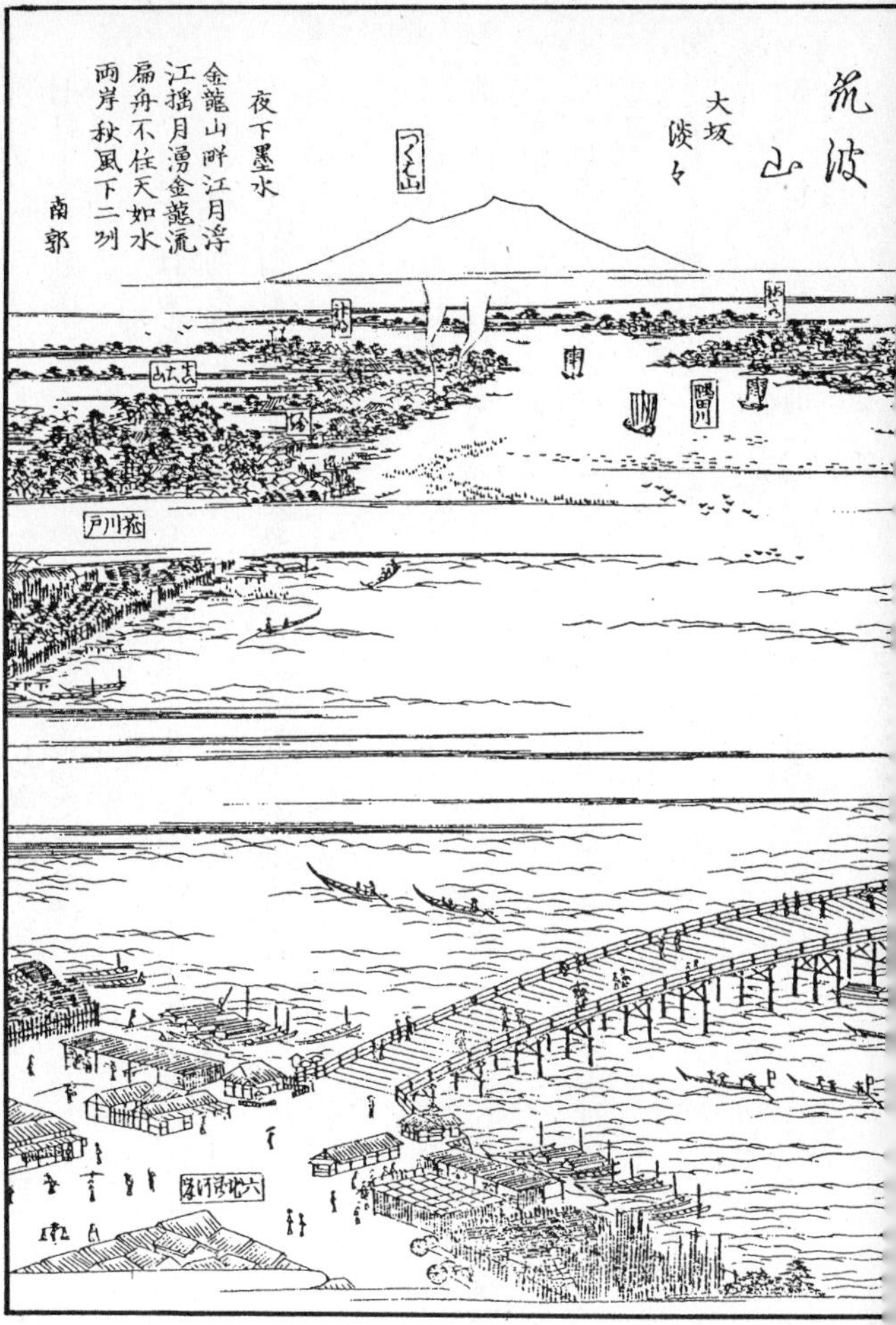

大川橋　吾妻橋とも名づく（『江戸名所図会』）

安永三年（一七七四）十一月十七日のわたり初めの式典を、小兵衛はおはる

半（六・三メートル）の大川橋（のちの吾妻《あずま》橋）が落成した安永三年（一七七四）十一月十七日――注意深い読み手は左のくだりを記憶しているはず。

はるばると大和《やまと》の国から江戸へ出て来ていた八十七歳の老翁《ろうおう》が、この新しい橋の渡り初《ぞ》めをした。

小兵衛も、おはるを連れて、その式典の盛況を見物に行ったものだ。

13巻「夕紅大川橋《おおかわばし》」p305　新装p333

この年、おはるはすでに隠宅で下女として働いていたことになる。となると「二年前」は大治郎とおはるの記憶ちがいで、(c)の三年前が正解であってもおかしくない。三年前ならおはるは十六歳、小兵衛も五十六歳の初冬。二年前か三年前かは、これもファンの多数決にまかせて、この際は曖昧《あいまい》のままにしておこう。

それよりも引用文のつづき。

つい一月《ひとつき》ほど前に、めずらしく父が道場へあらわれ、

「下女のおはる、な……」

「はあ？」

「あれに手をつけてしまった。いわぬでもよいことだが、お前に内密《ないしょ》もいかぬ。ふくんでおいておくれ」

1巻「女武芸者」p18　新装　p19

しどろもどろの告白ぶりがなんとも微笑《ほほえ》ましい。小兵衛の心中、推して知るべし。

それより、13巻「消えた女」では、四谷・仲町ですでに道場主になっていた四十代の小兵衛が、下女のおこうを抱いた顚末《てんまつ》が述べられているのに、おはるのときのいきさつには触れられない。経験者のおこうと未通のむすめだったおはるでは対応が異なっていたはず……などといい立てては好き者すぎる。これは武芸者小説であって性愛ものではないのだから。

解答3　おはるを下女に世話したのは、(c)麴町の剣友・内山文太

先妻のお貞《てい》が病歿《びょうぼつ》したときも、また、おはると共に隠宅をかまえ、道場を閉じたときも、内山文太には一方ならぬ世話をやかせてきた。

そもそも、おはるが秋山小兵衛宅へ女中となって入ったのも、内山文太の口ききによるものであった。

13巻「夕紅大川橋」p250　新装　p273

「おはると共に隠宅をかまえ、道場を閉じたとき……む？」などと野暮《やぼ》はいうまい。このことは前問で済んだことにしたはずである。

それより12巻「同門の酒」に顔を見せた内山文太なる仁《じん》にしばらくつきあいたい。辻道場でともにまなんだ剣士で、小兵衛より十歳年長だからこのとき七十五。ひとりむすめが嫁いでいる市《いち》ケ谷《や》御門外の茶問屋〔井筒屋《いづつや》〕方へ引きとられて楽隠居の身分。

出自は駿河《するが》・田中在の郷士。田中は現在は藤枝市へ包含されているために、池波作品の別シリーズの主人公・藤枝梅安をおもいうかべる人も少なくあるまいが、ここは、長谷川平蔵の先祖に触れた『寛政重修《ちょうしゅう》諸家譜』に目を向けよう。

「駿河国小川《こがわ》に住し、のち同国田中へうつり住す。今川義元につかえ……」義元が戦死したあと徳川家康の配下となったことは、池波さんも『鬼平犯科帳』3巻の「あとがきに代えて」に引いている。田中では城主であったとの説があり、そのことは池波さんの念頭にも印象ぶかくきざまれていたろう。

秋山小兵衛を田中の出身にしてしまうと『鬼平犯科帳』と重なりすぎる。そこでその役が内山文太にふられた、といってはうがちすぎだろうか。

解答4　全焼した隠宅を再建するにあたり、おはるのたっての希望で、最初の設計図から広く変えられたのは、(c)寝間

秋山小兵衛は、小机に向っていた。

机の上に、これから鐘ケ淵の元の地所へ建て直す隠宅の図面が置いてあった。

「それが、今度の……」

「うむ。寝間をな、もうすこし、広くしてくれと、おはるがいうものじゃから、いま、図面の手直しをしていたところじゃ」

「御寝間を、ひろく……」

「うむ、うむ」

「これは、どうも恐れいりましてございます」

「どうして、恐れいるのじゃ」

「これは、どうも……」

「妙な男よ」　2巻「不二楼・蘭の間」p281　新装　p307

小兵衛に「妙な男よ」といわれているのは弥七だが、小兵衛の言葉は取りようによっては弥七でなくてもなまめかしい情景を連想してしまう。が、いまは即物的に寝間を考えよう。

「創作ノート」に池波さんが描いた隠宅のもともとの間取り図は、竈《かまど》や風呂のある土間のほかには三部屋しかない。土間に面した板の間と、戸袋つきの三畳の納戸《なんど》と、縁側つきの居間がそれである。この間取り図が、焼失前のものなのか新築後のそれなのかは不明だが、火事の三月《みつき》後、

隠宅の工事は、すでに棟上《むねあ》げもすみ、棟梁《とうりょう》の富治郎が四人の大工をつかって入念な仕事をはじめていた。間取りは、およそ以前のままだが、それでも諸方に小兵衛と富治郎の工夫が凝らされ……　3巻「赤い富士」p52　新装　p56

とあるし、4巻「箱根細工」で竣工《しゅんこう》した新居を見た〔四谷〕の弥七も「以前のままの間取りでございますねえ」と感心している（p67　新装　p73）から、どちらであ

っても大差ないはず。

とすると縁側つきの十畳の部屋が居間兼寝間だろう。そうそう、4巻「天魔」の、

ここ数日、千代太郎を見て以来の小兵衛は、おはるを納戸へ寝かせ、自分ひとりで居間にねむり、いつも、波平安国《なみのひらやすくに》の脇差《わきざし》を引きつけている。

p160　新装　p177

このくだりを読むかぎりでは、十畳間は昼間は居間、布団を敷いたら寝室と決めてしまっても、おはるから、

「他人《ひと》さまの寝室をのぞくのは、もの好きがすぎますよう」

と嫌われることはなさそうだ。

が、いっぽう、8巻「女と男」には、負傷した高瀬照太郎を寝かせている部屋は「小兵衛の居間の奥の六畳敷きの部屋で、ふだんは、おはるが使っている」とある（p239　新装　p262）。いつのまにやらもう一部屋増やしたらしい。

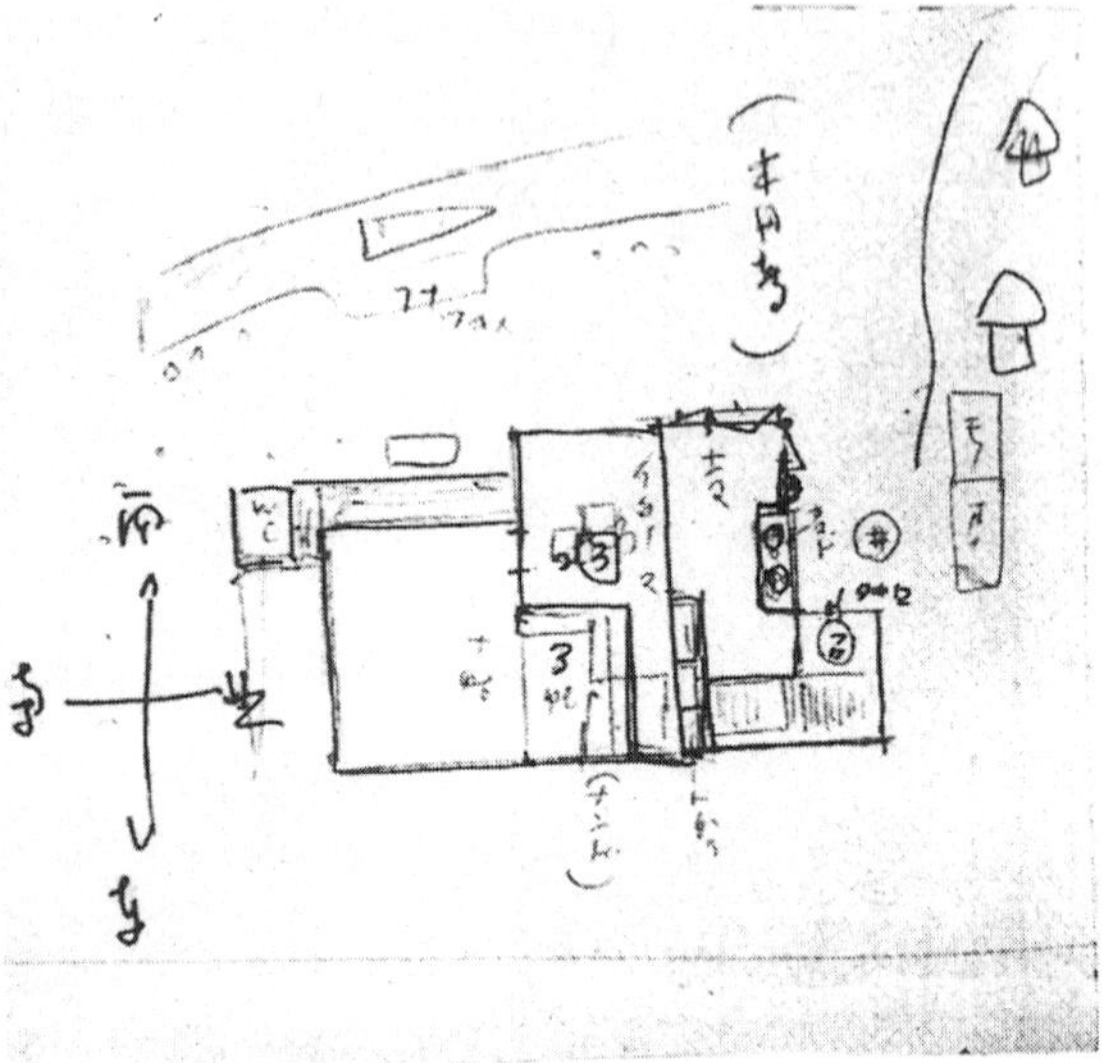

著者による小兵衛の隠宅の間取り

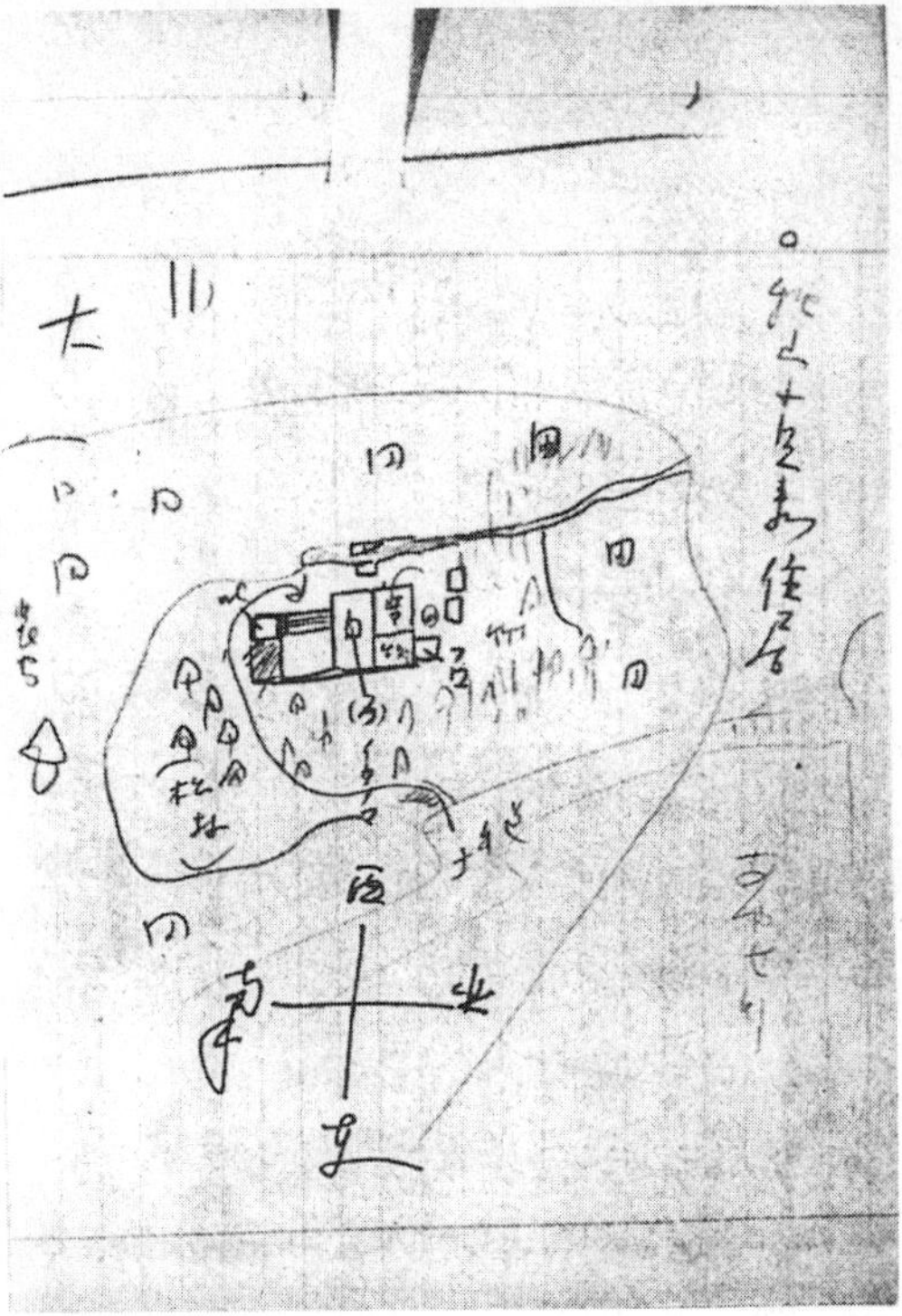

同・隠宅の周辺

解答5　新宅に小兵衛が一つの仕掛けをつけたのは、(b)押入れの隠し戸

隠宅を包囲した十人の討手は二手にわかれ、庭に面した縁側の雨戸と裏の戸を蹴《け》破《やぶ》って乱入する手筈《てはず》であった。

小兵衛は、おはると共に、寝所の押入れへ入り、襖《ふすま》を閉めた。

隠れたのではない。万一のことを考え、押入れの壁の一部へ隠し戸をつけておいたのが、はじめて役に立った。これは、おはるの身をおもえばこそであった。

数年前に、あの妖剣士《ようけんし》・小《こ》雨坊《さめぼう》の放火により、この隠宅が焼け落ちたので新築をした折に、隠し戸をつけたのだ。

11巻「助太刀」p256　新装 p282

隠し戸は、ちょっと見には家の羽目板のように見える。隠し戸の向うは裏の竹藪《たけやぶ》に通じている。

こういう仕掛けは、忍者ものを書いたときに得た知識だろう。物語へ取りこむ分には一文《いちもん》の建築費もかからず、なんの造作もなく工夫できる。いや、書き手は、子どもが宇宙船の設計図を引くときのように、空想の世界にあそんでいる時間だ。

しかし、池波さんが描いた小兵衛の隠宅の間取り図で、納戸があるのは三畳の小部

屋だけである。これが寝室だろうか？　問4で、おはるのたっての希望で、最初の設計図から広く変えられたのは寝室——と解答したばかりである。二畳の寝所が三畳に広がったとはかんがえがたい。

仮に、三畳の小部屋に隠し戸がもうけられているとなると、「裏の竹藪」は東側に茂っている。その竹藪の竹の種類は？　芝の薩摩《さつま》屋敷の庭園の孟宗竹《もうそうちく》が初めて目黒へ移植されたのは、『剣客商売』の時代から二十年ばかり後年のことで、鐘ケ淵に孟宗竹藪が出来《しゆつたい》するのはさらに遅れていたろう。

孟宗竹林でないとすると、淡竹《はちく》か矢竹の叢《むら》だったのではなかろうか。そうだとすると、隠し戸から裏の竹林へのがれ出たおはるは、ずっと腰をかがめて行動しなければならず、あとで、

「先生。腰が凝ってしまったよう。布団を敷くから、早く、ほぐしてほしいよう」

と、甘えたか。

解答6　隠宅の「鐘ケ淵の水を引きこんだ庭のながれのまわりに」群生している草花は、(a)菖蒲《しようぶ》

鐘ケ淵の水を引きこんだ庭のながれのまわりに群生している菖蒲が、いま、淡い黄色の小さな花をつけた穂を剣状の葉の間からのぞかせ、芳香をただよわせている。

1巻「井関道場・四天王」p141　新装　p153

読んだとき、「おや……?」と感じた。菖蒲の花は紅紫、紺紫、そして白がふつうだ。ところがわざわざ「淡い黄色」と書かれている。

秋山小兵衛の庭に咲く花木の種類は、春夏秋冬、二十種近いが、うち、白梅、小手毬《こでまり》、朴《ほお》、沈丁花《じんちょうげ》、山梔子《くちなし》、松葉牡丹《まつばぼたん》、弁慶草《べんけいそう》、八手《やつで》、枇杷《びわ》……と、白い花がならぶ。

池波さんの白い花好みは、『鬼平犯科帳』で清水門外に置かれた火盗改メ役宅の奥庭に咲く数少ない花々にもあらわれる。白梅、山桜桃《ゆすら》うめ、白躑躅《つつじ》、枸橘《からたち》、南天《なんてん》……圧倒的に花は白。木槿《むくげ》も白いのが植えられているとみてもいいのではなかろうか。

清楚、気品、寡黙、孤高……といった言葉を白い花にもたせるのは、筆者だけのおもいこみかもしれない。

解答7　隠宅の庭に咲いていない春の花は、(c)桜　いや、桜樹もあるかも知れないが、小説には登場しない。

隠宅から大川ぞいに三百メートルも南へ行けば、江戸でも名だたる桜樹の名所、寺島村があるのだから、わざわざ庭へ植えて葉桜のときに毛虫をたからせるまでもない。

小兵衛の目をたのしませている庭木の花々を、咲く時期順に初春から晩春へと列記すると、

白梅　2巻「妖怪《ようかい》・小雨坊《こさめぼう》」p225　新装p246

桐《きり》の花　13巻「剣士変貌」p161　新装p175

小手毬の真白な花　5巻「手裏剣お秀」p168　新装p185

朴の白い花　11巻「剣の師弟」p30　新装p32

朴の木の白い花　15巻「目眩《めまい》の日」p49　新装p52

沈丁花　番外編『黒白』上p310

解答8　隠宅の庭に咲いていない夏の花は、(a)山百合

初夏から晩夏へかけて秋山小兵衛宅の庭の花の順序は、

菖蒲の花　1巻「井関道場・四天王」p141　新装p153

山吹　13巻「消えた女」p45　新装　p49
山梔子　1巻「まゆ墨の金ちゃん」p276　新装　p302
夾竹桃《きょうちくとう》の紅《あか》い花　1巻「御老中毒殺」p317　新装　p348
松葉牡丹　1巻「御老中毒殺」p325　新装　p357
白粉花　4巻「箱根細工」p75　新装　p82
忍冬《すいかずら》の薄紅色　15巻「目眩の日」p49　新装　p52
夏菊　7巻「越後屋騒ぎ」p296　新装　p323
弁慶草の白い花　8巻「毒婦」p54　新装　p59
弁慶草の白い花　11巻「小判二十両」p282　新装　p311

ついでだから、秋に咲いている花木を記しておく。

南天《なんてん》の赤い実　2巻「辻斬り」p69　新装　p74
南天の赤い実　9巻「秘密」p197　新装　p213
真菰《まこも》の小さな花　8巻「狂乱」p111　新装　p121
芒《すすき》の穂　9巻「小さな茄子《なす》二つ」p99　新装　p107
菊の香　16巻「深川十万坪」p37　新装　p43
秋草がとりどりに　12巻「白い猫」p8　新装　p8

七竈《ななかまど》の赤い葉と実　9巻「討たれ庄三郎」p200　新装p216

八手の白い花　12巻「密通浪人」p49　新装p54

蔓梅擬《つるうめもどき》　4巻「鰻《うなぎ》坊主」p233　新装p254

これだけの草木が実をつけると、いろんな野鳥がやって来そうなものだが、検索にひっかかったのは頬白《ほおじろ》のみ（2巻「辻斬り」p69　新装p74、4巻「天魔」p126　新装p139）。もし、ほかの小鳥を見つけたらご教示ください。

なお、ホームページ　http://www.ne.jp/asahi/onihei/class/　「『剣客商売』の彩色《ぬりえ》『江戸名所図会』」に右の花の写真と全篇に姿を見せている野鳥の写真を掲げている。

さらに花や野鳥のスケッチ画を添えると、多くの池波ファンに『剣客商売』をより深く鑑賞してもらえるとおもうので、スケッチ画をご提供いただけば選考の上、絵師のお名前を明記・掲載させていただく。

この件のお問い合わせは、GCC01320@nifty.ne.jp へ。

解答9　隠宅を訪れたことのある要人は、(a)田沼主殿頭意次

「佐々木三冬でございます」

と、声がかかった。

「お……やあ、これは、暑いのにようまいられた」

身を起した小兵衛は、三冬の背後から、こちらへ近づいて来る小柄な老武士を見出《みいだ》した。

（田沼主殿頭さま……？）

まさに、そうであった。

田沼意次が、三冬のほかに十騎ほどの供をしたがえ、遠乗りのかたちで、小兵衛の家をおとずれたのである。

「秋山小兵衛殿か、田沼主殿頭でござる」

と、意次のほうから声をかけてきた。

1巻「御老中暗殺」p318　新装p348

そして事件解決のお礼として五十両を差し出した。下司《げす》の勘ぐりだが、一両二十万円換算だと、一千万円。

田沼意次が小兵衛の隠宅を訪れたのは、あとにも先にもこれきりである。このあと、大治郎が神田橋御門内の田沼の役宅へ一日おきに出稽古へ通うようになり、小兵衛が田沼邸へ招かれるようになった。

橋場の料亭〔不二楼〕で挙《あ》げられた大治郎と三冬の婚礼へは出席したが、終ってから隠宅へも式場に近い新夫婦の居宅へも立ち寄った形跡がない。小兵衛の隠宅が焼失したときの見舞金百両は用人がとどけた。

解答10　隠宅を襲撃していないのは、(c)雲弘流・平内太兵衛

先師いわく。名ありて功なきは恥のもとなり。剣術の極意《ごくい》をきわめし我におよぶもの、おそらく天下にあるまじく候《そうろう》。御望みの方は御出向きあって、我の太刀筋を御覧あるべく候。但《ただ》し、当方勝ちたるときは、立合料金三両申し受くべく候。

雲弘流　平内太兵衛重久《しげひさ》

行年六十二歳

駒込《こまごめ》上富士前町裏居住

4巻「約束金二十両」p174　新装　p191

熟達の読み手であるあなたは、すでに、

（ああ、六尺の超長剣を抜く手も見せずにあやつって庭の柿の一枝を実をつけたまま

切り落とし、佐々木三冬から立合料をまきあげた、あの老剣客だな)

と、おわかりになっている。

岩淵《いわぶち》海道の駒込上富士前町——南側が大和《やまと》郡山《こおりやま》十五万一千余石、松平（柳沢）甲斐《かい》守保光《やすみつ》の下屋敷（六義園《りくぎえん》）というから、いまでいうと豊島区駒込一丁目、JR駒込駅南口を出たあたり、松林の丘の下のわら屋根の朽ちかけた農家に、平内太兵衛は住んでいた。

近くの百姓家の十七歳になるむすめ・おもよとの賭《か》けにまけて、二十両わたす羽目になっての立合立札だった。

興味半分、腕だめし半分でひやかしに行った小兵衛だったが、結果は相打ち。しかし栄達や名利《みょうり》と無縁のその飄々《ひょうひょう》たる生き方に共鳴して八両をわたす。

池波さんは、平内太兵衛のように第一級の実力を秘めて、なにものにもとらわれることなく生きている仁《じん》を敬愛たっぷりの筆で描く。『鬼平犯科帳』でいうと4巻「霧《なご》の七郎」に登場している剣客・上杉周太郎もその一人だろう。鬼平が上杉周太郎を評して息・辰蔵にいう。

「上杉さんはな、あの顔かたちで損をしつづけて来たのだ。世の中の人間の多くは、うわべだけで人の値うちをはかってしまうゆえ、な」

p44　新装　p46

実生活では生きにくいはずだとわかっていても、物語のなかで平内太兵衛や上杉周太郎のような人物に出会うと読み手は清涼感を味わう。エンターテインメント時代小説の――というより文学の貴重な要素の一つである。

(a)念流・浅田虎次郎一味は、佐々木三冬の腕をへし折るべく雇われたのに、逆に小兵衛に痛めつけられて、衆をたのんで襲撃してくる。

(b)暗殺者・戸羽平九郎　殺人をくり返すたびに「秋山大治郎」と名乗って嫌疑を大治郎へ向けさせたこの殺し魔が、必殺の信念で隠宅を襲撃したとき、小兵衛は留守をしていた。

【一分間メモ1】　平内太兵衛の雲弘流

『剣客商売』は雲弘流につき大治郎の口を借りて、

「むかし、陸奥《むつ》の国の人で、樋口不堪《ひぐちふじん》という人が、天真正伝神道流《てんしんせいでんしんどう》をまなび、弘流を始めたとか……。その後、伊達《だて》家の臣・氏家《うじいえ》八十郎が不堪にまなび、これまた一派を始め、雲弘流と名づけたとか、聞いています。この氏家八十郎は、のちに井鳥巨雲《いどりきょううん》と号し、天真発揚《はつよう》を本位とし、一片の私心があっても免許をゆるさなかったそうです」

4巻「約束金二十両」p175　新装　p193

右の一節は、山田次朗吉『日本剣道史』から引かれている。氏家八十郎が井鳥巨雲と改名したのは、伊達家を辞し、千石の幕臣であった祖父の姓へ戻したからで、巨雲は江戸で道場をひらいたともある。

ところで九州某藩の家臣の地位を弟へゆずり、江戸の陋居《ろうきょ》で自由に生きる「約束金二十両」の平内太兵衛と、伊達藩に発した雲弘流との接点が気にかかるところだ。巨雲の息・直右衛門景雲は性来多病で、剣術の稽古をはじめたのは二十歳をすぎてからだった。巨雲は倅《せがれ》は見込みなしと、伝脈を甥の鈴木某へ託した。発奮した景雲はその鈴木某からまなんだのちに細川家へ仕え、熊本で剣道師範となった。

池波さんが平内太兵衛を九州某藩の浪人としたのは、『日本剣道史』のこの部分による。剣の流派一つとっても、考証をおろそかにしない。

二章　秋山小兵衛とおゝはゝるまわり

秋山小兵衛の小柄な躰《からだ》つきは歌舞伎《かぶき》役者の中村又五郎さんをモデルにしたから、と池波さん自身がいろんなところでばらしている。

どうして甲州の郷士の子としたのかは語られていない。上杉の家臣の末裔《まつえい》の日向《ひなた》小兵衛であってもかまわないし、おなじ武田信玄の麾下《きか》にあった水上《みずかみ》家の末の水上小兵衛でもよかったはずだ。

疑問が氷解したのは、秋山小兵衛の青・壮年時代を語った『黒白』で、

　小兵衛の祖先は、平氏に仕えた秋山太郎光朝《みつとも》だそうな。　上p163

この一行を目にしたときだった。

(ははん。池波さんは、秋山小兵衛を『寛政重修《ちょうしゅう》諸家譜』から見出《みいだ》したな)

秋山小兵衛は幕臣ではなく郷士だから、御目見《おめみえ》以上の家柄の幕臣の家譜をまとめた『寛政譜』には、秋山小兵衛の名はもちろんない。が、第二百六巻には、表紋が三階菱《さんがいびし》で替紋《かえもん》が竪《たて》花菱と九枚篠《ざさ》の秋山が三家、ほかに表紋を三階菱にしている秋山が三家。

武田本家の家紋の〔武田菱〕、それをくずした秋山遠祖・小笠原《おがさわら》家の〔三階菱〕に

ついては66～67ページにゆずるが、三階菱、竪花菱、九枚篠の秋山本家が武田から徳川へ主を替えたのは平左衛門昌秀のときで、采地《さいち》を千石賜った。

池波さんが激賞してやまない太田亮博士『新編姓氏家系辞書』（秋田書店）で秋山昌秀をさがす――その二十三代前に「平氏に仕えた秋山太郎光朝」がいる。光朝の前は加賀美姓を名乗っていたらしい。

二十三代目は江戸開府のころのことで、秋山小兵衛が生れた享保《きょうほう》へはさらに五代ほど加えなければなるまいが、気が遠くなるようなその系譜のどこかで、小兵衛の先祖が甲州の山里に郷士となって住みついたわけだ。

郷士の秋山家は実在していた。そのことは、池波さんも調べて『黒白』で報告している。もっとも、いささかの早とちり含みでではあるが……。

ついで、おはる。小兵衛によって十代後半で女になった。そのとき彼女のほうは雇主としての小兵衛でなく、男性としての小兵衛に恋情を抱いていたかどうかは、あかされていない。もし「やられちゃった」婚だとしたら、一度も恋らしい気分を味わうことなく妻の座におさまってしまったことになる。

いや、恋愛が最高のものとかなんとかいうつもりはまったくない。肉体が先で恋心はあとから、ということもあることは知っている。

が、恋は小説の一大要素のはず。恋情のほうは佐々木三冬にまかせきりにしておいて、おはるは淋しくなかっただろうか、と。小説はそこのところを抜きにしてすすんでいる気がしてならない。おはるにも少女から大人の女になっていく成長小説の筋道をたどってほしいとおもうのは欲張りだろうか。

【一分間メモ2】　剣と人格

故郷の大原《おはら》の里へ引きこもる辻平右衛門に、道場を後継することを小兵衛は強く固辞《こじ》した。

辻月丹・喜摩太・平右衛門と三代つづいた辻道場の伝統をつぐには、

「あまりにも、私は非力でございます」

と、小兵衛はいった。

それは、剣のちからのみをさすのではない。

『黒白』上　p157

剣は人格を磨くためのものでもある、とは、小兵衛がかねがねいっている。たとえば門弟の親権者の口を借りた池波さんの金子孫十郎評。

「剣術が上達しなくともよい。金子先生の道場へ、日々通うだけでも、ためになることじゃ」

4巻「天魔」p131　新装p145

小兵衛の時代《ころ》の剣術道場は、躰《からだ》と技《わざ》の鍛練場であるとともに、人格陶冶《とうや》の修養場でもあったのだ。ゆえに、どの道場主をえらぶかが肝要でもあった。もっとも道場に人格涵養《かんよう》の時間などというものがあったわけではない。師の立ち居ふるまいや片言隻語《へんげんせきご》から弟子のほうが感じとり、先輩たちの挙措礼譲《きょそれいじょう》をわがものとしていく。

辻平右衛門が道場を閉めるとき、秋山小兵衛の剣技・人格が後継者たるにふさわしくなかったのではあるまい。三代の道場主とも妻帯していなかったのに、小兵衛は師の身のまわりの世話をしていたお貞とすでに恋仲だったので、遠慮したのだ。

問11　長篇『黒白』に、

秋山小兵衛は、甲斐《かい》(山梨県)・南巨摩《みなみこま》郡・秋山の、郷士の家の三男に生まれた。

家は、長兄が継いでいる。

次兄は若くして病歿した。

小兵衛の祖先は、平氏に仕えた秋山太郎光朝だそうな。

上p163

と、ある。

ところで、山梨県には秋山という里が二つある。小兵衛の実家はどちら？

(a)中巨摩郡甲西《こうさい》町秋山

(b)南都留《みなみつる》郡秋山村

(注・『黒白』の南巨摩郡秋山は、池波さんの誤記)

問12　十二歳の小兵衛が甲斐から江戸へ出、入門したときの無外《むがい》流の師は？

(a)辻平内《へいない》

(b)辻喜摩太《きまた》

(c)辻平右衛門《へいえもん》

問13　宝暦元年(一七五一)、三十三歳の秋山小兵衛は二十六歳のお貞《てい》と祝言《しゅうげん》をあげたが、仲人の役をこなした剣友は？

(a)嶋岡《しまおか》礼蔵

(b)内山文太

(c)松崎助右衛門《すけえもん》

問14　秋山小兵衛が辻道場の後始末をしたのちに開いた四谷・仲町の道場の地所は？

(a)竜谷寺のもの

(b)戒行寺のもの

(c)妙行寺のもの

問15　秋山道場ができて二年のちに大治郎が生まれた。そして彼が七歳のときにお貞は病歿。お貞の享年は？

(a)三十五歳

(b)三十六歳

(c)三十七歳

問16 秋山道場の門弟で、五指に入る剣術遣《つか》いといわれていたのは？

(a)落合孫六
(b)笠井《かさい》駒太郎《こまたろう》
(c)村松左馬之助

問17 秋山道場を閉めたときに、門弟たちの大半を引きとってもらったのは？

(a)金子孫十郎の道場
(b)間宮孫七郎の道場
(c)牛堀九万之助《うしぼりくまのすけ》の道場

問18 『剣客商売』は16巻「霞《かすみ》の剣」、秋山小兵衛が六十七歳の天明五年（一七八五）で終っているが、小兵衛がこの先、生きつづけたのは？

(a)九十一歳まで
(b)九十二歳まで
(c)九十三歳まで

解答11　秋山小兵衛の出身は、山梨県下の二つの秋山郷のうち、甲府盆地の南西はずれの、(a)中巨摩郡甲西町秋山

根拠は「祖先は、平氏に仕えた秋山太郎光朝」との記述。秋山光朝は平家に仕えていたために源頼朝の軍に攻められて、雨鳴城（城山。甲西町の隣の同郡櫛形《くしがた》町中野）で自害して果てた。菩提寺の光昌寺（甲西町秋山五六七番。無住）には夫人の墓もあると『角川日本地名大辞典・山梨県』は記す。

池波さんの誤記は、同郡竜王町に住んでおられる内藤朋芳《ともよし》氏から教えられたが、識者のあいだでは暗黙の了解事項であったらしいことは、『完本池波正太郎大成』三十巻・別巻一巻（講談社）を手がけた小島香さんからの書簡で知った。

甲西町生まれの内藤氏は池波小説の熱烈なファンで、同町秋山から雨鳴城（城山）へのぼる道もあること、付近の山を秋山と呼ぶなどを記すとともに、「甲西町のすぐ南隣は南巨摩郡となっている」と、池波さんの早とちりを寛恕《かんじょ》した文面が添えられていた。

ちなみに甲西町は、釜無《かまなし》川と笛吹《ふえふき》川の合流点の北西岸に位置していた四か村が昭和三十年（一九五五）に合併して誕生した。甲府市から約十五キロ南西にあることに由

来する町名らしい。

武田氏が滅んだのちに家康から千石の知行をえた秋山昌秀《まさひで》が、光朝の直系を称している。子孫は大目付などにも任じられて四千七百石の大身となった。三階菱《さんがいびし》を家紋として幕臣となっていた分家は五家。土着して郷士となった小兵衛の祖先も三階菱とすると、六家のどれかとゆかりでもあるのだろう。
(b)南都留郡秋山村は、甲西町から直線距離にして五十三キロほど真東へ行った県東端にあり、秋山川に沿っている。村内には中野という里もあり、まぎらわしいことはまぎらわしい。

【一分間メモ3】　武田菱と三階菱

ヒシ科の一年草である菱は奈良時代に文様として伝来したと、畏友《いゆう》・大枝史郎氏『家紋の文化史』（講談社）はいう。そのころには米が主食として定着しており、菱は間食に供されていた。

清和源氏の末を称する甲斐（山梨県）の武田が家紋とした菱形を〔武田菱〕と名づけたゆえんははっきりしない。二等辺三角形を上下にあわせて形づくった菱を二本の線で四分割して相似形の四個の菱をつくり出したアイデアは非凡である。

本家の〔武田菱〕に対し、分家や家臣たちは装飾を加えたり崩したりした菱を用いている。甲斐中巨摩郡小笠原氏の〔三階菱〕、支族の一つである蠣崎《かきざき》氏の〔丸に武田菱〕など。〔武田菱〕が大一個の菱を小四個の菱に割っているのに比し、小笠原氏、秋山氏のそれは大中小の三個の重ね菱であるところにも本家への遠慮をみる。

武田から徳川に仕えた秋山氏の〔三階菱〕が小笠原氏のそれとおなじなのは、中巨摩郡出身の秋山氏は、小笠原の支流を称しているから当然といえる。いざ出陣となったら小笠原氏の陣営に馳《は》せ参じた。

武田菱

三階菱

解答12　秋山小兵衛が甲斐から江戸へ出、入門したときの無外流の師は、(c)辻平右衛門

(a)辻平内は、無外流の始祖

……〔無外流〕の剣法を創始したのは、近江《おうみ》・甲賀《こうが》郡馬杉村の出身で、辻平内という人物である。平内はのちに〔月丹《げったん》〕と号した。くわしい経歴は不明である。辻平内は、無欲恬淡《てんたん》の奇人であって、門人たちから金品をうけず、したがって困窮はなはだしく、

「門人某《なにがし》の家へ稽古《けいこ》に往《ゆ》く折の姿を見れば、衣類の裾《すそ》より綿はみ出で、羽織の袖《そで》肩すり切れ、刀の鞘《さや》は色あせて剝脱《はくだつ》し……」

と、ものの本に記してある。

のちに門人二百余を数え、いくらか生活もととのってきたが、すこしでも余裕《ゆとり》があると、それを惜しみなく困窮の人びとへわけあたえた。

1巻「剣の誓約」p65　新装　p70

〔辻〕は、都司、都治とも表記したようだ。名は資茂《すけしげ》、無外は、麻布の吸江寺の石潭

からの教示でつけた号でもあった。

池波さんが愛読していた山田次朗吉『日本剣道史』は、馬杉村の郷士の子であった平内が十三の時京都に出て、山口流祖山口卜斎《ぼくさい》の門に入ったと書く。その間、江州油日岳《あぶらひだけ》・洛外愛宕《らくがいあたご》山に祈誓し、北国越後《えちご》辺へ武者修行し、また同じ山口流の伊藤大膳にも学んだ。二十六歳、延宝二年（一六七四）に卜斎（卜真斎）から皆伝をゆるされ、江戸の麴町九丁目に道場をひらいた。小兵衛が生まれる四十五年前のことである。

(b)辻喜摩太は、無外流の二代目

辻平内は、かつて、越前大野（注・四万石。福井県大野市）の藩士で杉田庄左衛門・弥平次の兄弟が父・伴助の敵《かたき》、山名源五郎を討つにさいして助太刀をし、首尾よく兄弟に父の仇討《あだう》ちをさせた。これが縁となって、兄の庄左衛門は家督を弟にゆずり、ふたたび江戸へ出て、辻平内の門人となった。

独身の平内が七十九歳の高齢で病歿《びょうぼつ》したのは享保《きょうほう》十二年（一七二七年）のことで、以後は麴町《こうじまち》の道場を杉田庄左衛門が引きうけ、名も〔辻喜摩太〕と、あらためたのである。

同p66　新装　p70

辻平内が他界した享保十二年には、小兵衛はまだ九歳の少年で、秋山村にいた。〔喜摩太〕を綿谷雪・山田忠史『武芸流派大事典』が〔記摩多資英《すけひで》〕と記している根拠は知らない。ここは池波さん同様、『日本剣道史』にしたがっておこう。

(c)辻平右衛門

辻喜摩太も、生涯、妻を迎えず、したがって子もなかった。
そこで、愛《まな》弟子の三沢千代太郎をもって後つぎとなした。
千代太郎は、名を、
〔辻平右衛門〕
と、あらため、道場を引きついだ。　同p66　新装p71

『日本剣道史』は、
辻月丹——喜摩太——文左衛門——喜摩太——辰次郎——喜摩太
『武芸流派大事典』も、三代目は辻文左衛門資賢。すなわち、辻平右衛門は池波さんの創作になる三代目である。ゆえに麹町の道場をたたんで飄然《ひょうぜん》と山城《やましろ》の国・愛宕《おたぎ》郡大原《おはら》の里（京都市上京区）へ隠棲させることもできた。

この、辻平右衛門の門人の中で〔竜虎《りゅうこ》〕だとか〔双璧《そうへき》〕だとか評判された二人が、秋山小兵衛と嶋岡礼蔵なのである。

辻平右衛門は、小兵衛が三十歳、礼蔵が二十七歳の折に、何をおもったのかして、

「両人とも、これよりは、おもうままに生きよ」

といい、ひとり飄然として江戸を去り……

同p66　新装　p71

辻平右衛門が道場を閉じたのを、筒井ガンコ堂編〔剣客商売〕年表は寛延元年（一七四八）とする。享保四年（一七一九）生まれの小兵衛は三十歳。

【一分間メモ4】山城の国・愛宕郡大原の里

京都御所の北東辺で鴨川《かもがわ》に合流する高野川ぞいの道を十三・五キロほど北へ遡《さかのぼ》ると大原の里へ達する。花木や柴《しば》の売りものを頭に載《の》せて紺絣《こんがすり》の木綿の着物で京の街へ商いにおりてくる大原女《おはらめ》の山里——といえば合点がゆこうか。

池波さんが辻平右衛門の隠棲の地としてここを選んだのは、一つには『都名所図会』の鄙《ひな》びた茅葺《かやぶき》屋根の民家と紫蘇《しそ》畑に心がうごいたのと、もう一つには京都滞在中に大原女のもの売り声に江戸時代を連想したことによると推察する。なにかというと京都へ来ていた池波さんのこと、ひょっとすると、いつか俗世を脱して閑静な大原あたりへ隠棲してみるのもいいな、とおもったことがあったのかもしれない。超流行作家のあいだはかなわぬ夢であったろうが……。

もっとも、現在《いま》は観光地化されていて、かつての静寂はのぞむべくもない。観光の中心は、天台宗の三門跡寺院の一つである三千院。境内の聚碧《しゅうへき》園・有清園は四季それぞれに美しい。

交通：JR京都駅または地下鉄烏丸線・北大路駅から京都バスで大原下車。

大原女
(『都名所図会』部分)

解答13　秋山小兵衛とお貞の祝言の仲人役をこなした剣友は、(b)内山文太

「……そのたのみとは、私とお貞の仲人をしてもらいたいのだよ。どうだ、嫌《いや》か？」

「ふうむ……」

「嫌なら仕方もないが……」

「だれも、嫌とは申していませんよ」

「では、たのむ」

『黒白』上p312

内山文太のあらましは40ページに記しておいたので、ここではお貞を紹介する。伊勢の浪人・山口与兵衛《よへえ》のひとりむすめだったが、二十一歳のときに父親が病歿してからは、かねて父親と親交のあった辻平右衛門の身のまわりの世話をしていた。そのあいだに小兵衛に心をよせるようになった。母親は十四歳の折に亡《な》くなっていた。もっとも後年、小兵衛が大治郎へ打ちあけたところによると、

「お貞は、お前も知っているように、伊勢《いせ》・桑名《くわな》の浪人、山口与兵衛のむすめで、

亡き辻平右衛門先生の身のまわりの世話をしていた」
「存じております」
「そのころのお貞を、わしと礼蔵が、わがものにしようとした。そして、わしが勝った」

1巻「剣の誓約」p99 新装 p107

(a)嶋岡礼蔵は、麹町の辻道場の門人の中では、竜の小兵衛、虎の礼蔵と評判の遣《つか》い手であった。

道場をたたんで隠棲する辻平右衛門につきそうようにして若き日の嶋岡礼蔵が山城国の山里へ去ったのには、失恋のせいもあったようである。

仕えていた師の辻平右衛門が亡くなると、郷里の兄・八郎右衛門のもとで妻子のない身を平穏におくっていたが、柿本源七郎との真剣による果たし合いを前に謀殺される経緯は、1巻「剣の誓約」にくわしい。享年五十七歳。遺体は秋山家の菩提寺の浅草今戸《いまど》 本性寺《ほんしょうじ》(法華《ほっけ》宗　台東区清川一―一―二)へ葬られた。

本性寺が秋山家の菩提寺になったいきさつがふるっている。

単身で上府した小兵衛は、麹町九丁目と四谷・仲町に住んだ。お貞が病歿したのも四谷・仲町。そこから今戸の本性寺までは二里(約八キロ)ある。そんなに遠隔地の寺をどうして菩提寺に選んだか。地所を辻道場へ貸していた麹町八丁目の栖岸《せいがん》院（浄土宗　杉並区永福一―六―一二へ移転）が口添えしたのかともおもってみたが、ここは浄土宗だから、法華宗の本性寺との関連は水ほどに薄い。

本性寺を訪ねると塀のところに「秋山」と看板がでていた。住職・久野師は、痔疾の仏としてまつられている人の法名・秋山《しゅうざん》自雲を池波さんが秋山《あきやま》と読んだためと。

本寺へ葬られたのは、お貞と嶋岡礼蔵のほかに、

笹野《ささの》小文吾　5巻「暗殺」p186　新装p204
盲目の堀内浪人　7巻「隠れ簑《みの》」p146　新装p161
高瀬照太郎　8巻「女と男」p255　新装p280
滝口友之助　9巻「秘密」p194　新装p210
黒田庄三郎の遺髪　9巻「討たれ庄三郎」p227　新装p245
林牛之助　11巻「助太刀」p267　新装p294

鬼籍に入ったいきさつは一人ひとり異なり、そのゆくたてがみごとな物語に仕上がっているが、墓参した小兵衛は、差別なく供養している。

(c)松崎助右衛門は、11巻「初孫命名《ういまご》」で初めて登場するが、小兵衛と同門で親友でもある。家は千駄ケ谷の仙寿院（日蓮宗　渋谷区千駄ケ谷二―二四―一）の裏手にある。

松崎助右衛門は、小兵衛より二つ年上の六十六歳で、小兵衛が辻平右衛門の許《もと》で修行にはげんでいたころの兄弟子であった。

助右衛門は、六百石の旗本の家の三男に生まれたので、家を継ぐこともならず、

「剣をもって身を立てよう」

と、おもいたち、辻道場へ入門したのが十六歳のころであったそうな。

11巻「初孫命名」p105　新装　p116

つまり、辻道場への入門は十二歳で住み込み弟子となった小兵衛より二年あとだったことになる。三十一歳で肝臓を病んで剣の道を断念、日本橋通りの商家の次女・お幸《こう》とむすばれて千駄ケ谷へ隠棲した。

仙寿院の広い庭は、桜樹をはじめとして樹木も多い粋人たちの行楽の地であった。『名所図会』の注記の新日暮里《ひぐらしのさと》を目にとめた池波さんは、助右衛門の療養の地にここ

を選んだ。

解答14　秋山小兵衛が開いた四谷・仲町の道場の地所は、(a)竜谷寺《りゅうこくじ》のもの。場所は学習院初等科の真裏、現在の新宿区若葉町一―二四あたり。最初は道場ではなく、ふつうの住家だった。

　小兵衛の家は、四谷・仲町（現・東京都新宿区）の外れにある。

　江戸城・外濠《そとぼり》の喰違御門《くいちがいごもん》外から西へ坂をのぼりつめ、竜谷寺という寺院と道をへだてた一角の、二百坪ほどの空地に台所と二間《ふたま》の小さな家を建てて、三年ほど前から小兵衛は住み暮していた。

　この地所は竜谷寺のもので、むかしは寺の菜園だったのだそうな。

『黒白』上 p149

　竜谷寺は、いまは同地にはなく二葉南元保育園（新宿区南元町四）となっている。

秋山道場のあったあたりは、学習院初等科の裏門外とみておいていい。

「三年ほど前から……」というと寛延元年（一七四八）、辻平右衛門が大原《おはら》の里へ隠退した年である。

小兵衛が道場を構えたのは、お貞と所帯をもった翌年の宝暦二年（一七五二）、小兵衛三十四歳、お貞二十七歳のときで、道場と門人たちの支度部屋などを建て増した。すべての資金は甲斐の秋山郷の長兄・忠左衛門が出してくれた。

大治郎の誕生はこの翌々年である。
(b)戒行寺　竜谷寺からも近い新宿区須賀町九―三にある法華宗のこの寺は、史実の長谷川平蔵の菩提寺だが、『鬼平犯科帳』には山号は出てこない。1巻「むかしの女」の〔みすや針〕売りのおろくが斬殺《ざんさつ》されたとき、「おれが菩提所《ぼだいしょ》へほうむってやろうよ」とつぶやくだけ。　p287　新装　p304
(c)妙行寺　竜谷寺の南二百メートルのところにあったが、明治四十二年（一九〇九）の都市計画で豊島区西巣鴨四―八―二八へ移転した法華宗の寺院。小説で妙行院と変えられているのは、3巻「婚礼の夜」で寺僧が鉄砲坂《てっぽうざか》で惨殺《ざんさつ》されるから。　p211　新装　p231
池波さんは、不吉な事態におちいる商店や寺社は仮名をつかうように配慮している。

鉄砲坂は竜谷寺に近い新宿区若葉二丁目と三丁目の境にあり、脇の持筒《もちづつ》組屋敷に住んでいた同心たちが射撃練習をしたための命名と『御府内備考《ごふないびこう》』に書き上げられている。

解答15　秋山道場ができて二年のちに大治郎が生まれた。そして彼が七歳のときに病歿したお貞の享年は、(a)三十五歳

お貞の生年は享保十一年（一七二六）。母が逝去したのは十四歳の元文四年（一七三九）で、父・山口与兵衛の病歿は二十一歳の延享三年（一七四六）。

小兵衛との祝言は寛延四年（宝暦元年とも記す。一七五一）。大治郎の出産は宝暦四年（一七五四）。

幼くして母親を亡《な》くした大治郎だが、僻《ひが》みや蔭《かげ》もなく成長したのは、父親・小兵衛の育て方が当を得ていたのか、それとも母親の性質を受け継いでいたのか。体格は母ゆずりとわかっている。

解答16　秋山道場の門弟で、五指に入る剣術遣いといわれていたのは、(a)落合孫六

「うふ、ふふ……まるで、二日酔いの古狸《ふるだぬき》を見たような面《つら》をしていて、実に、まったく見映《みば》えのせぬ男だがな。あの落合孫六は、わしが育てた剣術遣いの中では、まず五本の指に入るやつだよ」

4巻「雷神」p7　新装　p7

落合孫六は、物語の舞台である安永八年（一七七九）真夏には四十二歳。小柄《こがら》で腹がぷっくりとふくれている。小兵衛が道場をたたむと、亡妻よねの生地の武蔵国《むさしのくに》・葛《かつ》飾郡《しかごおり》（東京都葛飾区）の新宿《にいじゅく》に小さな道場をかまえた。

小兵衛を訪ねるときには、旧師の好物である四谷《よつや》塩町《しおちょう》一丁目の菓子舗《みせ》〔富士屋〕の名代〔南京落雁《なんきんらくがん》〕をたずさえることを忘れない。

池波さんは、山下御門前南鍋町（中央区銀座五丁目）で〔南京らくがん〕の元祖・本家を称している〔あづまや清五郎〕方の広告を『江戸買物独《ひとり》案内』で見て、小兵衛の好物とした。

なお、湯島《ゆしま》天神下の菓子舗〔東屋庄兵衛《あずまやしょうべえ》〕方でも〔南京落雁〕を商っており、5巻「西村屋お小夜」（p74　新装　p81）で佐々木三冬が病気見舞いの品としてあがなう。

(b)笠井駒太郎

小兵衛の門人で、笠井駒太郎という若者が殺害された。

人和《やまと》・高取二万五千石・植村駿河守《うえむらするがのかみ》の江戸藩邸にいる身分の軽い家来の一人息子であった。

入門したのは、十六歳のころで、剣の筋もよろしく、性格もひたむきで、師の小兵衛にはあくまでも素直に接しながら、他の門人たちとの稽古になると、先輩の剣士たちを相手に、外見《そとみ》はむしろ傲岸《ごうがん》とも感じられるほどの堂々たる立ち合いをする。（略）

　果して、三年後の笠井駒太郎は、秋山道場でも十指の内へ入るほどの剣士になったのである。

7巻「春愁」p14　新装　p14

(c)村松左馬之助　3巻「嘘《うそ》の皮」に「まことに実直な剣術であって、すじはよくなかったが、まじめに五年間を修行にはげんで」（p139　新装　p152）とある。香具師《やし》の元締《もとじめ》・鎌屋

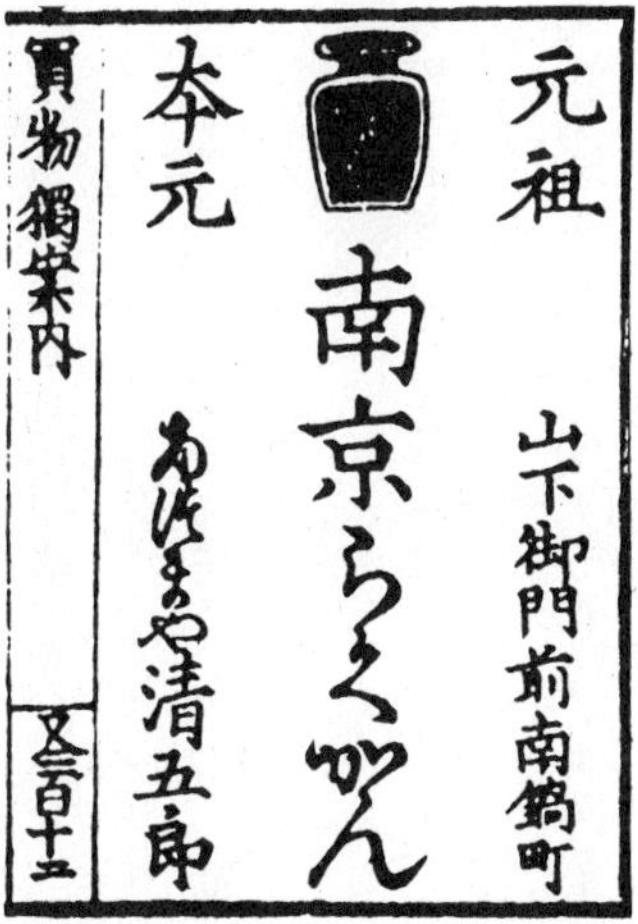

〔南京らくがん〕
（『江戸買物独案内』）

辰蔵《たつぞう》のひとりむすめ・お照とできてしまった物語の主人公・村松伊織の養父。

解答17　秋山道場を閉めたときに、門弟たちの大半を引きとってもらったのは、(b)間宮孫七郎の道場

小兵衛が四谷仲町に自分の道場をひらいたとき、間宮は二年ほど、小兵衛の代稽古をつとめ、のちに独立をした。

小兵衛は、四谷の道場を閉じて鐘《かね》ケ淵《ふち》へ引きこもった折、わが門人たちの大半を、間宮孫七郎へ依託した。

6巻「道場破り」p289　新装　p317

天明元年（一七八一）の物語であるこのときに間宮孫七郎は五十二歳だから、小兵衛より十一歳若い。いわゆる名人ではないが、人柄《ひとがら》が立派で、門人それぞれの性質にあわせてその特長を引きだすように教えている……というのが、小兵衛の間宮評。ひとりむすめが嫁いでしまっているので大治郎を自分の息子のようにいつくしむ。

道場は、日本橋本　銀《しろがね》町四丁目（千代田区鍛冶町一丁目）にある。

(a)金了孫十郎の道場　円満寺（文京区湯島一―六―二）向いの一刀流の名門。当主

円満寺（『江戸名所図会』）

池波さんは、本郷湯島五丁目の金子孫十郎の道場をこの向いに設定した。

は小兵衛と似たり寄ったりの年齢。門弟は三百人近い。

(c)牛堀九万之助の道場　元鳥越町（台東区鳥越二丁目）。上州・倉ケ野の郷士の家に生まれた。明和八、九年（一七七一、二）ごろに、越前大野四万石の城主・土井邸で小兵衛と試合をして分けて以来の親交をつづけている。剣の流儀は奥山念流。好物は道場の近くの酒屋が置いている名酒〔亀の泉〕。

3巻「東海道・見付宿《みつけじゆく》」の、見付の酒問屋〔玉屋〕が醸造している名酒も〔亀の泉〕（p23　新装　p25）というらしいが、おなじ酒なのかな。

解答18　『剣客商売』は16巻「霞の剣」、秋山小兵衛が六十七歳の天明五年（一七八五）で終っているが、小兵衛はこの先、(c)九十三歳まで生きつづけた

まず、7巻「春愁」で、六十をこえたという小兵衛に、浄土宗鎮西派本山の芝・増上寺（港区芝公園四—七—三五）中門前の刀屋〔嶋屋孫助《しまやまごすけ》〕が、

「あと三十度は、桜花《はな》をごらんになれましょう」　p9　新装　p9

つまり九十すぎまでは大丈夫というわけである。このときが天明元年（一七八一）。

おなじ年の晩秋、舟上での大治郎とおはるとの会話。

「まだ私が小さかったころ、父上が何処《どこ》かの屋敷へ招《よ》ばれて行き、その席上で、何とやらいう高名な易者に人相と手相を見てもらったことがあったといいます」

「へえ……？」

「そのとき、その易者が、こういったそうな。秋山さんは、九十まではかならず死なぬ。その後の養生しだいで、百までは生きると……」

9巻「剣の命脈」p295　新装　p321

易者の予言が出てくるところが、気学に凝っていたいかにも池波さんらしい発想といってはいけないだろうか。まあ、九十何歳説は、小兵衛のモデルの一人だった中村又五郎丈への応援歌だったともとれないことはない。

さて、それから三年のちの天明四年（一七八四）には、

おはるは、小兵衛より四十も年下で、健康そのもののような女であったがあの世へ旅立ったのは、おはるのほうが先である。

何しろ小兵衛は、九十三歳の長寿をたもったのだから……。

16巻「深川十万坪」p18　新装　p20

文化八年（一八一一）に小兵衛が九十三歳であの世へ旅立ったとき、おはるが生存していなかったのは記述のとおりとして、五十八歳になっていた大治郎、五十三歳の三冬、三十歳の小太郎、七十一歳のはずの弥七は看取《みと》ることができたろうか。

小説はそこのところを記していないから、読み手が勝手に想像するしかない。うん、小兵衛は三冬の手をにぎったまま、みまかったろう。いや、小太郎の嫁女の手のほうであったかもしれない。

「おはる……」

と、つぶやいて……。

【一分間メモ5】『幕末随一の剣客・男谷《おだに》精一郎』

標題は、池波さんが満四十一歳の昭和三十九年（一九六四）に『歴史読本』二月臨時増刊号に寄稿した、短篇小説というより随筆と呼んだほうが当を得ている十六枚ほどの小篇である。

幕末の名剣士といわれる人びと――すなわち、千葉周作・桃井春蔵《もものいしゅんぞう》・斎藤弥《や》九郎《くろう》・島田虎之助・大石進などのうち、ぬきん出て名剣士といわれる人は、やはり男谷精一郎であろう。

男谷の前の五人の剣士はいずれも、池波さんが名著と推奨している山田次朗吉『日本剣道史』に名前があげられた人たちである。同書は男谷を賞揚して「直心影流に一人の偉人が顕《あら》はれた。之《これ》を男谷精一郎といふ」「(文化八年　一八一一)二十歳の時に同族の男谷彦四郎の養子となつて小十人頭の家を嗣《つい》だ」

幕臣の役職任免記録『柳営補任《りゅうえいぶにん》』は、養父の彦四郎思孝《ひろたか》が天保八年(一八三七)三月二十七日から小十人組・一番組の組頭となったことを告げており、池波さんも初出時は養子先の男谷家を「小十人頭の家」とし、のちに「小十人組の家」と訂正。養家で御目見《おめみえ》がかなうようになったのは彦四郎の父以後とわかったからかもしれない。御目見ということでいうと、精一郎の生家のほうは御目見以下。精一郎は先手《さきて》組頭《くみがしら》、のちに講武所奉行に任じられた。剣のみならず文学をたしなみ書画をよくしたが、この小篇はなぜか、文庫にはいまのところ収録されていない。

三章　秋山大治郎の住まい関連

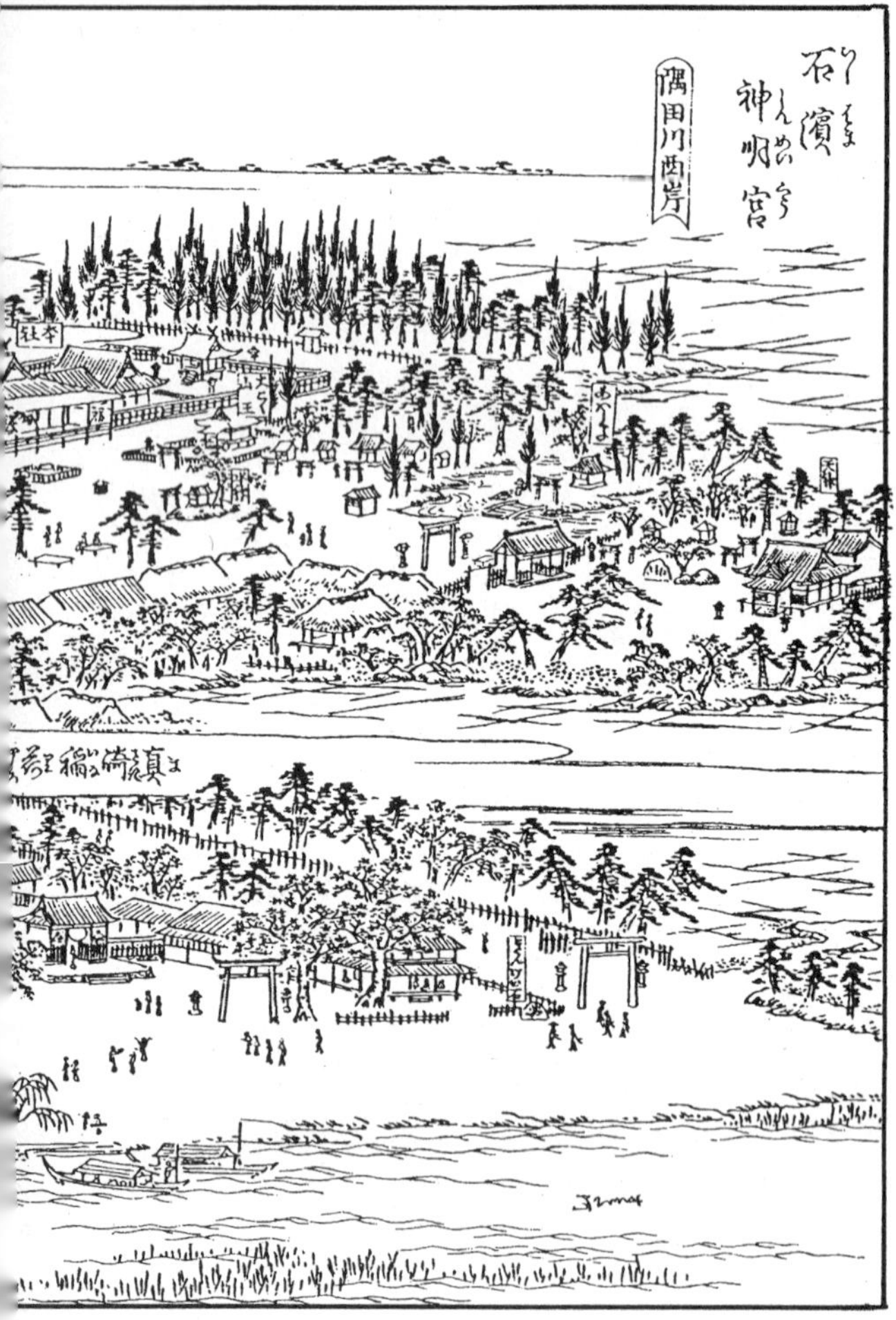

↗中の閑静な環境に設定。

石浜神明宮　真崎稲荷社（『江戸名所図会』）

池波さんは、秋山大治郎の住居兼道場を、橋場の北、真崎稲荷の裏手の林の

其二

円恩

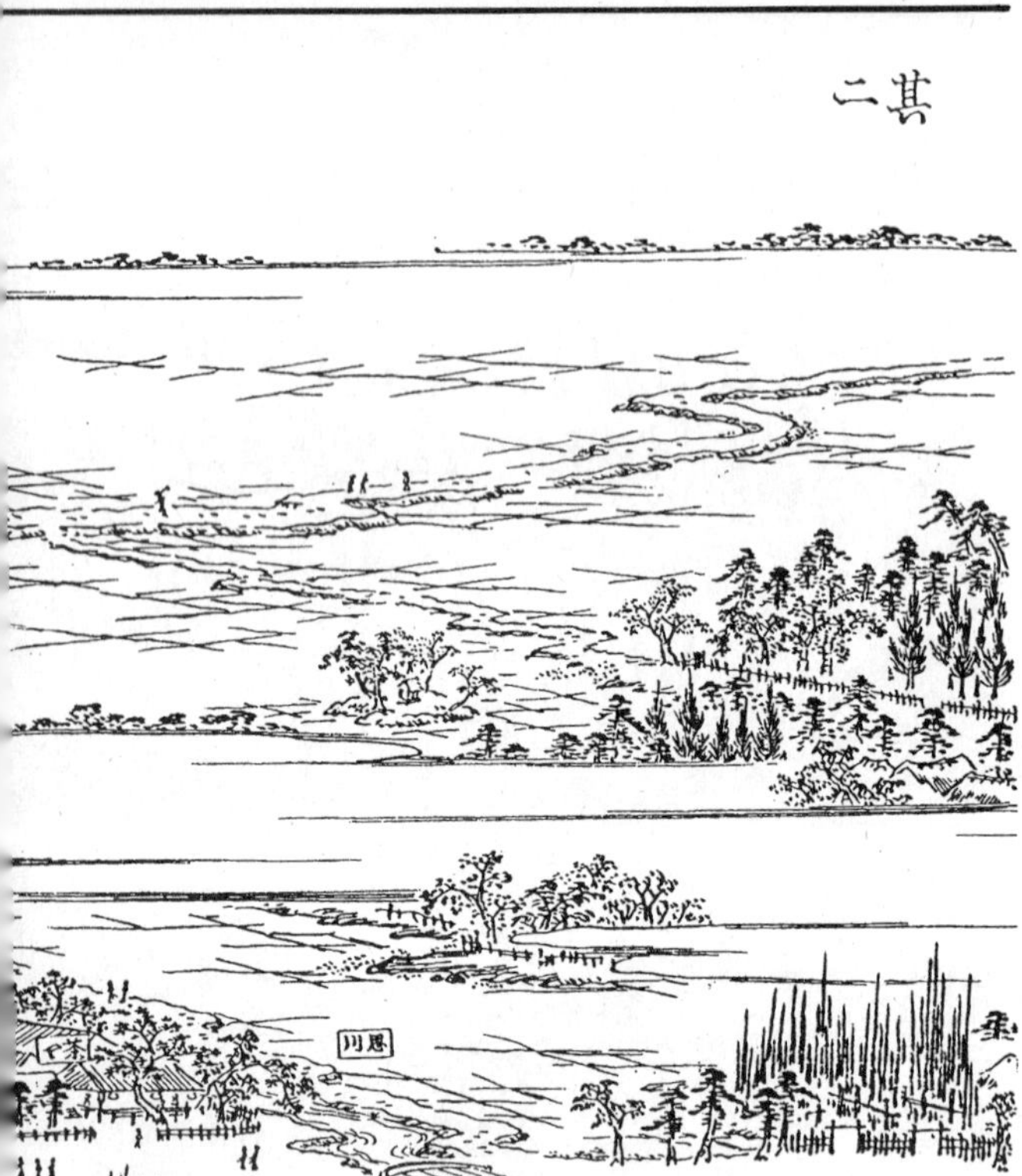

ある。

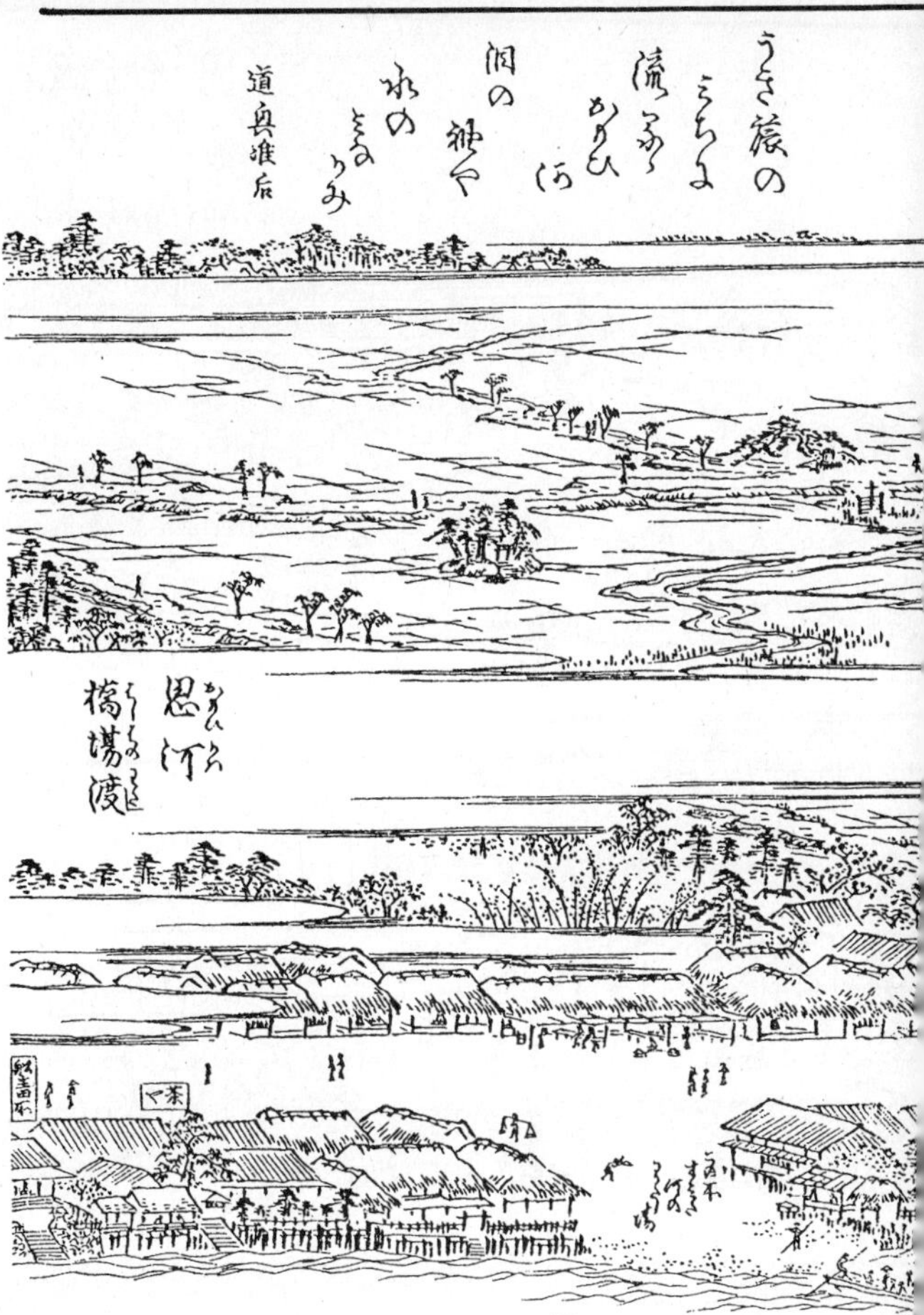

思川・橋場の渡し

真崎稲荷から大川ぞいに思川をわたると、料亭〔不二楼《ふじろう》〕や船宿〔鯉屋《こいや》〕が

總泉寺
そうせんじ
破尾不動
やぶおふどう
同 藥師

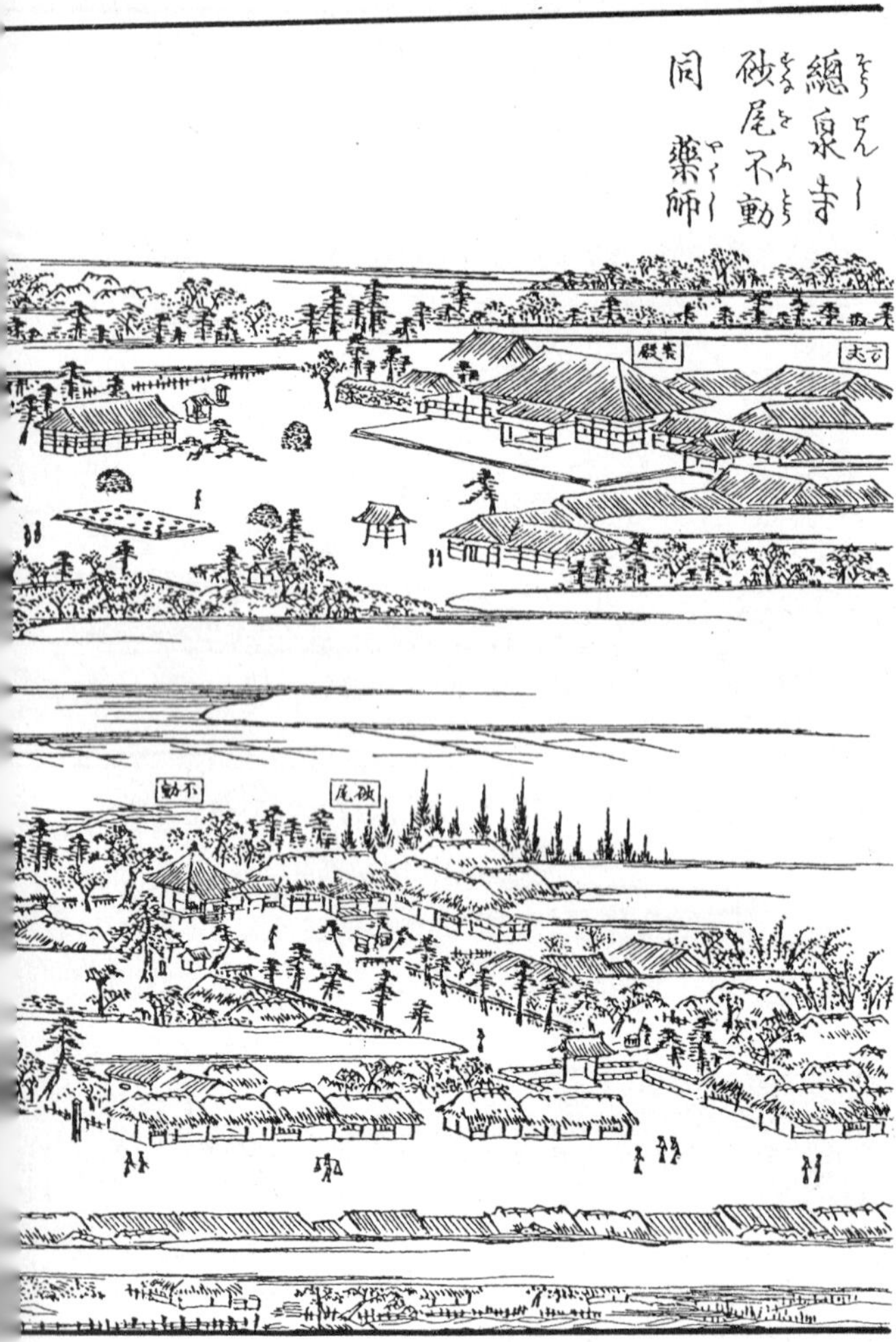

「し」とある。

総泉寺　砂尾不動　砂尾薬師（『江戸名所図会』）
総泉寺は二万八千坪の広大な寺域を領していた。画面左下に「この辺別荘多

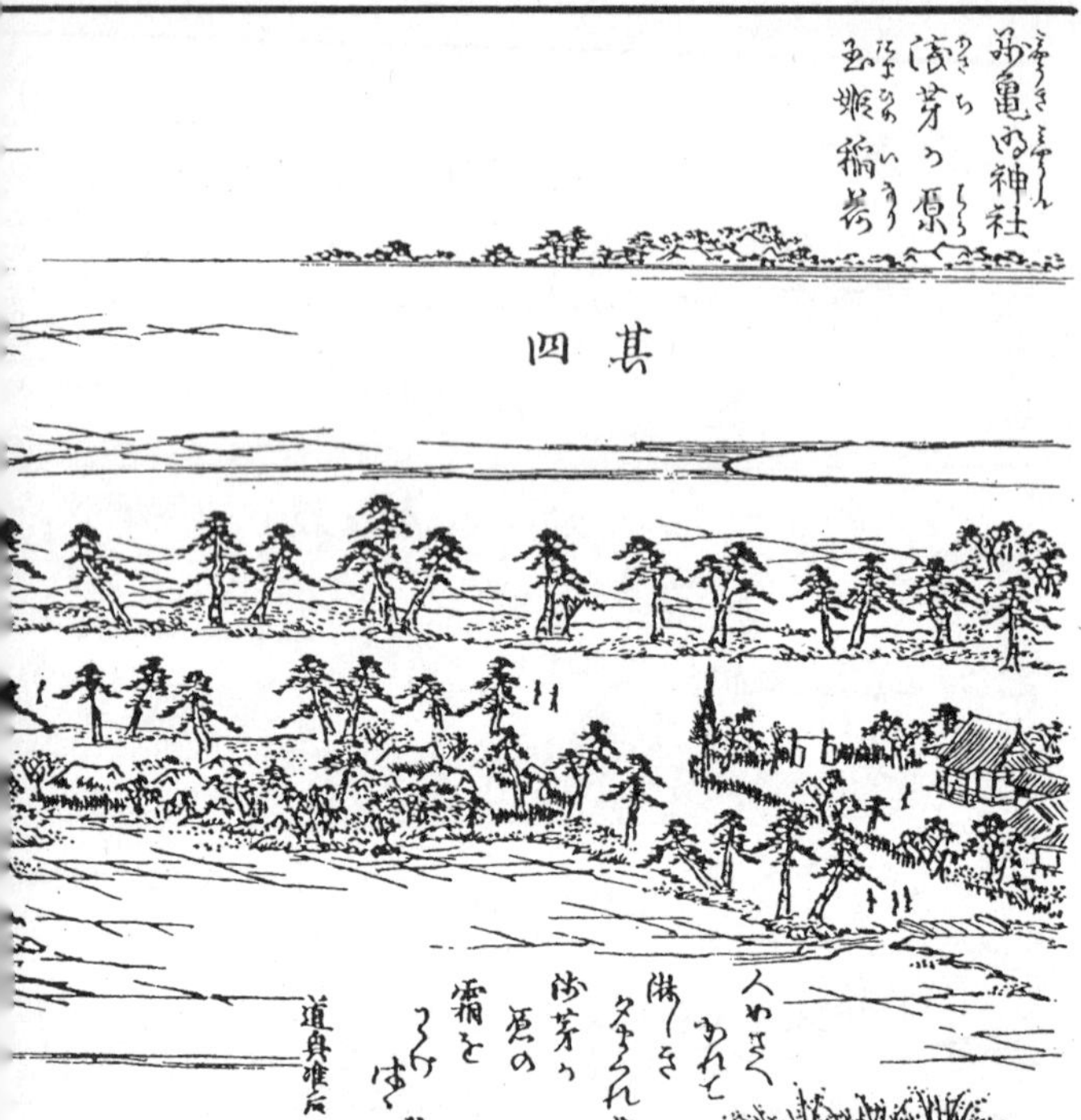

↗だと裏手の盗人宿で合鍵づくりが……。

妙亀明神社　浅茅ケ原　玉姫稲荷（『江戸名所図会』）
画面中央奥の玉姫稲荷の境内で、小兵衛が鬼熊へ語りかける。『鬼平犯科帳』

渡し舟で大川をわたりもどった秋山大治郎は、橋場《はしば》の町外れをながれる思川《おもいがわ》をわたり、真崎稲荷社《まさきいなりしゃ》の杜《もり》を右手にのぞみつつ、小川のながれに沿って行く。

前方は、いちめんの田地で、それが春田《はるた》だけに一層ひろびろと感じられた。

土のにおいの濃い田面《たのも》に、夕闇《ゆうやみ》が這《は》っていた。

北側の田面に、大治郎の家へ通ずる小道がついている。このあたりは近くの総《そう》泉寺《せんじ》の土地で、小兵衛が買い取り、息子のために改造してやった家には、以前、総泉寺の田畑にはたらく百姓たちが住んでいたものであった。

田の中の小道が、ゆるくのぼって行くにつれ、大治郎の家が姿をあらわす。

正面に道場。その右手に住居の勝手口が見え、石井戸が見える。

1巻「剣の誓約」p91　新装　p99

問19　秋山大治郎の道場兼住まいのある橋場は？
(a)浅草の北端
(b)浅草の西端

問20　思川が流れこんでいるのは？

(a)江戸川
(b)大川（隅田川）
(c)荒川

問21　右に引用した「剣の誓約」の文章で、大治郎がわたりもどったのは、橋場と対岸の寺島村との間を往復する橋場の渡しだが、その舟賃は？

(a)無料
(b)二文
(c)五文

問22　ところで大治郎は、渡し賃を払ったろうか？

(a)もちろん、払った
(b)顔なじみの船頭なので、盆暮れにまとめて払うから、このときは払っていない
(c)江戸の渡しは、武士は無料と決められているので、払わなかった

問23　大治郎の道場の広さは？

(a)十五坪（約五十平方メートル）
(b)二十坪（約六十六平方メートル）
(c)三十坪（約百平方メートル）

問24　廊下をへだてて道場に隣接している居間は？

(a)六畳と三畳
(b)八畳と四畳半
(c)一畳と四畳半

問25　石井戸のまわりでよくさえずっている野鳥は？

(a)雀
(b)水鶏《くいな》
(c)鷦鷯《みそさざい》

問26　飯田粂太郎が道場で起居するまで、大治郎の食事の世話をしていたのは近所の百姓・玉吉の、口をきかない女房……

(a)おき、きね
(b)おき、きぬ
(c)おき、きみ

問27 稲荷には、宇迦之御魂命《うがのみたまのみこと》をまつる伏見稲荷系統のものと、仏教系で吒枳尼天《だきにてん》をまつる豊川稲荷系統があるが、真崎稲荷社はどちら？

(a)伏見稲荷系
(b)豊川稲荷系

問28 総泉寺は現在《いま》……

(a)同じ橋場町に現存する
(b)同所には現存しない

【小兵衛の至言1】　男というものは、若いうちは……

入門者がまだ一人もいない秋山大治郎の道場をのぞいてきて報告するおはると小兵衛のやりとり。

「せがれめ、何をしていたえ?」
「あの、板の間の……」
「道場か?」
「あい。そこで、ひとりきりで立って、刀をぬいて……」(略)
「凝《じっ》と眼を据えなすって……」(略)
「刀をかまえて」(略)「いつまでもいつまでも……」
「ふうん……」(略)
「なにが、おもしろいのかね?」
「男というものはな、若いうちは、あんなことでも、おもしろいのさ」
「ふうん……」

1巻「女武芸者」p23　新装　p24

実生活にはまったくといっていいほど役に立たないこと——剣の技ではなく剣の心におもいをいたすとか、武田陣営からの帰順者に見る徳川家康流の人づかいとか、無名の映画監督の演出術とか、英国紳士は傘巻き職人へいくら払っているとか……について甲論乙駁《こうろんおつばく》して飽きないのが青春というものだ。こういう寄り道へふんだんに立ちよることで若い男は友を得、人間の幅を広げて行く。

解答19　秋山大治郎の道場兼住まいのある橋場は、(a)浅草の北端千住《せんじゅ》大橋あたりから東へ流れていた大川（隅田川）は、橋場の北あたりで向きを真南へ変える。

つまり大川は、北から南へ流れているのである。大川に面している橋場は、白鬚橋と今戸の中間にあり、浅草の北端に位置している。

解答20　思川が流れこんでいるのは、(b)大川（隅田川）

引用した文章からも察しがつくように大治郎は、真崎稲荷社の前を流れている思川をわたって道場兼居宅へ帰る。思川は西から東へ流れている小川である。真崎稲荷社の近くにあるのは大川で、思川は、とうぜん大川へ流れこむ。

もっとも思川は、明治通りができたときに埋められて、現在はない。
松林の中にあった真崎稲荷社も、近年の隅田川の護岸工事により石浜神明神社（石浜神社　荒川区南千住三―二八―五八）へ合祀《ごうし》されて社殿が消えた。
『剣客商売』では真崎《まさき》稲荷とルビがふられているが、池波さんが推奨してやまない吉田東伍博士『大日本地名辞書』（冨山房　明治三十六年刊　昭和四十五年増補再刊）は真崎《まつさき》稲荷としている。

解答21　引用した（「剣の誓約」）で、大治郎がわたりもどったのは、橋場と対岸の寺島村との間を往復する橋場の渡しだが、その舟賃は、(b)二文　だった。馬も二文。犬についての記録は知らない。

解答22　ところで大治郎は、(c)江戸の渡しは、武士は無料と決められているので、渡し賃を払わなかった
大治郎は剣客ではあるが、主家に仕えていないから、身分は浪人。郷士の家の出だったとはいっても、秋山小兵衛も身分は浪人に近い。佐々木三冬は、表向きは田沼家の家人《けにん》のむすめだから武家（？）の家族といえる。

浪人であろうと家人の家族であろうと、武士であることにかわりはない。江戸では、武士は渡しは無料がきまりであった。二文払ったのは、農民、町民（職人と商人）などと馬である。

解答23　大治郎の道場の広さは、(a)十五坪（約五十平方メートル）

「これからはな、お前ひとりで、何も彼《か》もやってみることだ。おれは、もう知らぬよ」

こういって父の秋山小兵衛が、ここへ十五坪の道場を建ててくれた。廊下をへだてて六畳と三畳二間《ふたま》きりの住居があっても、道具類はほとんどない。

1巻「女武芸者」p8　新装　p8

六畳と三畳と台所を入れると総建坪は(b)二十坪（約六十六平方メートル）を超えるが、設問は「道場の広さ」だから(a)十五坪が正解。

三冬と結婚して小太郎が生まれたのちに、住居部分はもう一間《ひとま》建て増された。

解答24 廊下をへだてて道場に隣接している居間は、前問の解答で引用したとおりに(a)六畳と三畳の二間きり

解答25 石井戸のまわりでよくさえずっている野鳥は、(c)鶺鴒

冷たい風に、竹藪《たけやぶ》がそよいでいる。

西にひろがる田圃《たんぼ》の彼方《かなた》の空の、重くたれこめた雲の裂目《さけめ》から、夕焼けが滲《にじ》んで見えた。

石井戸のあたりに先刻から、鶺鴒がしきりに飛びまわってい、澄みとおった声でさえずっているのを、この家の若い主《あるじ》は身じろぎもせずに眼で追っていた。

1巻「女武芸者」p7 新装 p7

シリーズ冒頭の数行で、幕のあがった舞台のような景色なので、記憶されている方も多かろう。

鶺鴒は全国的に分布しているスズメ目ミソサザイ科の野鳥。縞模様が目につく黒褐色の体で、よく響く声でツィーツィーツィ、ツィーツィーツィッと地鳴きする。

真崎稲荷社が松林の中にあった当時の荒川区南千住三―三八―一の社へ参詣したとき、この小鳥の声をきいた記憶がないのは夏場だったからだろう。三月初旬には山へもどっている。

池波さんが下見に行ったのが物語とおなじ初冬だったら、あれだけ樹林が鬱蒼《うつそう》とした境内のこと、山地から降りてきたばかりの小鳥たちに出会ったろう。

佐々木三冬が暮らしていた根岸の寮の向かい、円光寺（臨済宗　台東区根岸三―一一―四）の住職・掘見師は、江戸時代からの藤樹がのこっている奥庭に設けている野鳥のための餌箱には、鶺鴒も訪れると話した。

解答26　飯田粂太郎が道場で起居するまで、大治郎の食事の世話をしていたのは近所の百姓・玉吉の、口をきかない女房の(a)おきね

大治郎が、我が家へ近づいて行くと、近くの百姓・玉吉が裏手の石井戸で水を汲《く》んでいるのが見えた。

玉吉の女房おきねは唖なのだが、こころのあたたかい女で、三冬が嫁いで来る前は、このおきねが朝夕に立ち寄って食事の支度をしたり、洗濯をしてくれてい

た。

11巻「勝負」p95　新装p104

三冬に小太郎が産まれるときの情景である。おきねは二日も前から大治郎宅へ泊まり込んで出産を待っているのだ。

三冬の生母は早くに病歿しており、父親の田沼意次《おきつぐ》は公務にいそがしくて、助産婦はおろか女中を送りこむことにまでは気がまわらない。いや、養母の佐々木なにがしもうかつにすぎる。

解答27　稲荷には、宇迦之御魂命をまつる伏見稲荷系統のものと、仏教

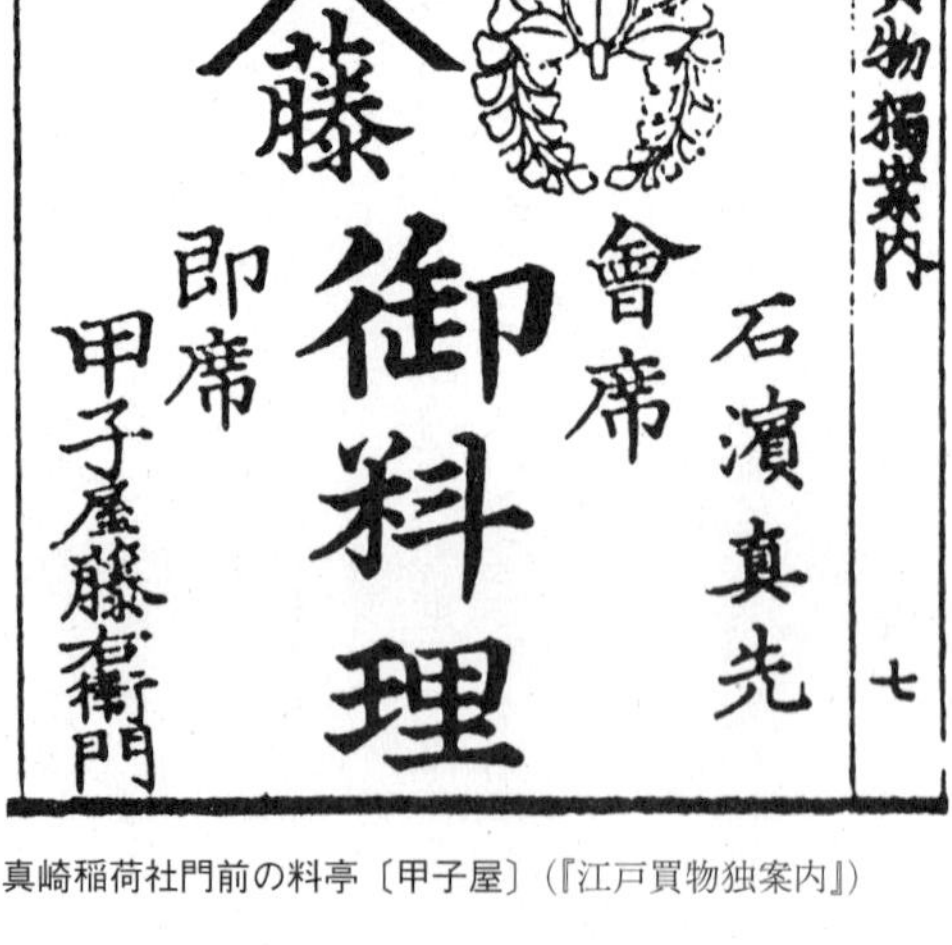

真崎稲荷社門前の料亭〔甲子屋〕（『江戸買物独案内』）

系で吒枳尼天をまつる豊川稲荷系統があるが、真崎稲荷社は、(a)伏見稲荷系

石浜神社の摂社だからとうぜん神道系。十数年前に参拝したときには、社殿に成長稲荷社、長久稲荷社を合祀していた。境内には火山岩を積んだ台の上の招来稲荷社の祠《ほこら》が鎮座し、おなじく火山岩でつくった穴に白狐神をまつった小祠もあった。銘板に、千葉介兼胤《ちばのすけかねたね》は家につたわっていた霊珠《れいじゅ》のおかげで数度の戦場に先登《さきがけ》の誉れがあったが、子・秀胤《ひでたね》は霊珠を肌につけるのをおそれてかわりに稲倉魂《うがのみたま》の神像を携帯したらしい。この神像を天文二十三年（一五五四）に、千葉守胤《もりたね》がまつったのにはじまる、とあった。

宝暦（一七五一〜六四）のころが最盛期で、吉原豆腐でつくった真崎田楽《でんがく》を売る店が甲子屋《きのえね》をはじめとして十軒ほどもならんでいた。甲子屋は『江戸買物独《ひとり》案内』へも広告を出している。

(b)豊川稲荷系の稲荷の登場は、「春愁」の霞山《かすみさん》稲荷社（現・桜田神社。港区西麻布三―二―一七）

霞山稲荷明神は往古、桜田の霞が関にあったのを、江戸が徳川将軍の城下となってのち、麻布へ移された。

霞山稲荷社（『江戸名所図会』）

本尊は吒枳尼天像で、明神社の縁起はまことに古い。

7巻「春愁」p20　新装　p22

池波さんは『江戸名所図会』の霞山稲荷社の壮麗なたたずまいに気をひかれ、鳥居左の門前茶店を右へ移してヒロイン・お金の〔猿屋〕とした。

境内へ入った小兵衛は本堂（正面）、地蔵堂（左手）、観音堂（中央右）を拝し、絵馬堂の絵馬をながめてから、〔猿屋〕の向かいの藁《わら》屋根の茶店へ入る。愛弟子・笠井駒太郎の敵《かたき》をとるための下調べである。

解答28　総泉寺は現在《いま》、(b)台東区橋場町には現存しない。大正十二年（一九二三）の大震災後、板橋区小豆沢《あずさわ》三―七―九へ移転している。切絵図でたしかめると、寺地二万八千坪（約九万二千平方メートル）の巨刹だった。大治郎の道場からは、松樹からぬきんでた本堂の大屋根が見えたことだろう。

総泉寺について、『江戸名所図会』は曹洞派の禅林で、江戸三か寺の一員と記している（あとの二寺は高輪の泉岳寺と芝の青松寺）。千葉家の香華院《こうげいん》で、のちに秋田藩主・佐竹家の江戸菩提寺にもなった。

大正十二年の震災では、浅草の聖天下にあった池波家も倒壊、一家は生後九か月の池波さんともども埼玉県の浦和へ引っ越した。

四章　秋山大治郎まわり

問29　大治郎道場の門人第一号、湯島《ゆしま》植木町に屋敷をかまえる七百石の旗本・高尾左兵衛の次男・勇次郎が振らされた、赤樫《あかがし》でつくられ、鉄条がはめこまれている振《ふり》棒《ぼう》の重さは？

(a)二貫目（約七・五キロ）
(b)三貫目（約十一・二六キロ）
(c)四貫目（約十五キロ）

問30　小兵衛の師・辻平右衛門《つじへいえもん》が麴町九丁目の道場から山城《やましろ》の国・愛宕《おたぎ》郡・大原《おはら》の里へ隠棲したのは寛延元年（一七四八）、小兵衛が三十歳のとき。このとき大治郎は？

(a)生まれていた
(b)生まれていなかった

問31　お貞は大治郎が七歳のときに三十五歳で死去。「大治郎は父の道場の、剣術の稽古《けいこ》の響《とよ》みの中で生まれ、育った」

1巻「剣の誓約」p68　新装　p73

そして「十三歳のころに、どうしても剣士として生きたい」（同）と小兵衛にいった。

「十五歳の夏に、山城の恩師のもとへ〔ひとり息子〕をさし向けた」（同）

このとき、師・辻平右衛門の年齢は？

(a)六十をこえていた
(b)六十五をこえていた
(c)七十

問32　亡師・辻平右衛門から大治郎が授けられた無外《むがい》流の型は？

(a)三十六手
(b)三十七手
(c)三十八手

問33　安永八年（一七七九）の一月から神田橋御門内の田沼意次本邸の道場へ一日置きに出向き、家来たちに稽古をつけることになった大治郎だが、橋場の自宅から田沼邸までの片道は、最短距離でざっと……？

(a)約三キロ
(b)約五キロ
(c)約七キロ

【小兵衛の至言2】　強さは他人《ひと》に見せるものではない

「真の剣術というものはな、他人《ひと》を生かし、自分《おのれ》を生かすようにせねばならぬ。ちがうか……おぬしの師匠は、そのように申されなんだか？」

8巻「狂乱」p160　新装　p175

人から好かれない——つまりは世間を敵意にあふれた目でしか見ることができない剣術遣《つか》い・石山甚市へ、小兵衛がやさしく問いかける。

甚市の強すぎた剣が災《わざわ》いをまねいていたのだ。木太刀で破れた藩士たちは、彼の低い身分をさげすむことで鬱憤《うっぷん》をはらした。

甚市が剣に頼れば頼るほど、世間は彼に背を向けた。周囲の人たちの幸せを自分が嫉妬していることに甚市は気づかなかった。

不遇のうちに生涯をおえた剣の師・橋本駒次郎は、甚市をこう諭《さと》した。

「おのれの強さは他人に見せるものではない。おのれに見せるものよ。このことを、ゆめ忘れるな」

8巻「狂乱」p161　新装p176

小兵衛も師・橋本駒次郎も、剣術の目的を全人格の成長に置いている。

秋山大治郎は、かつての若き日の小兵衛がそうであったように、ただ剣をまなぶというだけではなく、剣術によって人間の心身を、

（どこまで昇華させ得るか……）

それをきわめつくすべく、修行にはげんでいる。

『剣客商売』が秋山大治郎と三冬の成長物語といわれるゆえんもここにある。

解答29　門人第一号の高尾勇次郎が振らされた振棒の重さは、(c)四貫目（約十五キロ）

大治郎は、その日から勇次郎に、四貫目の振棒をあたえた。

赤樫でつくられた振棒は六尺（注・約一・八メートル）余のふといもので、これ

に鉄条がはめこまれている。

その重い振棒を、

「先《ま》ず、二千遍は振れるように」

大治郎は、そういうのである。

1巻「剣の誓約」p62　新装　p66

池波さんは、『剣客商売』に先立つ八年前の昭和三十九年（一九六四）に短篇「明治の剣聖―山田次朗吉」を『歴史読本』六月号に発表している。これに、千葉県君津郡富岡下郡大鐘《おおがね》生まれで、二十二歳の山田次朗吉が師と見こんだ榊原鍵吉《さかきばらけんきち》に入門をゆるされるくだりが描かれている。


「およし。剣術なぞではおまんまが食えねえから――」

何度も、とめた。

しかし、次朗吉はきかない。

あまり強情なので、ついに、

「よし。それじゃァ、そこにある振棒を十回も振ってごらんな」

と、いう。

見ると、そこに長さ六尺に及ぶ鉄棒があった。目方は十六貫余もあったというが、こんなものを、とても次朗吉が振りまわせるものではない。

十六貫といえば六十四キロ弱である。十六貫は池波さんのいつもの早とちりのような気がする。十六キロ（四貫目強）なら納得できる。

「明治の剣聖―山田次朗吉」を構想するにあたり、池波さんが参考にした資料は大西英隆氏著『剣聖山田次朗吉先生の生涯』ほかであった。それらのなかに一橋剣友会が発行した島田宏氏編『一徳斎山田次朗吉伝』もあったろう。同書は振棒にふれて「道場には榊原先生時代より伝来の樫の棒がありました。長さ五尺（一・五メートル強）、末口三寸五分位（十・五センチ強）、先太なる八角に削り手元一尺余（約三十センチ）の部分だけ丸く握れるように造られたものでした」と紹介している。重量は記されていない。いずれにしても、榊原鍵吉師は老年になってもこの振棒を毎朝軽がると振っていたという。

笹野《ささの》新五郎《しんごろう》は、三年にわたっておぼれこんだ酒色の誘惑から這《は》いあがり、中断していた剣の道へ深く分け入ろうと、

（決心をしたらしい……）（略）
大治郎は先《ま》ず、例の振棒からやらせた。
これは無外流の初歩である。
新五郎も半月ほど前から、ひとりで体の調子をととのえていたらしく、二貫目の振棒を五百回振りぬいても体勢はくずれぬ。（略）
そして一月もすると……（略）
振棒も、三貫目の重さに替えられた。
7巻「梅雨の柚《ゆ》の花」p154　新装p169

「剣の誓約」から三年経ている。大治郎も四貫目の振棒は引っこめ、二貫目、三貫目のを手当てしていた。小兵衛のいう〔商売っ気〕がそれだけでてきたとみよう。

解答30　辻平右衛門が山城の国・愛宕郡・大原の里へ隠棲した寛延元年（一七四八）には大治郎は、(b)生まれていなかった
小兵衛とお貞が結ばれたのは、それから三年後の寛延四年（一七五一　宝暦元年とも記す）で、大治郎の誕生はさらに三年後の宝暦四年（一七五四）、小兵衛三十六歳、お貞は二十九歳の初産であった。

お貞の出産年齢は、『黒白』に「お貞は、二十六歳で小兵衛の妻となった」（上p326）から試算した。

解答31「十五歳の夏に、山城の恩師のもとへ〔ひとり息子〕をさし向けた」（1巻「剣の誓約」p68　新装　p73）。このとき、師・辻平右衛門は、(c)七十

「平右衛門先生が、お前を見て、江戸へもどれといわれたなら、おとなしゅう、もどってまいれ」

と、小兵衛はいった。

ところが、大治郎はもどって来なかった。

当時、七十をむかえていた老先生に大治郎は気に入られたものと見える。（同）

大治郎が辻平右衛門のもとをおとずれたのは、明和五年（一七六八）。

大治郎のように素直で、真っ正直で、無口な少年なら、平右衛門でなくてもそばにおきたがるであろう。事実、平右衛門の高弟・嶋岡礼蔵もよく指導してくれたし、その後世話になった大坂・天満の道場主の柳嘉右衛門も大治郎の滞留の希望をこころよ

くうけ入れている。

母親の体型を受けついでいる大治郎には、年長者を安堵《あんど》させる何かがあるみたいで、これは、若者としては得難い資質である。

解答32　亡師・辻平右衛門から大治郎が授けられた無外流の型は、(b)三十七手

秋山道場では、若者ふたりが裂帛《れっぱく》の気合声を発し、無外流の型をつかっていた。

ひとりは、飯田粂太郎《いいだくめたろう》。

いまひとりは、二月ほど前から道場へ通って来ている笹野新五郎だ。

秋山大治郎が、亡師・辻平右衛門から授けられた無外流の型は三段に別れてい、その第一段は、いわゆる〔基本〕というべきものである。

三転、四転する無外流の構えから、攻撃と防御の型が三十七手に組み込まれてい、これを二人が〔打太刀《うちだち》〕と〔受太刀《うけ》〕を交互につとめ、くり返し、くり返しつづける。


7巻「梅雨の柚の花」p148　新装　p163

池波さんが、「不滅の名著」と称賛してやまない山田次朗吉著『日本剣道史』を愛

読していたことは、かくれもない事実である。

秋山小兵衛父子を無外流の名手にしたてたのも、この〔名著〕によると推察する。もっとも同書で無外流と辻月丹《げったん》の逸事《いつじ》に筆がおよんでいるのはわずか三ページほど、原稿用紙に写して三枚半たらずで、逸事のほとんどは1巻「剣の誓約」に引用されている（p65から66　新装　p70から71）。

型が三十七手あることは、同書の無外流の項には記されていない。他流にある〔仕《し》太刀《だち》〕〔受太刀〕などの型から池波さんが創作したものかもしれない。〔仕太刀〕は無外流でいうところの〔打太刀〕で、〔仕懸太刀《しかけたち》〕と呼ぶ流派もある。

もうひとつの不思議は、大治郎のころ、各道場では稽古には面籠手《めんこて》をつけて竹刀《しない》を常用していたはずだが、小説ではほとんどの道場が素面素手《すめんすで》の木太刀《こだち》で打ちあっている。面すれすれ小手すれすれで止めるのが木太刀稽古の作法とはいえ、あやまって打つ危険もあり、そういう道場は入門者から敬遠された。

しばらくして、大治郎と三冬は真剣を抜いて道場に向い合った。

無外流の型をつかおうというのである。

この型は、秋山父子《おやこ》の恩師・辻平右衛門が創案したもので、二十の型から成っている。その一つ一つには別に何の名称もつけられていない。剣術の型には、いちいち〔稲妻〕だとか〔霞切《かすみきり》〕だとか、もっともらしい名がついているけれども、いまは亡《な》き辻平右衛門は単に〔型ノ一〕とか〔二〕とかいうだけで、伝書のようなものもつくらなかった。

5巻「三冬の縁談」p249　新装　p273

大治郎と三冬が、たがいに恋を意識した瞬間の、まばゆいような場面に挿入される真剣による稽古ぶりは、恋ごころの表現に不器用な二人を象徴していて、なんともほほえましい。

池波さんが、「通論」だけでも、と推す『日本剣道史』のその「通論」を当世流の言葉に置きかえて引用する。

「剣道が兵法と呼ばれた古《いにし》えより今日まで、幾多の変遷消長があったが、精細に事歴をいうのはむずかしい。けれども庶民が刀剣を腰に大道を濶歩《かっぽ》する時代は、一消一長の屈伸はあっても剣撃の声はいたるところ絶えなかった。足利氏が兵権をにぎったころから、この道の師範家はようやく定まり、流派も続出してきた。刺撃《しげき》のみをこととした古風は一掃され、各派、剣理の考究に少なからず苦心した」

「すなわち、型と称するものが生まれ出たのである。この型を平法と称する原則に基づいて、仕太刀、打太刀の順逆、利害を研究し、進んで敵手に打ち勝つ理法を案出した」

「この法式によっておのおの名称をつけ、家々の規矩準縄《きくじゅんじょう》とし、中には秘太刀と唱えてたやすくは人に伝えないものを工夫して相伝と号した。相伝を得た者はすでに師範の資格を備え、門戸を別に設けて一家をなすことができた。これによって会技に達する者は、二、三の型を増減し、あるいは名義を変えて一流を組織し、みずから流祖になる者が多い」

「だから詮ずるところ、流名を違えていても実質は同じもの、流名は同じでも実質は異なるもの、あるいは同門から出ても個人の天賦《てんぷ》の特性によって技巧を異にするなど、一定一様ではない」

辻平右衛門が型におもわせぶりな呼称をつけなかったのは、池波さんが山田次朗吉翁のこの主張に同感したためであろう。

解答33 安永八年（一七七九）の一月から神田橋御門内の田沼意次《おきつぐ》本邸の道場へ一日置きに出向き、家来たちに稽古をつけることになった大治郎だが、橋場の自宅から田沼邸までの片道は、最短距離でざっと、(b)約五キロ

大治郎はこの正月から一日置きに、老中《ろうじゅう》・田沼主殿頭意次《とのものかみおきつぐ》の本邸へおもむき、家来たちへ稽古をつけることになった。　2巻「妖怪・小雨坊」p206　新装　p226

ただ、距離はどこにも書かれていない。だから地図を実測してみた。ほとんど五キロ。大治郎の歩幅を七十センチとすると七千余歩。これを半刻《はんとき》（一時間）であるく。もちろん毎日同じ道順をとるとはかぎらない。が、寄り道をしないで往復十キロメートル、一万四千余歩。立派な健康法にもなっている。

生涯学習センターの〔鬼平〕クラスでは、月一回の割で史跡めぐりウォーキングをしており、三キロのコースを寺社に参詣しながら二時間かけてあるく。そのときに参加者の口をついて出る言葉は、

「むかしの人は足が強かったんだなあ」

これも推測だが、田沼邸での謝礼は月に五両か。扶持《ふち》になおすと六十俵取り。三両では三十六俵となって同心や御家人《ごけにん》なみだから、剣の名手である大治郎には失礼にあたる。

五両とした根拠は、3巻「婚礼の夜」で大治郎は三冬から五両借りた（p229　新装

p250）が、三か月のちに小兵衛が訊《き》く。
「ときに、三冬さんから借りた金は返したのか？」
「はい。田沼様からのお手当てより、月々、差し引いてもらい、半分ほどは返済いたしました」　p254　新装　p277
半分ほどを三両とみると月に一両ずつ。友人のために使って返ってこない金だから一両以上の返済は懐にこたえる。

【一分間メモ6】　無外流

筆者が目にした大西英隆氏の著書は、昭和三十一年三月二十五日に一橋剣友会が出版した非売品の『剣聖山田次朗吉先生の生涯』である。
同書によると、次朗吉の師・榊原鍵吉は「日課としては毎日六尺の振棒を百度宛《あて》振られた。その振棒には〔毎朝一百遍振是而散鬱悶之気《ひゃっぺんふりうつもんのきをさんぜしむ》〕と刻してあった。この日課は、明治二十七年に六十五歳で歿せられるまで、曽《か》って一日でも廃されたことはなかった。従って上腕の囲りは一尺八寸もあり……」

「生得の体質が余り強剛ではなかった（山田次朗吉）先生は、榊原先生の剛剣に錬《ね》られつゝある荒武者連に伍して行くには、一ト通りのことでは駄目だ、先づ鋼鉄の如き体軀にならねばと考へた。そこで修業の傍ら熱心に振棒を振られた。夜となく昼となく、隙さへあれば振棒に親しまれた」

　職人芸を貴しと観じていた池波さんのことである、王貞治選手の深夜におけるバットの素振りもかくやと連想しつつ、無外流の基礎というかたちで大治郎道場の定番に取りこんだ。

「人の寝静まった深夜に独り枕を蹴って庭に出て、一百遍、二百遍、三百遍、果ては一千遍、二千遍と振り続けられた。（略）一体振棒といふものは、その末端を持ち上げた時の重量は、棒自体の目方の約六倍程になるのである。（略）榊原道場の振棒は、赤樫の長さ六尺余りのもので、目方は三貫目余もあった」

五章　嶋岡礼蔵まわり

↗かりの里である。大治郎はここで五年間修行した。

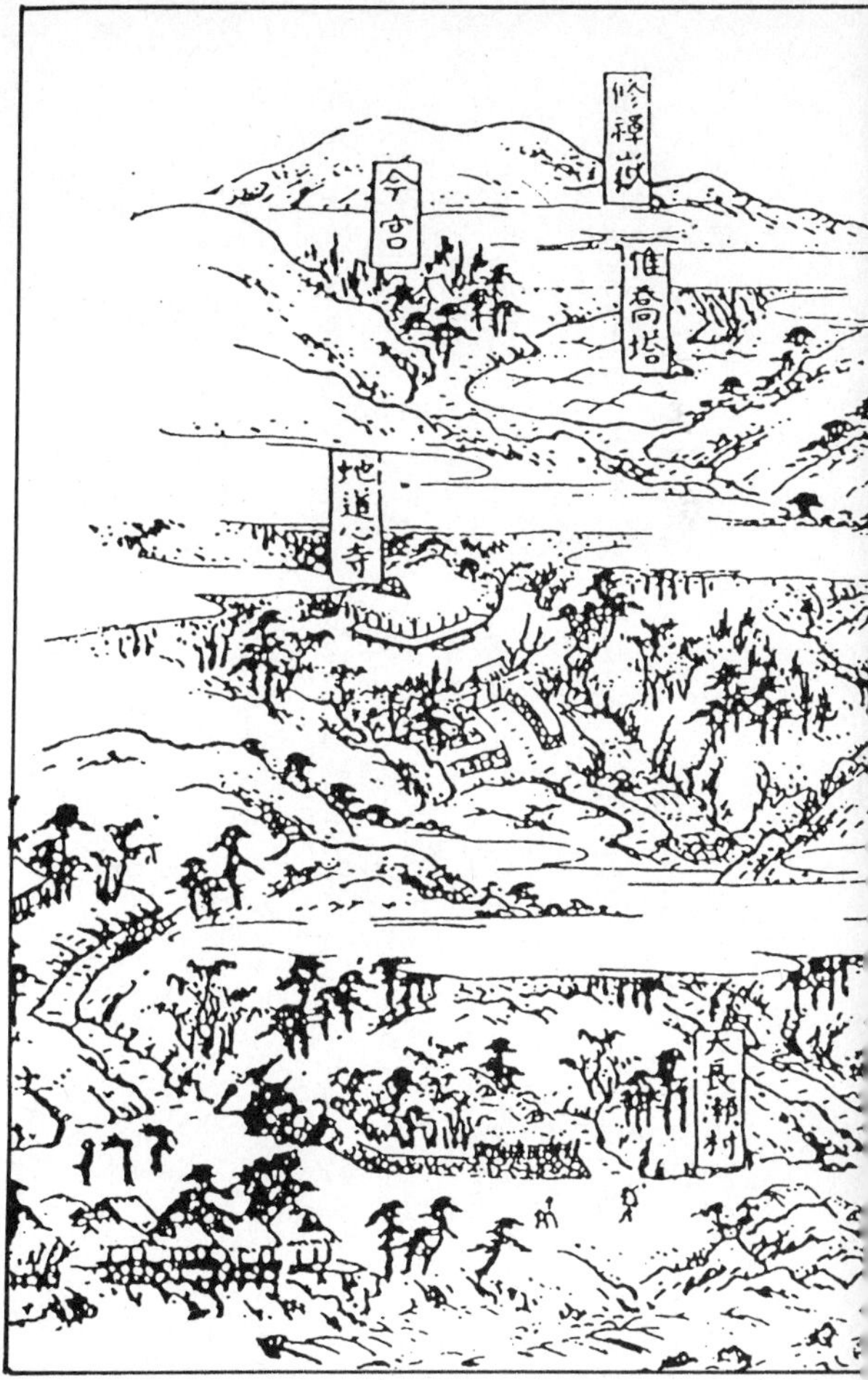

大原郷口（『都名所図会』）

辻平右衛門が嶋岡《しまおか》礼蔵をしたがえて隠棲《いんせい》した山城《やましろ》の国・愛宕《おたぎ》郡・大原は山

問34　麹町九丁目の辻道場で秋山小兵衛とともに「竜虎《りゆうこ》」といわれた嶋岡礼蔵《しまおかれいぞう》の出自は？

(a)大和《やまと》・磯城《しき》郡・芝《しば》村の郷士
(b)信州・小諸在の郷士
(c)駿州《すんしゆう》・田中在の郷士

問35　辻道場での嶋岡礼蔵は秋山小兵衛の弟弟子《おとうとでし》だったが、その年齢差は？

(a)一つちがい
(b)三つちがい
(c)五つちがい

問36　山城《やましろ》国・大原《おはら》に隠棲した師・辻平右衛門に従った嶋岡礼蔵は、秋山小兵衛が遣わした大治郎の剣術を、師に代わって教導することが多かったが、その期間は？

(a)五年
(b)七年

(c)九年

問37　大和から江戸へやってきて大治郎宅の戸口に立った五十七歳の老剣士・嶋岡礼蔵の毅然《きぜん》とした姿は？

(a)湿原に舞いおりた鶴《つる》のよう
(b)暁の霜によろわれた桑《くわ》の木のよう
(c)梢《こずえ》で羽を休めている鷹《たか》のよう

問38　次の文章は1巻「剣の誓約」で、嶋岡礼蔵の使いで秋山大治郎が真剣勝負の相手・柿本源七郎へ手紙をとどけに行く場面である。

秋山大治郎は、一刻《いっとき》（二時間）ほどで、麻布《あざぶ》の四ノ橋をわたり、さらに南へたどって三鈷《さんこ》坂《ざか》へかかる西側の西光寺《さいこうじ》門前まで来た。きっちりと袴《はかま》をつけ、きれいにすきあげた髪へ古風な檜笠《ひのきがさ》をのせている大治郎であった。髷《まげ》は、わが手で結いあげるのである。

どんよりと曇った空の下を、大治郎は西光寺北側の小道へ切れこんで行った。

p73　新装　p79

ここに書かれた三鈷坂をはじめとして『剣客商売』文庫全16巻に登場する江戸の坂の数はざっと？

(a)二十坂前後
(b)三十坂前後
(c)五十坂前後

問39　前問の引用文に出ている麻布の四ノ橋をはじめ、『剣客商売』文庫全16巻に登場する江戸の橋の数はざっと？

(a)四十橋前後
(b)五十橋前後
(c)六十橋前後

解答34　辻道場で秋山小兵衛とともに「竜虎」といわれた嶋岡礼蔵の出自は、(a)大和・磯城郡・芝村の郷士

秋山大治郎が「第二の師」とも仰いでいた大和・芝村の郷士、嶋岡礼蔵は、「剣士としての誓約」を、まもって、十年ぶりに好敵手の柿本源七郎との真剣勝負をおこなうため、はるばる大和から江戸へ出て来た。　2巻「妖怪・小雨坊」p210　新装　p230

嶋岡家は芝村（奈良県桜井市芝）でも大庄屋であったから、礼蔵は山城国・愛宕《おたぎ》郡・大原でつきそっていた師・辻平右衛門が逝くと郷里へ帰り、兄・八郎右衛門のもとでその子や幼い孫たちにかこまれて何ひとつ不足なく余生を送っていた。

そして真剣勝負の前に、剣客・柿本源七郎の色子で門弟でもある伊藤三弥の闇《やみ》討ちに斃《たお》れた。

(b)信州・小諸在の郷士の出だったのは、本所・中《なか》ノ郷《ごう》の道場主・佐田国蔵。10巻「老《おい》の鶯《うぐいす》」で一橋家の家来が門弟。

(c)駿州・田中在の郷士の出だったのは、40ページに既出の小兵衛の盟友・内山文太。

解答35　辻道場での嶋岡礼蔵は秋山小兵衛の弟弟子だったが、その年齢差は、(b)三つ

ちがい

秋山大治郎の記憶にあやまりがなければ、嶋岡礼蔵は、父・小兵衛より三つ下の五十七歳になっているはずであった。

1巻「剣の誓約」p65　新装　p70

「剣の誓約」は安永七年（一七七八）の早春の事件である。小兵衛六十歳、大治郎は二十五歳になっていた。

師の辻平右衛門が麴町の道場を畳んだのは三十年もむかしの寛延元年（一七四八）で、小兵衛三十歳、礼蔵二十七歳のときだった。師の後を追って大原へ行く別れの夜の情景が『黒白』で語られている。

嶋岡は秋山小兵衛の家へ来て冷酒を酌《く》みかわした。

酒をのむだけで、ほとんど無言の二刻《ふたとき》（四時間）であったが、夜ふけて、

「では、これにて」

立ちあがった嶋岡礼蔵へ、小兵衛が、

「先生を、たのむ」

おもわず合掌して見せると、うなずいた嶋岡が、いきなり小兵衛の両手をつかみしめて突然に、

「小兵衛どの。お貞《てい》さんをしあわせにしてくれ。たのむ。たのむぞ」

低い声だが、ほとばしるようにいった。　　『黒白』上p158

大治郎の亡母・お貞を、嶋岡礼蔵もひそかに恋慕していたのである。そのことを小兵衛はこのとき初めて知った。しかしお貞は、小兵衛を愛の相手にえらんでいた。

これに似た設定を、池波さんは『鬼平犯科帳』でも用いている。1巻「本所・桜屋敷」のおふさにともに憧れた若き日の長谷川平蔵と岸井左馬之助である。友人同士が一人のマドンナを恋するのは若者にありがちなことでもある。

それから礼蔵は、二十五年間妻も娶《めと》らずに平右衛門に仕えていた。五年前の安永二年（一七七三）、師・平右衛門の逝去により解放された礼蔵は、五十二歳の身を郷里の大和・芝村で休めることにしたわけだ。

礼蔵が不慮の死をとげたとき、その遺体を小兵衛は迷うことなく本性寺（法華宗台東区清川一―一―二）にある亡妻・お貞の墓所の隣へ葬ってやっている。

解答36 嶋岡礼蔵は、秋山小兵衛が大原へ遣わした大治郎の剣術を、師・辻平右衛門に代わって教導することが多かったが、その期間は、(a)五年

これより約五年。大治郎は辻平右衛門の手もとにあって修行をつづけた。平右衛門の傍《そば》には、依然として嶋岡礼蔵がつかえてい、大治郎は礼蔵に、〔第二の師〕としてつかえ、山ふかい大原における五年間の修行を終えたのであった。

1巻「剣の誓約」p68 新装 p73

この五年間のうちの三か月ほど嶋岡礼蔵が大原を留守にしたことがある。柿本源七郎との因縁ができたのはそのときであった。

解答37 大和から江戸へやってきて大治郎宅の戸口に立った五十七歳の老剣士・嶋岡礼蔵の毅然とした姿は、(b)暁の霜によろわれた桑の木のよう

1巻「剣の誓約」p64 新装 p69

「剣の誓約」には、こんな文章もある。

湯がわくと礼蔵を入れ、背中をながしにかかる。細身ではあるが、鉄線を何条もより合わせたような嶋岡礼蔵の体躯《たいく》であった。

白いものがまじった総髪とは別人のように引きしまった、鍛練しつくした肉体なのである。

p69　新装　p74

【嶋岡礼蔵の至言】　剣士の宿命

「ようきけ、大治郎。好むと好まざるとにかかわらず、勝負の決着をつけねばならぬのが剣士の宿命というものだ。おぬしが父の小兵衛どのは、そこを悟って、老《おい》の坂へかかったとたんに、ひらりと身を転じたそうな……ふ、ふふ……小兵衛どのとて、ずいぶんと手きびしく打ち負かした相手が何人もいる。負けたものは、勝つまで、挑みかかってくる。わかるか、な？」

「は……」

「負けた相手に勝たねば、剣士としての自信が取りもどせぬ。自信なくして、おのれが剣を世に問うことはできぬ。(略)そのことを、若いおぬしも、よくよくわきまえておけ」
「はい」
「天下泰平の世に、われらのごとき世界があるとは、な……」

1巻「剣の誓約」P71　新装　p77

嶋岡礼蔵が大治郎をさとした言葉であるが、これはなにも剣士の世界ばかりのさだめとはかぎるまい。真剣による命のやりとりを、討論による研究者生命のやりとり――といいかえることもできる。議論に負けた者はさらに研鑽《けんさん》をつんで再度、議論をしかけてくる。

競合会社との新製品競争といいかえてもいい。抜きつ抜かれつはどの業界にもあることで、まかりまちがうと企業生命が果てることすらないでもない。

解答38　三鈷坂をはじめとして『剣客商売』文庫全16巻に登場する江戸の坂の数は、(b)三十坂前後正確にいうと、二十八坂。

・千代田区　二坂　淡路坂、中坂
・港区　九坂　三鈷《さんこ》坂、仙台坂、江戸見坂、聖《ひじり》坂、芋洗《いもあらい》坂、榎《えのき》坂、暗《くら》闇《やみ》坂、永《なが》坂、鳥居《とりい》坂
・新宿区　三坂　鉄砲坂、左内《さない》坂、神楽《かぐら》坂
・文京区　五坂　菊坂、団子《だんご》坂、湯島天神の男坂・女坂、駒込坂
・台東区　六坂　坂本・車坂、上野山内への女坂、屏風《びょうぶ》坂、善光寺坂、三浦坂、首ふり坂
・目黒区　二坂　権之助《ごんのすけ》坂、行人《ぎょうにん》坂
・豊島区　一坂　妙義《みょうぎ》坂

それぞれの坂のあり場所を切絵図上にさっと指《さ》せるようになったら、秋山小兵衛なみ、〔四谷〕の弥七なみに江戸の町々に精通、『剣客商売』を二倍たのしめているといえよう。自分の脚《あし》でこれらの坂を上り下りすると、池波さんが愛惜した江戸の面影が見えてくる。筆者は坂々を踏破、これで『剣客商売』を三倍たのしんだ。

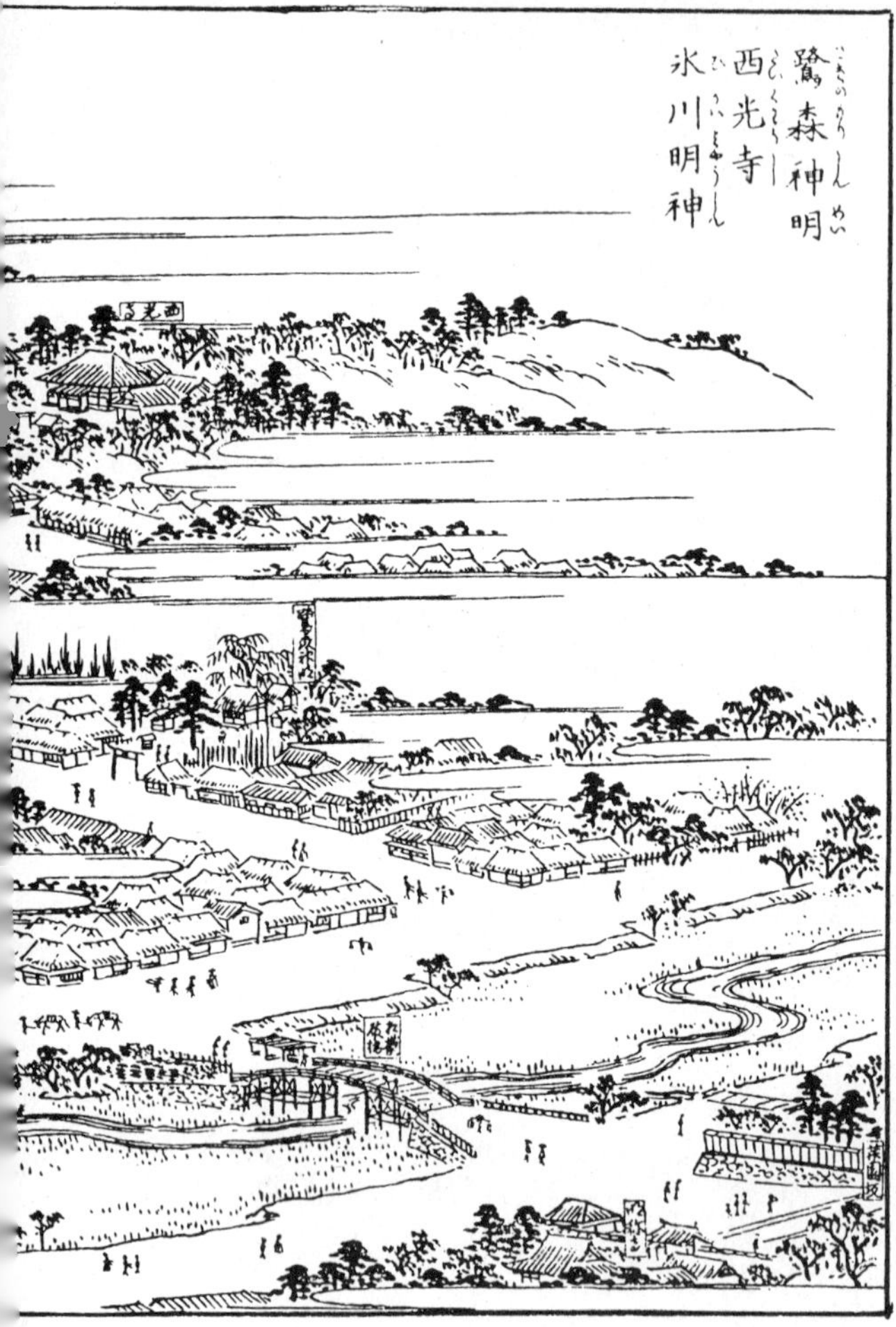

↗は、三鈷坂（中央奥）下の西光寺の裏手。

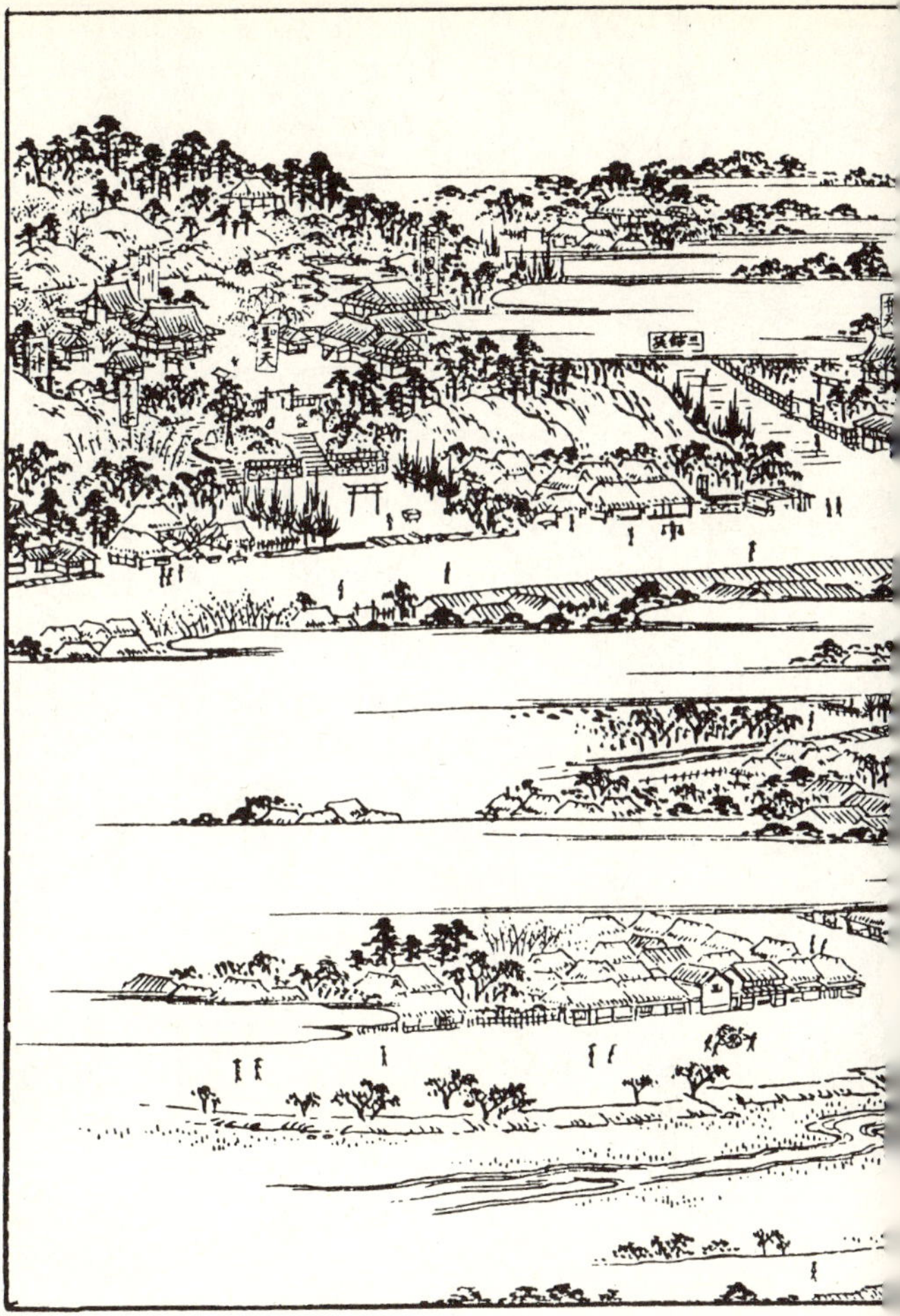

鷺森神明　西光寺　氷川明神（『江戸名所図会』）
大治郎が、嶋岡礼蔵の果たし合いの相手・柿本源七郎への手紙を届けるの

↗せ、池波さんの創案になる鳩饅頭《はとまんじゆう》を口にする。鶯《うぐいす》饅頭でないところがおかしい。

梅が茶屋（『江戸名所図会』）
前々ページの氷川明神の門前あたりにあった。秋山父子がこの店で待ちあわ

右の二十八坂は現存しているが、〔三鈷坂〕は三光坂と呼ぶことのほうが多い。

ちなみに、柿本源七郎の居宅を西光寺北側へ置いたのも、142～143ページの『江戸名所図会』の絵に魅《ひ》かれた池波さんが、四ノ橋、三鈷坂（港区白金二丁目と四丁目の間の急坂）を登場させたかったからだろう。

池波さんがこのエリアに執着したわけは、じつはもう一つあると推測している。4巻「天魔」で144～145ページの氷川《ひかわ》明神の門前の〔梅が茶屋〕に言及したかったのだろう。この茶店は三鈷坂下から百メートルと離れていない場所にあった。『名所図会』は武士、子守、富豪の内儀に鳥追《とりお》い女までが看花している絵に、こんな一文を添えている。「三鈷坂より左の方《かた》。白銀《しろがね》氷川の社《やしろ》の側《かたわら》にある。一年遊行《ひととせゆぎよう》五十二世佗阿《だあ》一海上人、この家《や》の梅を愛したまい、一首の和歌を詠ぜられた。白梅《はくばい》にして床梅《とこうめ》と号《なづ》くという。二月の芬芳《ふんぽう》は世間ですこぶる高い」

西光寺（浄土宗　港区白金四―三―九）は現在の住職・山本師によると、小兵衛のころにくらべると寺域がすこし狭まっているそうだ。

解答39　麻布の四ノ橋をはじめ、『剣客商売』文庫全16巻に登場する江戸の橋の数はざっと、(c)六十橋前後これも正確にいうと、五十七橋。もっとも多いのは「江戸の中のヴェニス」といわれる深川を擁する江東区の十六橋、つぎが千代田区の十三橋、中央区の十橋……。

登場頻度でいうと、

・大川橋（吾妻《あずま》橋）二十一篇
・両国橋　二十篇
・神田橋　十六篇
・浅草橋　七篇
・永代橋　六篇
・千住大橋　五篇
・筋違《すじかい》橋（現・万世橋）五篇
・今戸《いまど》橋　五篇
・江島橋　三篇
・万年橋　三篇
・亀久《かめひさ》橋　三篇

（以下略）

東京都内や近郊に住んでいて、秋山小兵衛ファンを自認するなら、せめて右の橋くらいは歩いてわたってほしいものである。そうそう、池波小説では橋は「渡る」のではなく「わたる」であることも知っておこう。

そういえば日本橋が顔を見せていないのを不審におもうファンも多かろう。二篇だけなので略された。パソコンで検索をかけてみたが、やはりそれしかひっかからなかった。

大治郎が江戸を出入りするときや、小兵衛が麻布の仙台坂へ行くときにはわたったろうが、池波さんはいちいちそのことに言及していない。

極言すると、『剣客商売』は日本橋川から北が舞台の物語といえる。

ついでだから、秋山小兵衛がわたったと書かれている橋を……。

・新大橋
おはるの舟で下をくぐる　3巻「赤い富士」p60　新装　p64
おはるの舟でくぐり柾木《まさき》稲荷《いなり》舟着き　3巻「深川十万坪」p256　新装　p280

・大川橋（吾妻橋）

駕籠《かご》でわたる　1巻「芸者変転」p117 新装p128

煙管師《きせる》・友五郎へ行くのでわたる　4巻「突発」p269 新装p294

田沼家からの帰り、駕籠でわたる　5巻「三冬の縁談」p275 新装p301

由次郎の駕籠につきそい東へわたる　8巻「毒婦」p14 新装p15

おはるの舟で下をぬける　8巻「男と女」p255 新装p280

赤ん坊を隠して、徒歩でわたり帰宅　8巻「秋の炬燵」p266 新装p293

わたって山之宿《やまのしゅく》の駕籠駒《こま》へ　9巻「ある日の小兵衛」p107 新装p115

〔元長《もとちょう》〕から弥七《やしち》と東へわたる　10巻「老の鶯」p288 新装p313

〔鬼熊《おにくま》〕から西へわたる　12巻「密通浪人」p55 新装p60

〔元長〕からわたる　13巻「夕紅大川橋」p305 新装p333

隠宅を出てわたり谷中・蛍沢へ　14巻「風花の朝」p100 新装p110

・両国橋

両国から駕籠でわたり井関道場へ　1巻「井関道場・四天王」p152 新装p165

浅茅《あさじ》ケ原《はら》からわたって本所へ　2巻「鬼熊酒屋」p14 新装p15

〔鬼熊酒屋〕からわたって浅茅ケ原へ　2巻「鬼熊酒屋」p26 新装p28

〔不二楼〕からわたって宗哲宅へ　2巻「不二楼・蘭の間」p259 新装p283

おはるの舟で下をくぐる　3巻「赤い富士」p60　新装p64
午前八時ごろ西へわたり間宮道場　7巻「決闘・高田の馬場」p315　新装p343
両国橋西詰の菓子舗《みせ》〔京桝屋《きようます》〕へ　11巻「時雨蕎麦《しぐれそば》」p179　新装p197
西へわたり〔京桝屋〕へ　11巻「時雨蕎麦」p208　新装p228

・永代橋
湯島から、深川・黒江町へ　11巻「剣の師弟」p41　新装p45
西へわたる　16巻「暗夜襲撃」p75　新装p86

そうそう、大治郎がわたった麻布の四ノ橋は別称〔相模殿橋〕とも〔御薬園橋〕ともいった。現在の呼称は〔四ノ橋〕。

【小兵衛の至言3】　鏡の境地へ達した小兵衛

いつであったか小兵衛が、こんなことをいったことがある。
「わしはな、大治郎。鏡のようなものじゃよ。相手の映りぐあいによって、どのようにも変る。黒い奴《やつ》には黒、白いのには白。相手しだいのことだ。これも欲が消えて、年をとったからだろうよ。だから相手は、このわしを見て、おのれの姿を悟るがよいのさ」

2巻「老虎」p97　新装　p105

古いたとえに「賢賢易色――賢を賢として色を易《か》える」とあるのを、宮崎市定さんは「易《トカゲ》の色は賢々として周囲に応じて変るもの」と名訳（『現代語訳　論語』岩波文庫）。小兵衛の「相手の映りぐあいによって、どのようにも変る」とおなじ境地と見たい。すでにして小兵衛は君子の域に達したか。

否。小兵衛は青・壮年期の怒りも忘れてはいない。無法の浪人を眼前にすると為政者の無策をなじるとともに浪人たちがしかける傍若無人《ぼうじゃくぶじん》の行為を見のがすことができない。正義とかといった大それた気がまえではない。支えあって暮している者たちにかかる迷惑を払いのけるだけのこと。

自分のことよりも友人の幸福《しあわせ》を喜びとしている仁《じん》に出会うと、わがことのようにおもえてこころがゆたかになる。年齢をとるにしたがってともすると情感の柔軟さがそこなわれかねないが、いまのところ小兵衛にはその兆しもない。

六章　佐々木三冬と根岸の寮のまわり

佐々木三冬は、市《いち》ケ谷《や》・長延寺谷町《ちょうえんじたにまち》にある井関道場での稽古《けいこ》を終え、帰途についた。

三冬は、女武芸者である。

髪は若衆髷《わかしゅわげ》にぬれぬれとゆいあげ、すらりと引きしまった肉体を薄むらさきの小袖《こそで》と袴《はかま》につつみ、黒縮緬《くろちりめん》の羽織へ四ツ目結《ゆい》の紋をつけ、細身の大小を腰に横たえ、素足に絹緒《きぬお》の草履《ぞうり》といういいでたちであった。

1巻「女武芸者」p40　新装　p43

宝塚の男役をしのばせる女美剣士、十九歳の佐々木三冬の初姿である。もののいい方にもことさらに武張《ぶば》った言葉をえらんでいる。

「小生意気な……」と感じるのは少数派で、たいていの読み手は、彼女のこれからの武芸者ぶりと若々しい色香の発露へ期待をよせる。

もっとも池波さんが意図したのは、社会進出とともに生活様式も言葉づかいも男性化する現代女性が、結婚とともに女性、母性をとりもどしていく三冬に似た成長ぶりだったのかもしれない。

この三冬、田沼主殿頭意次《とのものかみおきつぐ》が老中という幕臣の最高の地位へのぼりつめる以前——前将軍・家重《いえしげ》の〔側衆《そばしゅう》（御用御取次）〕をしていたころ、神田小川町《おがわまち》の屋敷につとめていた侍女のおひろに生ませたむすめ、というから、物語のさき行きの紆余曲折《うよきょくせつ》は容易に推測がつく。

家禄《かろく》六百石にすぎなかった田沼意次がとんとん拍子に栄進、小姓組番頭《ばんがしら》から〔側衆〕へ出世したのは、寛延四年（一七五一　宝暦元年ともいう）、三十三歳のとき。将軍のおぼえもめでたく、四年後には三千石加増されて家禄五千石に。三年後の宝暦八年（一七五八）にはさらに五千石ふえて一万石の大名格となった。

三冬の誕生はこの翌年だが、そのつぎの年——宝暦十年（一七六〇）の夏、おひろが病歿《びょうぼつ》。おなじ年に大治郎の生母・お貞も急死しているのは偶然としかいいようもないが、あるいは池波さん、ここらあたりにも二人が結びつく伏線を置いたのかも。

さて、三冬。田沼夫人の嫉妬《しっと》がはげしくて彼女を認めようとしなかったため、意次は家来の佐々木又右衛門勝正《かつまさ》へ養女として育てることを託したが、その又右衛門は田沼の新領地の相良《さがら》（静岡県榛原郡）へ国詰めを命じられ、三冬をつれて移った。

それから十数年の歳月を経て……。

いまの三冬は、実母おひろの実家で、下谷《したや》五条天神門前にある書物問屋〔和泉《いずみ》屋吉右衛門《やきちえもん》〕がもっている根岸《ねぎし》の寮（別荘）に、老僕の嘉助《かすけ》に傅《かしず》かれて暮している。

1巻「女武芸者」p42　新装　p45

160ページからの五條天神祠《ごじょうてんじんやしろ》の絵に魅《ひ》かれた池波さんが、〔和泉屋〕をここへ置いたという考え方もできるが、『江戸買物独《ひとり》案内』の書物問屋〔花屋久次郎〕の住所に目をつけたとみたい。対向ページの〔和泉屋〕三店のうちの「金右衛門」と「吉兵衛」を合せて「吉右衛門」。

五条天神宮について『名所図会』は「東叡山《とうえいざん》の巽《たつみ》（注・南東）の麓、瀬川氏《せがわうじ》の地にあり。祭る神少名彦命《すくなひこなのみこと》一坐（本朝医道《ほんちょういどう》の祖神にして、五條天神と称す）」と記す。五条天神は、山手線が境内を貫いたときに上野公園四―一七へ移転、跡地の台東区上野四丁目一〇には、一樹と天神跡の石碑がある。

それにしても、158ページからの『図会』の「山下」広小路の盛り場ぶりはどうだ。曲馬あり（最右端の櫓《やぐら》のある囲い）、浄瑠璃《じょうるり》小屋あり、物まねあり、茶屋あり、軽業《かるわざ》あり（左端の櫓のある小屋がけ）……。それぞれの小屋をルーペをあてて子細に見て

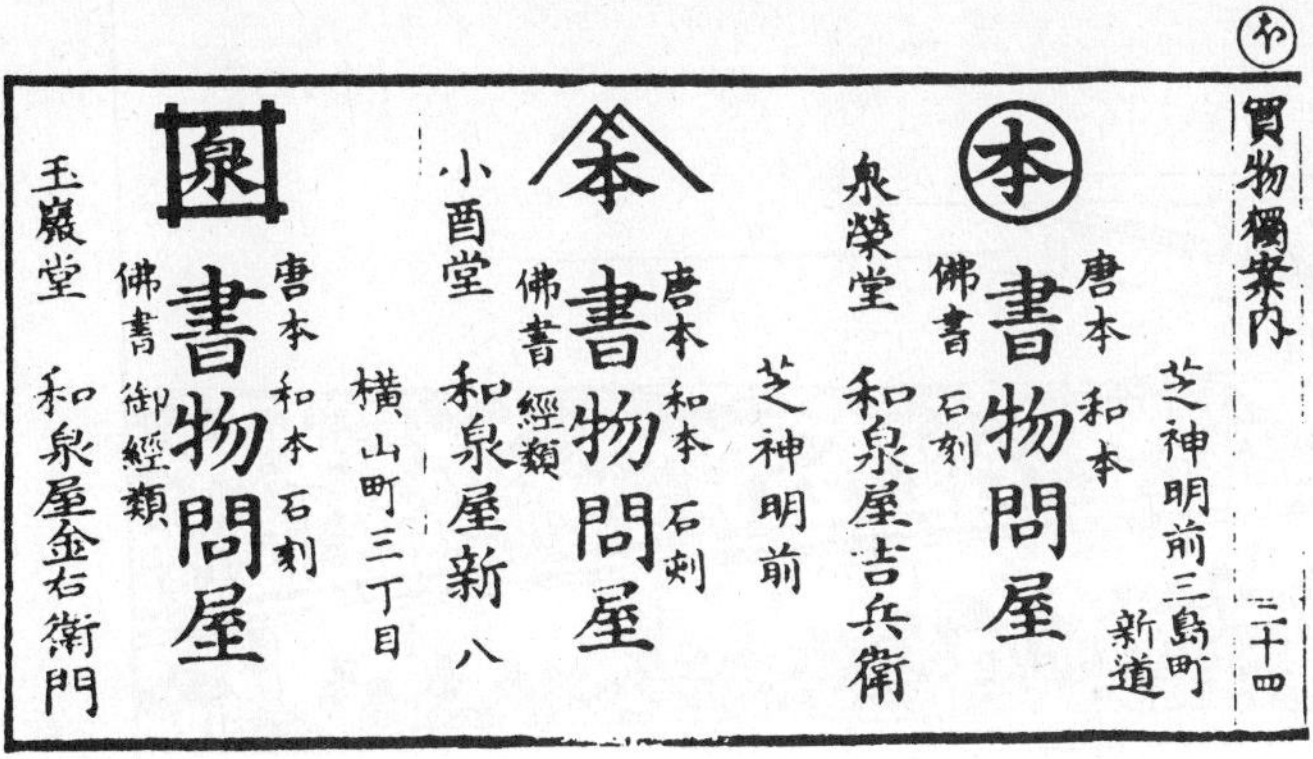

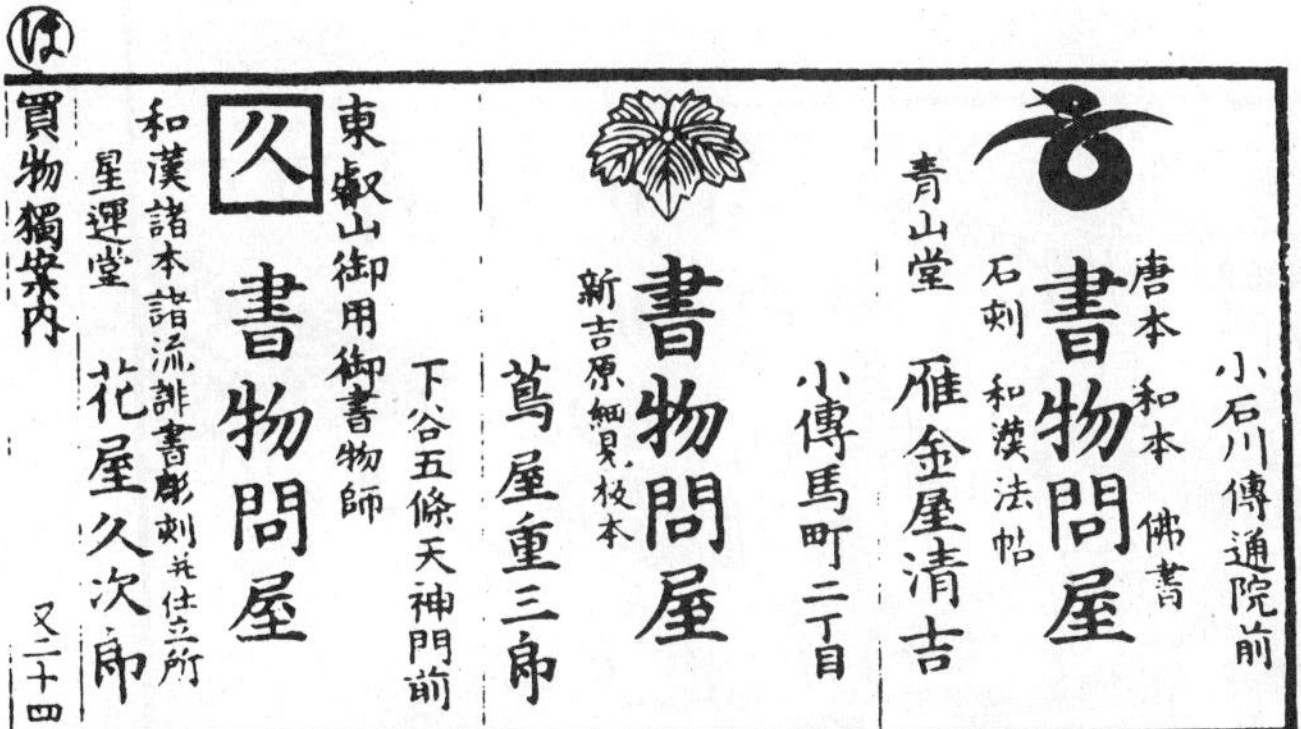

江戸の書籍問屋（『江戸買物独案内』）
池波さんは、佐々木三冬の亡母の実家の〔和泉屋〕吉右衛門を設定するにあたり、下段左端の星運堂〔花屋〕からロケーションの下谷五条天神門前を、上段から屋号の〔和泉屋〕を借用、さらに〔和泉屋〕グループの吉兵衛と金右衛門から吉右衛門を合成したと推定。

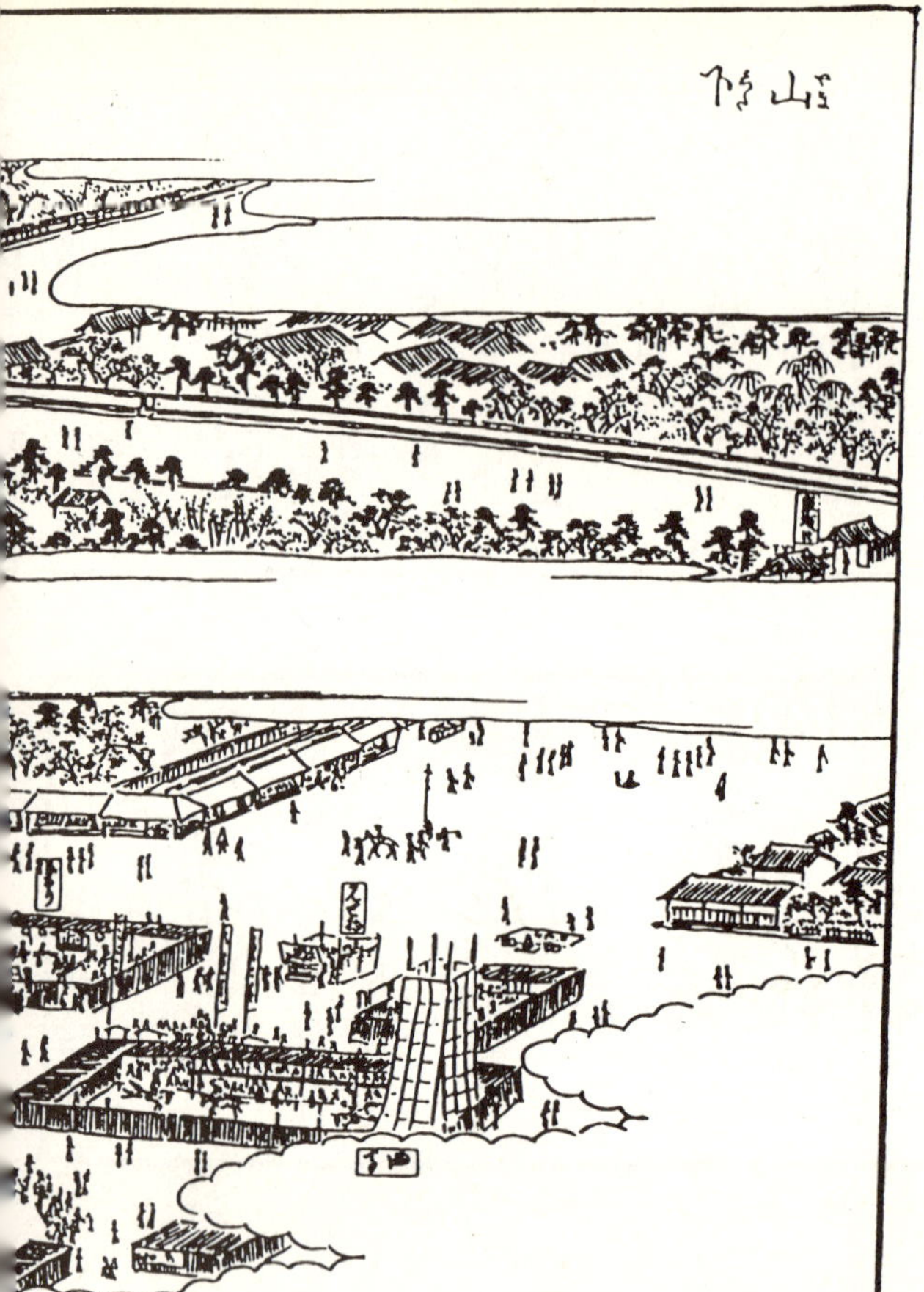

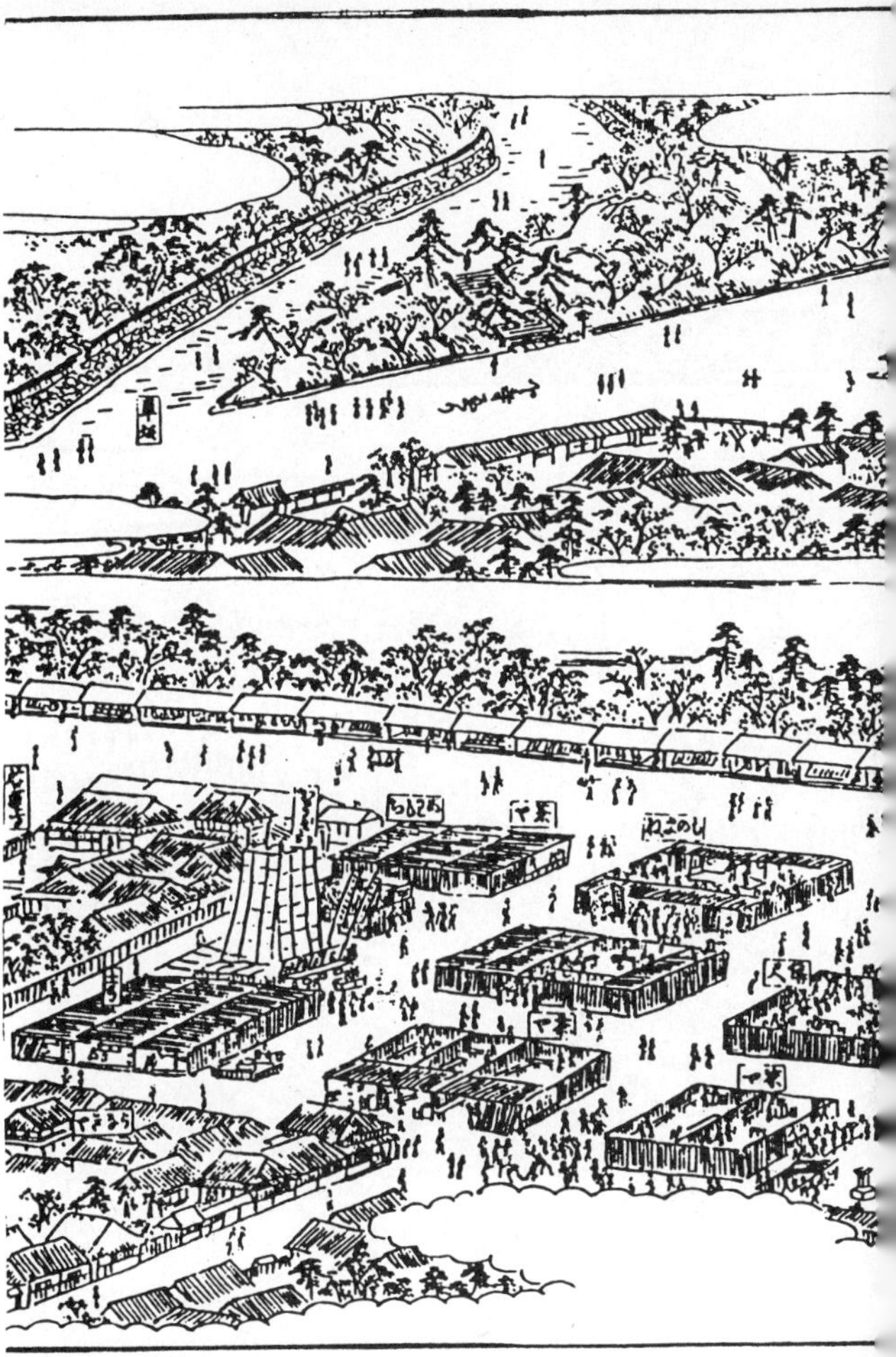

上野山下（『江戸名所図会』）
現在のＪＲ上野駅前。遊興のさまざまな小屋掛けや茶店がひしめく。

其二

にちる諫天神の祠

あたとあえなれのあえかしのよあえたのり

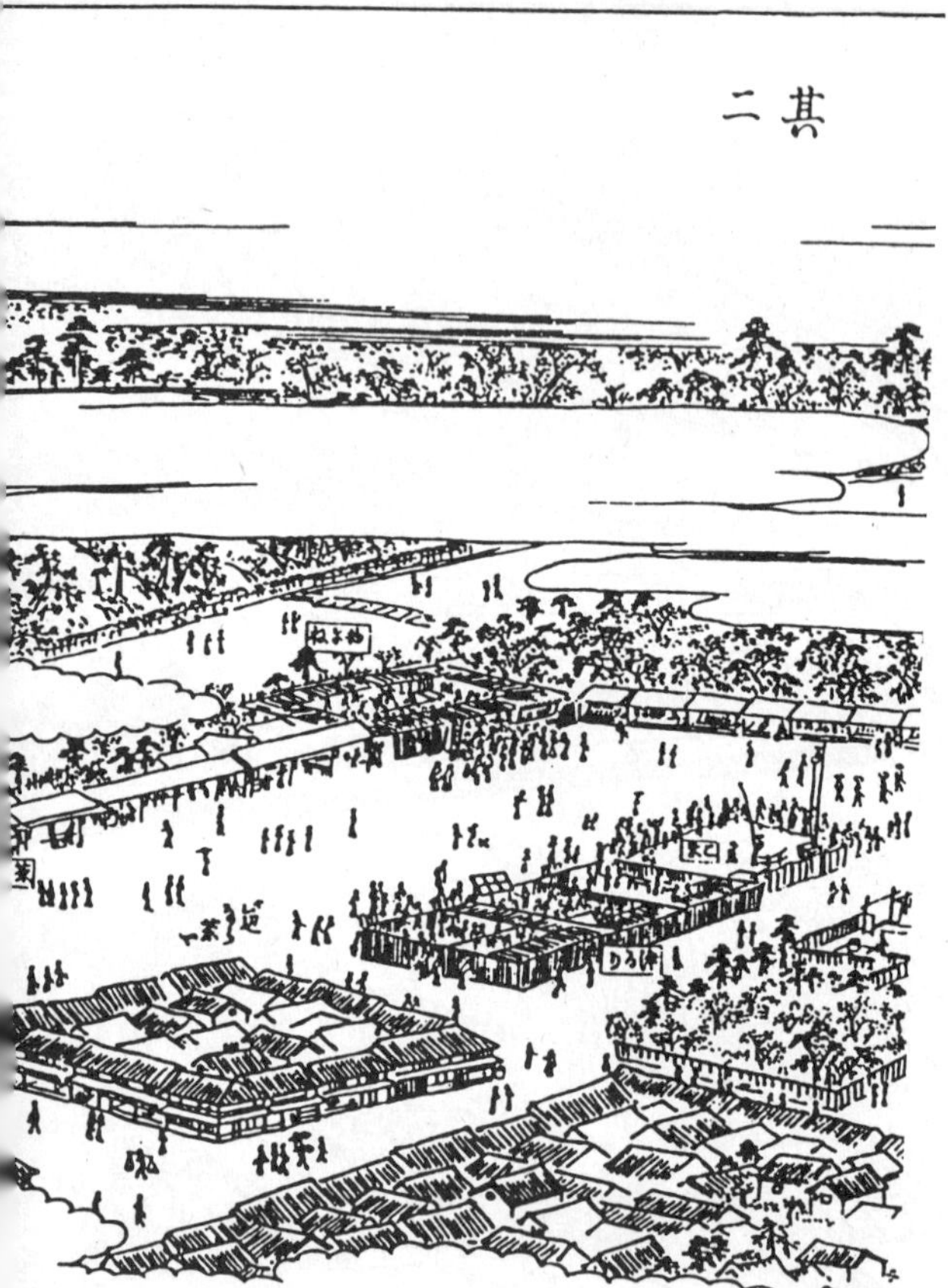

↗ている。

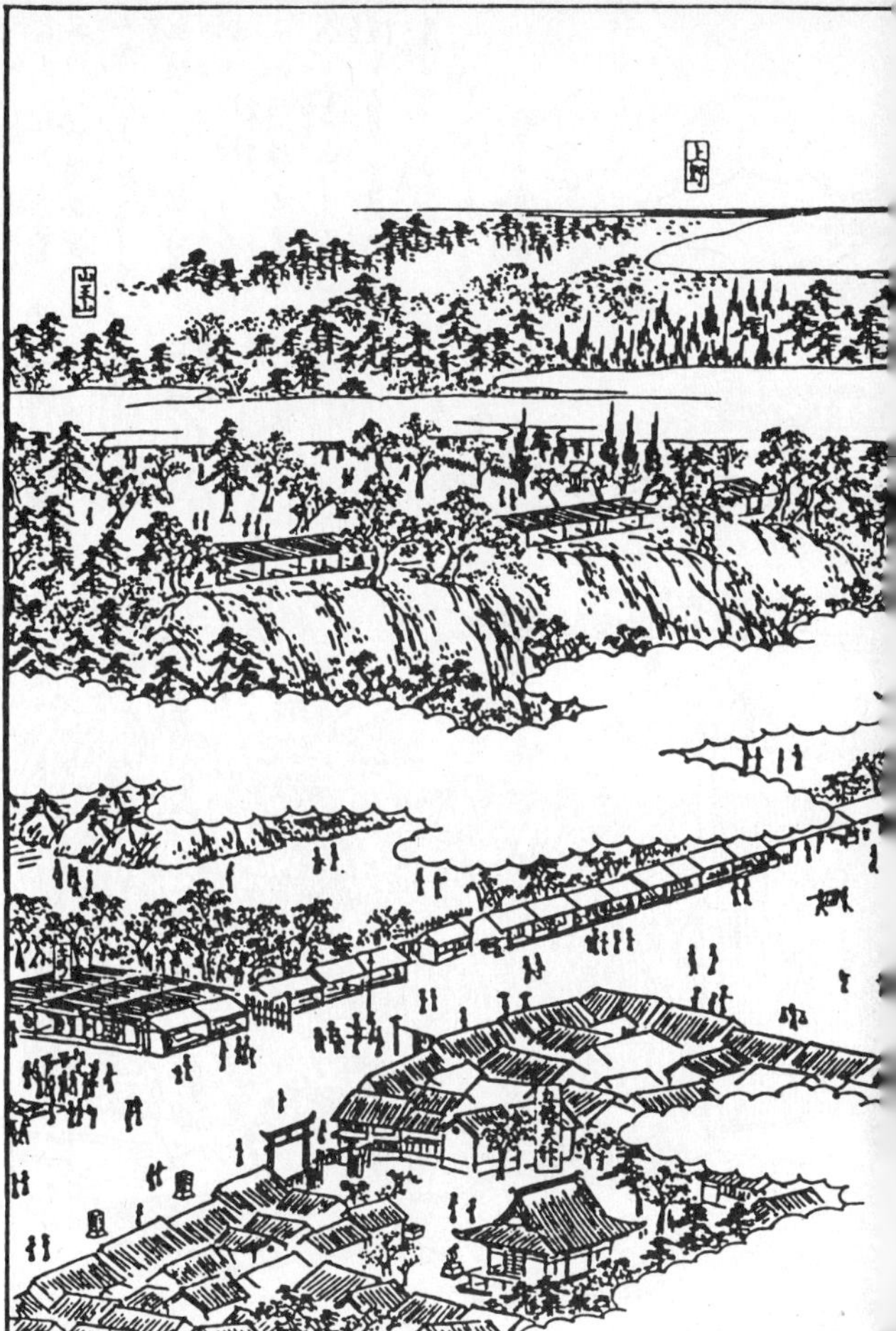

五條天神祠

佐々木三冬の生母の実家、書物問屋〔和泉屋《いずみ》〕は五条天神の門前に店を構え

↗ここの鶯は京都なまりで鳴いた。

根岸の里（『江戸名所図会』）
佐々木三冬が起居していた〔和泉屋〕の寮は、根岸小学校の校庭の奥あたり。

↗い藤《ふじ》の円光寺があった。

根岸　円光寺（『江戸名所図会』）

書物問屋〔和泉屋〕の根岸の寮の向いには、一メートル以上もの花朶《えだ》で名高

いくと、呼び込みの声やあたり一帯の喧騒が聞こえてくるような錯覚におちいる。〔和泉屋〕の寮が根岸にあるのは、距離からいって自然の成り行きである。162〜163ページに掲げた「根岸の里」では、閑人らしいのが碁盤をかこんで烏鷺《うろ》を競っている。この家《や》の淡竹《はちく》を折り曲げた生垣《いけがき》のつくりを見ただけでも、住人のセンスのよさがうかがえるが、それは人にかぎらない。この里で啼くのは、上野の門主が「江戸のンは悪声どすよって」とおおせられて京都から下らせた鶯。都弁《みやこべん》（？）で春を告げた。

舌かろし京うぐいすの御所《ごしょ》言葉

164〜165ページの「根岸　円光寺」は、別名を「藤《ふじ》寺」という。

畑や田圃《たんぼ》、木立、小川のながれ、小鳥の囀《さえず》り、そして諸家の寮……これが、根岸である。

三冬が住む和泉屋の寮は、庭上の藤が有名な宝鏡山・円光寺の南側にある。

2巻「三冬の乳房」p161　新装　p176

池波さんが一年生として入学した根岸小学校の校庭の奥あたりがそれにあたる。円光寺の藤は花朶《えだ》が一メートル以上もあり、遠藤は亀戸天神、近藤は住吉明神（佃島）とならび、上《じょう》（丈）藤《どう》の異称があった。

水が生命《いのち》の藤ゆえ、住職・掘見師は「東京駅への東北新幹線延長工事で地下水脈が異変、花朶も三十センチほどに短くなってしまって……」と嘆く。水槽をあてがって回復をめざしているとも。

円光寺は四月の藤の見ごろ時期にかぎって境内を一般にも開放するから、三冬ファンは訪れて、三冬も観花《はなみ》したにちがない美景を堪能されたい。

問40　佐々木三冬が女だてらに剣術を学びはじめた年齢《とし》は？

(a)七歳
(b)十歳
(c)十四歳

問41　遠州・相良で佐々木又右衛門夫妻に養育されていた三冬が、五年前に江戸へ移ったのは？

(a)井関忠八郎道場へ入門のため
(b)田沼意次からいわれて
(c)佐々木又右衛門が江戸詰めになったため

問42　三冬が修行した剣術の流派は？
(a)直心影流
(b)奥山念流
(c)一刀流

問43　三冬に男装はよく似合うが、その男装をはじめた年齢は？
(a)七歳
(b)十歳
(c)十四歳

問44　つぎの文章の○○に入れる人名は？
○○は髪を若衆髷《わかしゆうわげ》に結い、薄むらさきの小袖、黒縮緬《くろちりめん》の羽織に四ツ目結《ゆい》の紋をつけ、素足に絹緒の草履《ぞうり》をはき、しかも細身の大小を腰に横たえ、肩で風を切って藩邸へやって来る。

問45　「例によって三冬は、若衆髷に御納戸《おなんど》色《いろ》の小袖、茶の袴《はかま》。四ツ目結の一つ紋をつけた黒縮緬の羽織。細身の大小という美しい男装である」

5巻「西村屋お小夜《さよ》」p73　新装p80

佐々木家の家紋である〔四ツ目結〕は、どれ？

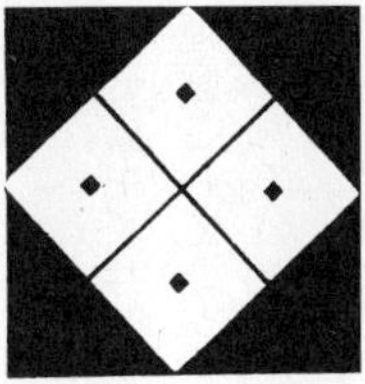
(a)

(b)

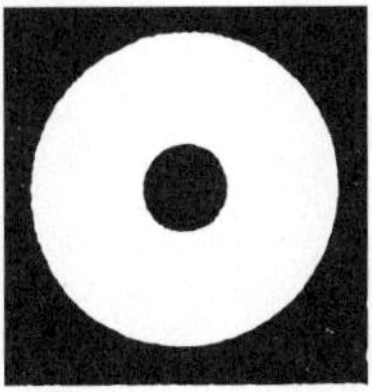
(c)

問46　三冬が通っていた市ケ谷・長延寺谷町の道場主・井関忠八郎が亡くなったのは、1巻「井関道場・四天王」の事件の……

(a)二年前
(b)一年前
(c)その年

問47　道場主・井関忠八郎の歿後《ぼつご》、道場は「四天王」とよばれた四人の高弟によって運営されていたが、四人の中に三冬は？
(a)入っていた
(b)入っていなかった

問48　井関道場が解散されたあと、三冬が稽古に通った道場は？
(a)湯島五丁目・金子孫十郎道場
(b)浅草・元鳥越の牛堀九万之助道場
(c)日本橋本銀町《ほんしろがねちょう》四丁目の間宮孫七郎道場

問49　三冬がもっている、剣の冴《さ》えとは別の、もう一つの特技は？
(a)達筆

(b)裁縫上手
(c)底なしの胃の腑《ふ》

問50　結婚して若衆髷をやめた三冬は、髪をたらして、その先を……
(a)緋《ひ》の鹿《か》の子《こ》で包んだ
(b)紫縮緬で包んだ
(c)錦の裂《きれ》で包んだ

問51　三冬が小太郎を産んだのは？
(a)二十二歳のとき
(b)二十三歳のとき
(c)二十四歳のとき

問52　三冬は、浅草の並木町にある呉服店〔柏屋久兵衛〕方で、小太郎誕生の心ばかりの祝い物として、小兵衛とおはるの夏着をもとめたが、これを彼女は？
(a)縫いあげた

(b)縫わなかった

【小兵衛の至言4】　老人《としより》の、いけないくせ……

剣士としての名誉も立身出世もあきらめ、孫のように若いおはるを得て、気楽な隠居暮しに入った小兵衛なのだが、そうなると、急に、他人の暮しに興味をひかれるようになってきた。

（老人の、いけないくせだな……）

と、おもうのだが、やめられない。

（それほどに、わしは退屈をしているのかな……？）

おもわず、苦笑が浮いて出るのであった。

2巻「鬼熊酒屋」p15　新装　p16

好んで〈他人の暮し〉に首をつっこんでいるのではなく、好奇心が旺盛というかアイデア豊かなために注意力も満々なのでいろんなことが見えてきてしまい、放っておけなくて、つい、関与してしまうのだ。

『剣客商売』は、秋山大治郎と三冬、おはるの成長物語でもあるが、長い定年後の人生をどう生きるかを考えさせる年配者のための指南書でもある。

あるとき、往年の名シナリオライターが高齢になってから監督した作品について、池波さんの意見を徴《ちょう》した。

「年齢《とし》をとると、客観的に判断できなくなることがままあるのだよ」

そういう池波さんの頭髪もほとんど白かった。池波さんの自戒を代弁しているのが秋山小兵衛なのかもしれない。

解答40　剣術を学びはじめたのは、(a)七歳　1巻「女武芸者」に、

三冬が剣術をまなびはじめたのは七歳のころから……　p41　新装　p44

三冬が生まれたのは宝暦九年（一七五九）だから、七歳といえば明和二年（一七六五）だ。

三冬の剣の才能は「天性のものだった」とつづけられており、「女武芸者」のときまでに十二年間もの修行をつんでいるのだから、井関道場の四天王になっていても不思議はない。

一方の田沼意次。三冬が誕生した年にはすでに側衆《そばしゅう》へすすんでおり、四十一歳の男ざかりだった。前年の宝暦八年(一七五八)には一万石の大名格に叙せられ、将軍から評定所の式日にその席へつらなるようにもいわれていた。

評定所は幕府の最高裁判所で、ふつうは寺社奉行、町奉行、勘定奉行の三奉行が取り仕切っている。式日の寄合は月の二日、十一日、二十一日で、老中などは障子内で公事(裁き)の次第を蔭聴《かげぎき》した。

解答41 五年前に江戸へ移ったのは、(b)田沼意次からいわれて

養父母の佐々木夫妻を実の親とおもいこんでいた三冬へ、

「江戸へもどるように……」

と、田沼意次がいってよこしたのは、夫人もようやく心が和み、三冬を田沼の子にすることを承知したからであった。

このとき、はじめて三冬は、わが生い立ちの秘密を知った。

養父は主君の強《た》っての命をこばむわけにゆかぬ。すべてを打ち明けて、三冬を江戸へ送った。

1巻「女武芸者」p41　新装　p44
「ようやく心が和んだ」と書かれた田沼夫人は、小説に書かれているとおりに継室である。

最初の夫人は子をなすことなく逝去した。

嫡男・意知《おきとも》は、意次が三十一歳のときに継室が産んだ。『寛政重修諸家譜』によると意次はその後に六男六女を得ているが正夫人からではなく、産婦は四人。

三冬は「はじめての女子だけに……」とある（同p36　新装　p38）が、『寛政譜』に、寛延二年（一七四九）の意知の誕生のつぎに女子と記されているのが三冬とすると、あいだが十年もあきすぎていることになる。三冬の生母・おひろは記録されている四人の産婦とは別……とおもっておいてよさそうだ。

ところで、相良から江戸へ呼びもどされたときの三冬の年齢は十四歳だった。

解答42　三冬が修行した剣術の流派は、(c)一刀流

一刀流の名手として江戸市中に名高かった井関忠八郎の門人の中で、佐々木三冬は〔四天王〕の一人であったとか……。

1巻「女武芸者」p39　新装p41

井関忠八郎はもちろん架空の剣術遣《つか》いである。遠州・相良の道場主だったおりに幼い三冬も入門していたが、志あって上府、田沼意次の支援をうけて市ケ谷・長延寺谷町（新宿区市谷長延寺町）に新しく道場を開いた。

一刀流の祖は伊東一刀斎景久。通称は弥五郎。伊豆・伊東の出で山中で独学。さらに中条流をまなんで一刀流を開創。のちの剣客たちがそれぞれ〔甲源一刀流〕〔小野派一刀流〕〔神子上一刀流〕などを唱えた。井関道場がそれらのうちのどの派なのかは不明。

(a)直心影流　真心影流から出た派。摂津・高槻藩士の山田平左衛門光徳が祖。はじめ高橋　風斎に直心正統流をまなび、一時柳生の門へ転じたがのちに復帰して神影流を継ぎ、流名を直心影流とあらためた。『剣客商売』では、2巻「辻斬り」の本所の中《なか》ノ郷《ごう》・横川町に道場をかまえる市口《いちぐち》孫七郎がこの流派。じつは幕末から明治の剣聖・榊原鍵吉《さかきばらけんきち》と山田次朗吉の資料を提供してくれたJ子さんが直心影流の四段なので、もっと魅力的な剣士はいないかとパソコンのデータベースを検索したが、この篇のほかには登場していない。残念。

(b)奥山念流　十四世紀中ごろ、京の鞍馬山で念阿弥《ねんあみ》滋恩が開創したので念流を称した。奥の山念流ともいう。『剣客商売』では、浅草・元鳥越に道場を構えている牛堀九万之助《くまのすけ》がこの流派。

解答43　三冬が男装をはじめた年齢は、(c)十四歳

（五年前の安永元年（一七七二）に江戸へ呼びもどされた）三冬を迎えた田沼主殿頭意次は、

「これまでのことはゆるせ。これよりは、わしが父じゃ」

やさしげに三冬を懐柔しようとしたが、三冬は只《ただ》一言「わたくしは佐々木三冬でございます」といったきり、堅く口を閉ざして応じようともせぬ。

しかし田沼夫人も、いろいろと取りなしたので、三冬はようやく田沼の子となることを承知したが、このときから剣術へ身を入れること層倍の烈《はげ》しさとなった。

三冬が男装をはじめたのも、そのころからなのである。

1巻「女武芸者」p41　新装　p44

5巻「西村屋お小夜」にも「女ながら亡《な》き井関忠八郎直伝《じきでん》の一刀流の名手で、少女のころから男装を解いたことのない三冬なのである」とある（p75　新装　p82）。十四歳なら少女といってもおかしくない。とくに三冬はあっちのほうが晩生《おくて》のようだし……。

十四歳といえば、マリー・アントワネットがのちのルイ十六世となる王太子へ嫁いだのもこの年齢だった。『ベルサイユのばら』（集英社文庫）での近衛連隊のオスカル・フランソワ大尉も男装でマリー・アントワネットにまみえた。

フランスねえ。神のお告げにしたがいフランスの危機を救うためにシャルル七世に拝謁を求めてシノン城へ男装してむかったジャンヌ・ダルクもいる。

近いところでは映画『千年の恋　ひかる源氏物語』で天海祐希《あまみゆうき》さんも光源氏に扮している。

三冬を創出するにあたり、池波さんに宝塚の男役たちがひらめいたのかも。

【一分間メモ7】　田沼意次のむすめたち

意次の最初の室は、吉宗にしたがって紀伊家から上府した伊丹兵庫頭直賢《なおかた》のむすめだったが、一子ももうけないで病歿した。家格は伊丹家のほうがはるかに高かった。継室は黒沢杢之助定記《さだのり》の次女で、嫡男・意知をなした。実家はのちに断絶。

あとは四人の某女（侍女あるいは妾）が六男六女を生んだ。すなわち某女1が一女（早逝）。某女2が三男二女。某女3が一男三女（ともに早逝）。某女4が一男。

三冬はこのなかには入っていない。

三冬はまともなら、ぶじに成人した二人のむすめの次に位置するはず。意次の可愛がりようも納得がいく。

成人した姉の一人は、横須賀藩（三万五千石）藩主になった西尾隠岐守忠移《ただゆき》の室となり、もう一人は井伊の支流で越後・与板藩（二万石）の藩主・井伊兵部少輔直朗とのあいだに一男一女をもうけたがどちらも早逝させた。

三冬も田沼家で育っていたら、二万石から三万石級の大名の奥方におさまるように意次が手配しただろうが、さて、そうなったほうが幸せだったか、相思の大治郎と結ばれたほうがよかったか。
大名夫人におさまっていても剣術はできたであろうが、小説のように自らの力で危機をのりきる爽快《そうかい》感を体験できたとはおもえない。

解答44

留伊は髪を若衆髷に結い、薄むらさきの小袖、黒縮緬の羽織に四ツ目結の紋をつけ、素足に絹緒の草履をはき、しかも細身の大小を腰に横たえ、肩で風を切って藩邸へやって来る。

「妙音記」

これは全問中、もっとも意地の悪い問題である。〇〇に〔三冬〕と入れてもおかしくはない。前置きの引用文と瓜二つともいえる。
もっとも、注意深く洞察力に富んだ読み手は、

肩で風を切って藩邸へやって来る。

の〔藩邸〕のところで、

「む……」

と立ち止まるであろう。三冬が出入りしているといえるのは、当初の市ケ谷の井関道場、つづいて湯島五丁目の金子道場、さらに神田橋御門内の田沼家の上屋敷である。秋山父子の隠宅と道場は、〔出入り〕というより〔訪問〕という表現のほうが正しかろう。

短篇「妙音記」は、「剣客商売」の連載開始に先立つこと十二年——昭和三十五年（一九六〇）の暮れ発行の『別冊文藝春秋』七十四号に発表された。

ヒロインは佐々木留伊《るい》という二十二歳になる未婚の武術の達人である。独身を余儀なくされている理由が、夫となる人は自分を打ち負かすほどの男性でなければ……と公言してはばからないからだ。

（そこのところも、姓も、三冬そっくり……）

そう。留伊が三冬の原型であることは、かねてから多くの池波ファンが指摘しているところだ。底意地の悪い設問を出したのも、「妙音記」の細部を忘れている三冬ファンへこの好短篇の再読をすすめたかったためで、悪意からではない。

留伊が〔出入り〕している藩邸とは下総《しもうさ》十六万石、古河《こが》藩の江戸屋敷。藩主は土井利里とあり、万治（一六五八～六一）から延宝元年（一六七三）のあいだの事件である。佐々木留伊は三冬と違って、実在していた女武芸者らしい。

池波さんは、あるところで、

この小説（注・「妙音記」）をかいたのは、去年の夏の盛りでした。

主人公の佐々木留伊女のことは、種々の武芸関係の書物やら、その他の雑書に散見しますが、わたくしは、留伊女のモデルとして、わたくしの知っている女武道家（現代にも女武道家は、諸国に多勢いらっしゃいます）をイメージに執筆いたしました。（略）

出来不出来はともかく、この「妙音記」は、わたくしにとって好きな作品のひとつであります。

三冬造形の根本も、これにつきる。

池波さんは、女性の心の奥底には男性のようにふるまってみたいという欲求が隠れているともいっている。ま、作家の予見力をはるかに凌駕《りようが》した男性っぽい言動をとる現代女性も少なくないから、留伊や三冬がむしろかわゆく映るともいえようか。

解答45　佐々木家の家紋である〔四ツ目結〕は、(a)

大枝史郎氏『家紋の文化史』（講談社）は〔目結《めゆい》〕を、こう解説している。

「布地をつまみ糸で固く結び絞り染めにすると、縛ったところは色に染まらず、目ができる。結んでつくるから、目結い。これを規則的に並べたのが鹿《か》の子《こ》絞り」

〔目結〕は、宇多源氏を称した佐々木一門の家紋である。だから「妙音記」の佐々木留伊も『剣客商売』の佐々木三冬もこれをつけていた。

〔目結〕には〔四ツ目結〕のほか、〔丸に平四ツ目結〕〔結び四ツ目菱〕などの変わり紋がいろいろある。

(b)は釘抜《くぎぬき》。史実の長谷川平蔵家の替紋《かえもん》。替紋は私物などにつけたから、『鬼平犯科帳』でも、亡父・宣雄が京都の煙管師・後藤兵左衛門に発注した銀煙管には釘抜を彫らせた。

(c)は蛇目《じゃのめ》。人をのむほどの豪気をあらわにしているからだろうか、戦時の戦場ならともかく、平和な城内では好まれなかったかして、幕臣でこれを家紋としている家は少ない。よく知られている人では町奉行、勘定奉行をつとめた根岸肥前守鎮衛《やすもり》がこれ。

この仁《じん》が生きていた時代の妖怪変化を記した随筆集『耳袋《みみぶくろ》』を愛読しているのが宮部みゆきさん。

解答46　三冬が通っていた市ケ谷・長延寺谷町の道場主・井関忠八郎が亡くなったのは、1巻「井関道場・四天王」の事件の、(a)二年前

井関道場のあるじで、二年前に亡くなった井関忠八郎は、三冬の恩師であると同時に、田沼老中の庇護《ひご》をうけ、江戸へ来てからは市ケ谷・長延寺谷町へ立派な道場を構えることができた。

1巻「井関道場・四天王」p144　新装 p156

「井関道場・四天王」の事件は安永七年（一七七八）だから、井関忠八郎の病歿は安永五年で、享年五十五。三冬十八歳のときであった。

解答47　道場主・井関忠八郎の歿後、道場は「四天王」とよばれた四人の高弟によって運営されていたが、四人の中に三冬は、(a)入っていた

忠八郎亡きのち、井関道場は、佐々木三冬をふくむ四人の高弟によって運営をされ、これを、人びとは、

「井関道場の四天王」

などと、よんでいるそうな。

1巻「井関道場・四天王」p144　新装 p156

この篇は四天王の後継者あらそいを描いているが、結末のつけ方に意外性があって池波さんの小説巧者ぶりを再認識させられる。

解答48　井関道場が解散されたあと、三冬が稽古に通った道場は、(a)湯島五丁目・金子孫十郎道場

道場の四天王の一人でいたころは、日毎《ひごと》に亡師・井関忠八郎の道場へ通いつめ、多くの門人たちへ稽古をつけていた佐々木三冬だけに、

(これでは、腕も体も鈍《なま》ってしまう)

と考え、湯島五丁目に道場をかまえる江戸屈指の名流・金子孫十郎信任《のぶとう》のもとへ出向いて稽古をはじめた……。

1巻「御老中暗殺」p278　新装 p305

牛堀道場は奥山念流、間宮道場は無外流……とうぜん一刀流の金子道場へ行く。金子孫十郎は諸大名や大身旗本との交際も多く、「六十に近い老剣客」と1巻「井関道場・四天王」（p178　新装　p194）にあるのに、翌年の事件である3巻「婚礼の夜」（p217　新装　p237）では「六十をこえた老剣客」と一年に二つも年齢をとっている（?）のを発見するのも、ファンにはたのしい遊び。

解答49　三冬がもっている、一刀流の剣の冴えとは別の、もう一つの特技は、(c)底なしの胃の腑。5巻「三冬の縁談」に、

ともかく、三冬は、

「よく、食べる……」

のだそうな。

女ながら、剣術の修行に鍛えぬかれた体はすっきりと引きしまっており、

「いくら食べても肥えることがない……」

のだそうな。

こういうことを大治郎に告げたのは、条太郎少年である。

「三冬さまの胃ノ腑は、底なしでございます」　p248　新装　p272

美味しいものは食べたいが、肥満が怖《こわ》い……とこころならずも自制している現代の若い女性がうらやましがる体質なのである。

(a)達筆については、それらしい記述が見あたらない。

(b)裁縫上手とはいえない。大治郎との結婚後、運針をおはるにおそわっている。

このごろ、一日置きに、三冬は隠宅へおもむき、おはるから針仕事を習っているのである。　7巻「梅雨の柚《ゆ》の花」p148　新装　p163

解答50　結婚して若衆髷をやめた三冬は、髪をたらしてその先を、(b)紫縮緬で包んだ

おはるが工夫をし、髪をたらして、その先を紫縮緬で包むようにしたのである。

いまの三冬は、髪も充分に伸びているけれども、依然として髪を結いあげず、当初のままにしてある。

おはるなどは、

「もう、いいかげんに髪をゆって見せて下さいよう」

しきりにすすめるのだが、三冬は、

「いえ、私は、母上御考案の、このかたちを生涯《しょうがい》、変えぬつもりですよ」

平然たるものだ。

11巻「その日の三冬」p145　新装p159

解答51　三冬が小太郎を産んだのは、(c)二十四歳のとき

小太郎を産んで二十日ほどが経過しており、すでに三冬は床をはらい、家事をするようになっている。(略)
秋山大治郎の妻となってより、早くも二年の歳月が経過してい、三冬は、おはると同年の二十四歳となっている。
11巻「その日の三冬」p144　新装p159

三冬の二十四歳での初産は、当時の女性としては遅いほうだが、剣術に打ちこんで

婚期を遅らせていたのだから、いたしかたがない。それでも、剣術の修行で鍛えた躰《からだ》なのでお産は軽かった。

解答52　浅草の並木町にある呉服店〔柏屋久兵衛〕方で、小兵衛とおはるのためにもとめた夏着を彼女は、(b)縫わなかった

小兵衛とおはるの好みについては、柏屋がよく知っているので、見立ててもらえばよい。

柏屋で反物をえらび、それに合った下着などもととのえてもらうことにし、

「明後日までには、かならず、お届けいたしますでございます」

柏屋久兵衛の声に送られ、三冬は帰途についた。


11巻「その日の三冬」p146　新装　p161

つまり〔柏屋〕が賃仕立てへ出し、二日のうちにしあげてとどけた。

だが、その前の8巻「女と男」では、

「大治郎どのが、父上のごきげんをうかがってまいるようにとのことでございます」

と、三冬がいい、手にした包みをひらき、

「母上に御教示をうけ、私が、どうやら縫いあげましたもの。拙《つた》ないものではございますが、お召し下さいませ」

小兵衛の袖無羽織を出した。

「あれまあ、よく出来ましたよう」

と、おはる。

「母上のおかげでございます」

このごろの三冬は、神妙をきわめている。

p245　新装　p270

嫁をもったことのない池波さんにしては、みごとな舅殺《しゆうとごろ》しの一撃である。いや、じっさいに嫁をもたなかったから、こういうきれいごとをおもいつけるのかもしれない。

――中間採点――

ここまでで半分ちょっと、52問が終ったところ。

では、ひと休みして、52問分を採点してみるというのはいかが?

一問の正解を一点として――

三十一点以上……すばらしい。剣客として、五段の実力。文庫の1巻から4巻までを再読した上で再挑戦すると、一ランク以上あがるのは確実。

三十六点以上……免許皆伝まで、あと一息。六段の腕前。『黒白』の再読をおすすめする。それで五点は確実にものにできるはず。

四十点以上……師範級です。どこへ出しても負《ま》けをとらない剣客度。これより上をのぞむなら、文庫十六冊を再読、三読するしかない。

四十六点以上……大治郎には勝てなくても、三冬には負けないだけの実力の主。慢心することなく、『剣客商売　庖丁ごよみ』『剣客商売読本』(ともに新潮文庫)の再読で、大治郎と互角にわたりあえる。

五十二点……もしほんとうなら、この先はご自身で設問をつくること。

三十点以下……………振棒《ふりぼう》を千回ふるつもりで、文庫の1巻から16巻までを再読してから53問から先へ行くのもひとつの戦法。このまま挑戦して実力を知ってから、文庫を再読、三読して再挑戦するもよし。

【小兵衛の至言5】世の中は勘ちがいで成り立っている

「弥七。人の世の中は、みんな、勘ちがいで成り立っているものなのじゃよ」

7巻「徳どん、逃げろ」p96　新装 p105

池波さんの人間観形成の骨格は師・長谷川伸さんからの摂取だった。このことは「二十六日会聞書《ききがき》」「芋作《いもさく》先生聞書」「Literatureノート」(いずれも『完本池波正太郎大成　別巻』講談社)によって知りうる。

引用文の核となっているとおもえるものを引いてみる。

三十八歳の池波さんが聞く。「(新選組の)土方歳三というと、顔の青白い美男子で陰険な性格で狷介《けんかい》で冷酷で、というように描かれているばかりですが……」

「表に陰険さがあらわれているのは陰険ではないショウコだよ。もしインケンなら、表、態度、顔にあらわれているインケンさによって他人に気づかれてしまい、本当の〔インケン〕なる本領をハッキ出来やしないものねえ。

表は、にこやかでおだやかで面白くて愉快でいて——それでこそ、その胸中にひそむ〔インケンさ〕が効果的なんだ。

〔インケン〕の反対の描き方についても同じだ（後略）」

〔勘ちがい〕にもいろんな局面があるが長谷川師のこれは、外面の印象で早合点してはいけない、その仁の言動の端ばしからこころの底にひそめている真意を見抜くようにしろ、という人間観察の要諦である。

七章　田沼主殿頭意次まわり

問53　秋山小兵衛が佐々木三冬と知りあった安永六年（一七七七）暮れの時点で、田沼意次は老中になっていた？

(a)なっていた
(b)まだなっていなかった

問54　経済積極派の田沼意次には、商人からの運上金《うんじょうきん》収納、印旛沼《いんばぬま》干拓計画などとともに、蝦夷地《えぞち》（北海道）開発という壮大な計画があったが、意次が小兵衛の隠宅を初めて訪ねた安永七年（一七七八）梅雨明けのころには、蝦夷地へ調査隊を……

(a)派遣していた
(b)派遣していなかった

問55　田沼意次の生年を、『日本人名大事典』（平凡社）ほか諸書はおしなべて享和四年（一七一九）としている。16巻「霞《かすみ》の剣」に、田沼意次は小兵衛より一歳年下であった。

p250　新装　p287

とあるが？

(a)そのとおり
(b)そうではない

問56　佐々木三冬も幼女時代をすごした田沼意次の城下町——相良《さがら》は、静岡県……

(a)静岡市の北
(b)島田市の南
(c)浜松市の西

問57　1巻「御老中毒殺」未遂事件は、三卿の一つである一橋家の当主・治済《はるさだ》が裏でかんでいたように書かれている。安永七年（一七七八）のころには、一橋治済と老中・田沼意次の仲は？

(a)疎遠になっていた
(b)親密だった

(c)どちらともいえない

問58　これまでの多くの史書は、田沼意次は賄賂《わいろ》によって人事を左右したとしてきているが、いや、意次・賄賂とりこみ説は政敵・松平定信派が流布した風説であるとの説も唱えられて田沼政治の再評価がはじまっている。『剣客商売』に描かれた意次は？

(a)どちらかといえば田沼・賄賂派寄り
(b)どちらかといえば田沼・再評価派寄り

問59　のちに岳父となる田沼意次が、秋山大治郎の剣の腕に目をとめたのは？

(a)安永六年（一七七七）夏
(b)安永七年（一七七八）秋
(c)安永八年（一七七九）冬

問60　3巻「陽炎の男」の冒頭（p79　新装　p86）に、つぎのような文章があるのを、〔剣客〕熱烈ファンのあなたならご記憶であろう。

過ぐる二月二十四日に、現将軍（十代）徳川家治《いえはる》の長男・家基《いえもと》が急死したため、三冬の父・田沼主殿頭意次は幕府老中として、多忙をきわめた。

この年、安永八年（一七七九年）で十八歳になった家基は、死の三日前の二十一日に、新井のあたりへ鷹狩《たかが》りに出かけたのだが、急に不快をもよおしたので、すぐさま江戸城へ帰り、手当をつくした。

しかし、その甲斐《かい》もなく、高熱と嘔吐《おうと》がつづくうちに急逝してしまった。

さて、いささか意地の悪い問題だが、東京へお住みの方だけでもお答えを。家基が鷹狩りに行った「新井宿」は……

(a)足立区西新井一丁目（西新井大師）あたり
(b)中野区新井一丁目あたり
(c)品川区南大井一～六丁目あたり

問61　秋山小兵衛の田沼意次についての人物評は？

(a)度量の広い仁《じん》
(b)幕府の最高権力者として、渾身《こんしん》をかたむけ、政治にあたっている田沼老中だが、

いつの世にも、最高責任者が、よくいわれることはない

(c)二十年先……いや、五十年先、百年先の天下を、日本の姿を頭において政治をおこなっている、私欲はいささかもない

【小兵衛の至言6】 わしなぞ、十も二十も違う顔をもっているぞ

「わしとお前が見た御隠居の二つの顔の、どちらの方も本当の御隠居の顔じゃ。人間《ひと》という生きものは、みな、それさ。わしなぞ、十も二十も違う顔をもっているぞ。うふ、ふふ……」

9巻「待ち伏せ」p51 新装 p54

御隠居とは、いまは隠居している千二百石の旗本・若林春斎のことである。道場主となった若い小兵衛のうしろ楯《だて》としてなにくれと支援してくれた、その春斎の醜聞を知った大治郎を、小兵衛が諭《さと》した。

これは、先の〔世の中は勘ちがいで成り立っている〕に引いた、師・長谷川伸ゆずりの池波さんの究極の人間観のひとつでもあるのだが、「人間という生きものは、

悪いことをしながら善《い》いこともするし、人にきらわれることをしながら、いつもいつも人に好かれたいとおもっている……」（『鬼平犯科帳』2巻「谷中・いろは茶屋」p70 新装 p74）。

人間という生きものを一色《ひといろ》と決めつけてはいけない、二色《ふたいろ》にも三色《みいろ》にも矛盾した行動をしたからといって責めていては、人間通になれない。

いや、真の人間通であれば、相手にあわせた顔をさりげなく示しながら、あたかもそれがおのれの唯一の顔であるかのように相手に信じさせ、十も二十も違う顔をもっているなどとは露《つゆ》おもわせぬであろう。

一本気《いっぽんぎ》などという美徳は青春小説の主人公ならともかく、複雑多様な人間関係をすんなりと生きぬかなければならない成年男子の気質ではない。

解答53　小兵衛が三冬と知りあった安永六年暮れの時点で、意次は老中に、(a)なっていた

「父が……父が、もっと別のお人でしたら……」

「御老中の威勢が、気にくわぬか?」

「汚ならしいとおもいます」

「政事《まつりごと》は、汚《よご》れの中に真実《まこと》を見出《みいだ》すものさ」

「わかりませぬ」

尚《なお》も薪《まき》を割りつづけている小兵衛の顔を、まばたきもせずに三冬が凝視していた。

1巻「女武芸者」p50　新装　p54

意次が将軍・家治から老中に準ずるという地位を与えられたのは、正式に老中職へ就く三年前の明和六年(一七六九)、五十一歳であった。

老中に正式就任したのは安永元年(一七七二)、五十四歳のとき。もっとも、上には六歳年長で将軍家の血を引く家柄の松平右近将監武元《うこんしようげんたけちか》が老中筆頭としてでんと座っており、意次が存分に力を発揮できるようになったのは、武元歿後の安永八年(一七七九)からといわれている。小兵衛が三冬に出会ったのは安永六年の暮だから全盛期に間近い時期だったともいえようか。

ちなみに三冬が生まれたのは意次四十一歳の宝暦九年(一七五九)で、その前年には、将軍・家重によって一万石の大名格にまで引きあげられた。

解答54　1巻「御老中暗殺」事件が解決後、意次がお礼をいうために小兵衛の隠宅を初めて訪ねた安永七年（一七七八）梅雨明けのころには、蝦夷地へ調査隊を、まだ、(b)派遣していなかった

意次の命をうけた勘定奉行・松本秀持が、蝦夷地調査隊を派遣したのは安永七年より七年あとの天明五年（一七八五）二月である。もっとも翌天明六年夏、意次は老中職を罷免《ひめん》されたから、この計画は挫折《ざせつ》した。

解答55　田沼意次の生年を、諸書はおしなべて享和四年（一七一九）としている。16巻「霞の剣」（p250　新装　p287）に、

田沼意次は小兵衛より一歳年下であった。

とあるが、(b)そうではない

小説における小兵衛の年齢は、

・安永七年（一七七八）　六十歳　　1巻「芸者変転」p111　新装　p120

・天明元年（一七八一）　六十三歳　6巻「金貸し幸右衛門」p187　新装　p205

……と、明記されている。

小兵衛の時代も生まれた年から一歳と数えで計算していたとして、逆算すると小兵衛の生年は享和四年（一七一九）で、意次と同年である。

池波さんが小兵衛たちレギュラー・メンバーすべてを今日風に満年齢で記述していたとしたら、小兵衛の生年は一年さかのぼって、たしかに意次よりも一歳年長ということになることはなるのだが……。

【一分間メモ8】　田沼意次のスピード出世ぶり

意次の父・意行《もとゆき》は紀州藩の足軽として、藩主・吉宗の江戸城入りにしたがってきた。のち家禄《かろく》三百石を給され晩年には六百石へ加増、小納戸頭取へ昇進。

十四歳で将軍・吉宗に御目見《おめみえ》した意次は、西の丸の家重つきの小姓となり、十七歳で家督。元文二年（一七三七）に十九歳で従五位下主殿頭《とのものかみ》へ叙任。

二十七歳のとき、吉宗の隠居にともない家重が将軍職へ就いたので意次も本丸へ。

そして小姓組番頭格《ばんがしら》、三十歳で番頭となって千四百石加増。三十三歳の宝暦元年（一七五一）には側衆《そばしゅう》御用申次にすすむというスピード出世であった。それだけ才幹がすぐれていたといえる。

宝暦五年（一七五五）には三千石、三年後には五千石加増されて一万石の大名となり、評定所の式日には席へつらなるようにとの仰せがあった。

宝暦九年（一七五九）に三冬誕生。

宝暦十二年にも五千石加増。明和四年（一七六七）四十九歳、側用人に取り立てられて従四位下を授けられるとともにふたたび五千石加増され、相良城主となった。

明和六年（一七六九）に老中格、侍従に任じられる。

安永元年（一七七二）に五十四歳で老中職、五千石加増されて三万石。五年後に七千石加増。その翌年に秋山小兵衛の隠宅を訪問。さらに二万石加増。

このようなスピード出世を門閥派は「成り上がり」ときめつけて強く反発した。

解答56　田沼意次の城下町――相良は、静岡県榛原《はいばら》郡の南部に位置し、(b)島田市の南約十八キロ　萩間川河口、駿河湾西岸ぞいの町。茶の集散加工地。藩主の意次、とりわけここで育った三冬は茶好きだったはず。

鉄道はなく、バス路線が通じている。

解答57　「御老中毒殺」の安永七年のころ、一橋家の当主・治済と老中・田沼意次の仲は疎遠、親密、(c)どちらともいえない

田沼意次が老中となってからは、現将軍（注・家治）との呼吸がぴたりと合い、しかも老練円滑に事をはこぶものだから、一橋治済も反抗する隙を見出せなくなり、ここ数年は、むしろ田沼老中へ接近し、一見《いっけん》は、親密な関係をたもちつづけているかのように見える。

1巻「御老中毒殺」p323　新装　p354

史書は、三卿の一である田安家の三男に生まれた定信《さだのぶ》が、十七歳のときに将軍・家治の命により白河藩十一万石・松平（久松）家へ養子としてだされ、将軍になる芽をつまれたのは陰で意次が糸を引いたからとする。

安永八年（一七七九）、将軍・家治の嗣子《しし》・家基が十八歳で急死した。二年後の天明元年（一七八一）、一橋家の嫡子・豊千代（九歳。のちの家斉《いえなり》）が将軍・家治の養子と

して江戸城西の丸へ入ったのも、一橋治済と意次が裏で手をむすんだ結果であるとのうわさが絶えなかった。手をむすんだかどうかは定かでないが、老中の意次（六十三歳）と若年寄・酒井石見守忠休《いわみのかみただよし》（六十八歳。出羽松山藩主）、留守居・依田《よだ》豊前守政次《まさつぐ》（七十九歳。千百石）の三人が将軍家の世嗣《よつぎ》の人選掛《がか》りとして豊千代を指名したことは事実である。そうだとするとその二年前の事件の「御老中毒殺」に治済が積極的にからんでいたとする見方はどんなものであろう。

解答58　これまでの多くの史書は、田沼意次は賄賂によって人事を左右したとしてきているが、いや、意次・賄賂とりこみ説は政敵・松平定信派が流布した風説であるとの説も唱えられて田沼政治の再評価がはじまっている。『剣客商売』の意次は、(b)どちらかといえば田沼・再評価派寄り

意次の賄賂とりこみ説を真っ向から否定する急先鋒《きゅうせんぽう》は大石慎三郎氏『田沼意次の時代』（岩波書店）である。

意次の賄賂とりこみ説を決定的にひろめたのは、大正四年（一九一五）に出た辻善之助『田沼時代』（日本学術普及会刊。のち岩波文庫）であるとし、辻博士がその根拠として引用している文献類の信憑性《しんぴょうせい》に疑問を呈し、伊達《だて》家史料を渉猟した結果、猟官運

動をしていた伊達重村からの賄賂を潔癖派と評されてきていた松平右近将監武元が内緒にといいつつ受けていること、田沼意次のほうにはとりこんでいる形跡が見あたらないと反証している。

もちろん、伊達家史料だけで意次の賄賂とりこみを全面否認するわけにはいかないが、少なくともこの件に関してこれまで援用されてきた文献類の多くは、反意次派——すなわち譜代門閥派——によって意次の失脚後に書かれた、ためにする意図をもった文章であることをすっぱ抜き、あまり信用できないと。

じつは筆者は、『鬼平犯科帳』に触発されて長谷川平蔵まわりの資料を集めているとき、反意次派の旗ふりである松平定信の人格と政治的能力に疑問をおぼえ、長谷川平蔵の才幹を買っていた田沼意次に親しみを感じていたところだったので、大石慎三郎教授（当時、学習院大学）の説にわが意を得たおもいがしたものである。

『田沼意次の時代』は一九九一年の刊行。『剣客商売』の連載をその十九年前の一九七二年の『小説新潮』新年号からはじめたときの池波さんは、大石学説を知らなかったはずだが、作家の鋭い直感で意次対譜代門閥派——一橋治済や松平定信——の政治的暗闘を見抜いていたのであろう。

長谷川伸師主宰の新鷹会で、ある時期池波さんといっしょだった平岩弓枝さんも、

『魚の棲《す》む城』（新潮社）で田沼意次の真摯《しんし》な生き方と政治力をみごとに描いてこの仁の名誉回復に資しているので、〔剣客〕ファンに一読をすすめておく。

【一分間メモ9】　定信の老中就任を強く推したのは一橋治済

藤田覚『松平定信　政治改革に挑んだ老中』（中公新書）は、

松平定信の老中就任をもっとも強く推進したのは、当時の十一代将軍徳川家《いえ》斉《なり》の実父で御三卿のひとり、一橋治済である。一橋治済が具体的な行動を始めたのは、天明六年十月である。治済は、十月二十四日付で水戸徳川藩主徳川治《はる》保《もり》に書状を送り、田沼政治を一掃する幕政改革を実行するため、当時の慣例的な老中就任コースと関係なく、「実義・器量《きりよう》の者」を老中に据えることが必要だと力説した。

慣例的な老中就任コースとは、京都所司代とか側用人、若年寄といった顕職を経てきているということである。定信にはそのような幕閣としての経歴はない。

で、つぎの書簡では、老中にふさわしい仁《じん》として松平定信（白河藩主）、酒井忠貫《ただつら》

（小浜藩主）、戸田氏教《うじのり》（大垣藩主）の名をあげた。一代で家禄六百石から五万七千石へ立身した田沼意次へのきつい反感が、門地門閥・正統派の三人を候補者としてあげて、本命・定信の煙幕としている。

治済の手紙の日付が天明六年十月二十四日であることに注目しよう。この年の八月初めから水腫で療養していた将軍・家治は十五日、風邪を理由に朝会惣出仕の謁見を行わなかった。そして二十六日に意次が辞表を提出、翌日には老中を罷免されている。つまり引き立て役であった将軍・家治の庇護《ひご》力がすでに失われていたのである。

解答59　のちに岳父となる田沼意次が、秋山大治郎の剣の腕に目をとめたのは、(a)安永六年（一七七七）夏

江戸にいる無数の剣客たちにとり、田沼老中は庇護者の一人だといってさしつかえなかろう。

今年の試合の折、田沼意次は新人・秋山大治郎の出現に目をとめ、

「何者じゃ？」

と侍臣に問い、それが秋山小兵衛の一人息子だときくや、

「さすがにのう」

何度も感嘆のうなずきを見せたとか……。 1巻「女武芸者」p31 新装 p33

大治郎はのちに、老中・意次のむすめ・三冬と相思相愛となってめでたく結ばれるのだから、このときの試合で大治郎の腕の冴《さ》えが意次の目にとまるのは、小説の結構としてはみごとな予兆といえる。

『剣客商売』は三冬の成長物語であるとともに、別のいい方をすれば、老中・意次の父情を究める物語にもなっている。

解答60　家基が鷹狩りに行った「新井宿」は、(c)品川区南大井一～六丁目あたり　広範な地域なので正確には指定しきれないが、八景坂を中心にした一帯と思っておいてよかろう。

解答61　秋山小兵衛の田沼意次についての人物評は、(a)度量の広い仁

1巻「御老中毒殺」で、膳《ぜん》番の飯田平助が一橋のだれかから毒薬をわたされたのを知った意次が、なんの手もうたなかったことに、小兵衛が、

「では、平助を以前のままにおつかいなされるおつもりでございましたか？」

「さよう」

「ふうむ……」

と、さすがの小兵衛も意次の度量のひろさには、おどろくと共に、

「あれほどまでのお人とは、おもわなかった……」　p320　新装　p351

この事件では、飯田平助のたくらみを意次へ告げた三冬も、実父の肚《はら》のすわりぐあいに感銘をうけ、それまで疎遠にしていた態度をあらためる。

(b)幕府の最高権力者として、渾身《こんしん》をかたむけ、政治にあたっている田沼老中だが、いつの世にも、最高責任者が、よくいわれることはない……は、15巻「二十番斬り」（p158　新装　p173）に書かれている地の文。無責任な世間の口を池波さんがたしなめている気味がないでもない。

(c)二十年先……いや、五十年先、百年先の天下を、日本の姿を頭において政治をお

こなっている。私欲は、いささかもない（9巻「秘密」p155　新装　p168）は、大治郎の意次評。

三冬と結婚してから、岳父・意次としたしく語りあう機会が増えるとともに、世間の風評——田沼の賄賂政治とは、実情は異なっていることに気がつく。

八章　〔四谷〕の弥七親分と御用聞きたち

問62　弥七《やしち》の父親は、四谷《よつや》・伝馬町《てんまちょう》でお上の御用をつとめていた助五郎で、弥七は助五郎が三十歳のときに女房・お富とのあいだにできた最初の子だが、弥七という命名は？

(a)助五郎の祖父の名をもらった
(b)助五郎の父の名をもらった
(c)お富似なので彼女の亡父の名をもらった

問63　宝暦三年（一七五三）、弥七の父親・助五郎は、浪人強盗を探索中に男ざかりの三十九歳で斬殺されるが、そのあと弥七少年を女手一つで育てあげたお富がやっていた店は？

(a)荒物の小さな店
(b)小間物の小さな店
(c)煮売りの小さな店

問64　弥七が四谷・仲町の秋山小兵衛の剣術道場へ弟子入りしたのは、

(a)亡父・助五郎と小兵衛の約束
(b)母親・お富のすすめ
(c)弥七自身の希望

問65　弥七が、お上から十手をゆるされたのは明和四年（一七六七）。このとき、弥七は？

(a)二十三歳
(b)二十五歳
(c)二十七歳

問66　〔四谷〕の弥七は町奉行所の同心から手札を預かって御用聞きをつとめるわけだが、つぎの同心で弥七の上司でないのは？

(a)永山精之助《せいのすけ》
(b)堀小四郎
(c)上田孫蔵

問67 弥七の女房・おみねがやっている料理屋は?

(a)〔江戸屋〕
(b)〔武蔵《むさし》屋〕
(c)〔相模《さがみ》屋〕

問68 『剣客商売』の長編の各章も一話として勘定すると、文庫16巻で百九話ある。このうち、弥七が登場するのは?

(a)五十二話
(b)六十二話
(c)七十二話

問69 弥七の一の手先ともいうべき傘徳《かさとく》が登場するのは?

(a)二十九話
(b)三十九話
(c)四十九話

問70　傘徳の女房・おせきの前身は？

(a)新宿の宿場女郎あがり
(b)品川の飯盛女《めしもり》あがり
(c)深川の巽《たつみ》芸者あがり

問71　御用聞きとして四谷の弥七、手先の傘徳についで登場回数が多いのが、北大門町（台東区上野一丁目）の文蔵。6巻「金貸し幸右衛門」から八話。この文蔵は二代目で、襲名前の名は？

(a)文次
(b)文吉
(c)文太郎

問72　『鬼平犯科帳』の長谷川平蔵と違って、配下の同心や密偵をもたない秋山小兵衛は探索や聞き込み、尾行や張り込みに御用聞きの手を借りることが多い。登場する御用聞きとその手先の人数は？

(a)二十人前後

(b)三十人前後
(c)四十人前後

解答62　弥七は助五郎が三十歳のときに女房・お富とのあいだにできた最初の子だが、弥七という命名は、(b)助五郎の父の名をもらった

「長男なのに、弥七とは、どういうわけなのだね？」

小兵衛が尋ねたとき、

「いえ、私の亡《な》くなった父親の名が弥七と申しますので、その名をつけてやりたかったのでございますよ」

と、助五郎はこたえた。　『黒白』下p224

助五郎は、土地《ところ》の人びとから「仏の親分」とか「仏の助五郎」と親しまれていた御用聞きで、辻道場で盗難事件があったときにやってきた助五郎と辻平右衛門がしたしくなったので、秋山小兵衛との交誼《こうぎ》がはじまった。

弥七は、少年のときから母親のお富に似た可愛《かわい》げな子どもだった。目も鼻も口も大

ぶりなどちらかというと無骨な面相の助五郎に似なくてよかった。

解答63　弥七の父親・助五郎は、浪人強盗を探索中に男ざかりの三十九歳で斬殺されるが、そのあと弥七少年を女手一つで育てあげたお富がやっていた店は、(a)荒物の小さな店。

助五郎の女房は一昨年から、近くの塩町一丁目に、荒物屋の小さな店を出し、八歳の弥七を手つだわせて立ちはたらいている。

それも、夫の助五郎の仕事を、

(少しでも助けたい……)

からなのだ。

店を出すときは、伝馬町の表通りにある武蔵屋という料理屋の主人が、ちから、を貸してくれたという。

『黒白』下p233

この店をやっていたおかげで、助五郎がお上の御用で命を失っても、貧しいながらも生活を維持することができた。

【一分間メモ10】 切絵図は番町の武家屋敷案内から

巻頭の模擬テストのところで、池波さんが座右に置いていた江戸府内の切絵図——近江屋近吾堂板の板行について伝わっている笑話がある。

麹町九丁目——中堅以上の旗本屋敷が集まっていた番町エリアの入り口の一つ。現在《いま》のJR四谷駅か上智大学の聖イグナチオ教会——の表通りに面して〔近江屋〕五平という荒物屋があった。ところが朝から晩まで「だれそれ殿のお屋敷へはどう行けばよろしいか」と道を尋《き》く人がたえないので、商売にならない。川柳「番町をさかながさがる（腐る）ほど尋ね」が暗示しているように、政府役人への付けとどけは江戸時代でもさかんだったし番町は道筋も入りくんでいた。

で、旗本衆の氏名入り住居地図をつくったら売れるのではあるまいか、とおもいついて売り出してみると大ヒット。近江屋近吾堂板の切絵図である。

横目に見ていた麹町六丁目の版元・尾張屋清七は「素人が出してもあの売れ行きだから、出版のプロであるうちがつくればベストセラーだ」と、色あざやかなのを板行した。尾張屋金鱗堂板と呼ばれているのが、これ。

狙いが狙いだから番町のつぎは、やはり大名や幕臣の屋敷が密集していた永田町、小川町かいわい、芝愛宕下とつづき、そのうちに寺社詣でのためとか商舗の小僧の配達用などのためにも用途がひろがり、三十葉前後が板行された。

お富の荒物屋開業が近江屋五平の百年前でなかったら、近すぎて競合したろう。

解答64　弥七が四谷・仲町の秋山小兵衛の剣術道場へ弟子入りしたのは、(a)亡父・助五郎と小兵衛の約束

「ですから先生。私は弥七を、はじめから真《まこと》の御用聞きにするつもりで仕込んでみたいと、こう考えております」

「なるほど」

小兵衛は、助五郎の思念を聞いて感服したものだ。

「それで、先生に、お願いがございます」

「ほう。何だね？」

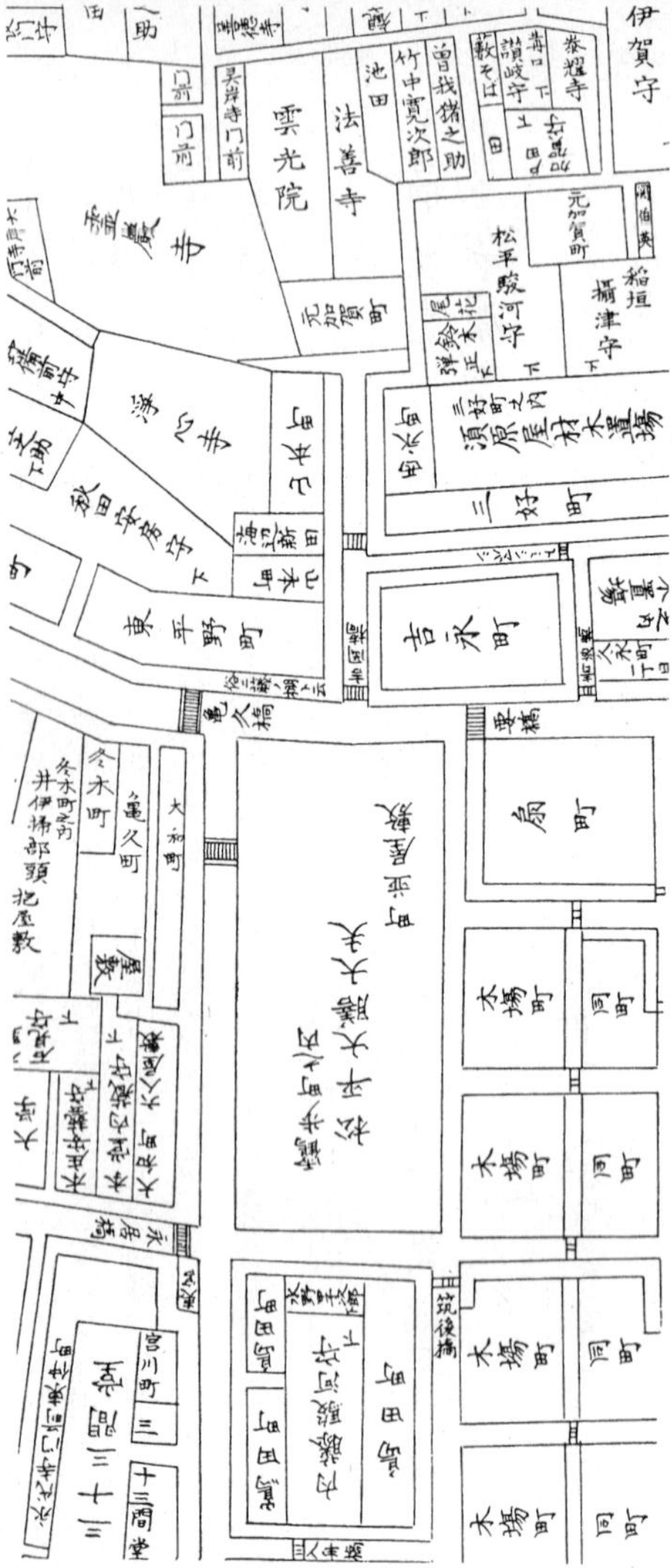

近吾堂板
中ほど。亀久橋の右、仙台堀北河岸に〔俗ニ藤ノ棚ト云〕とある。

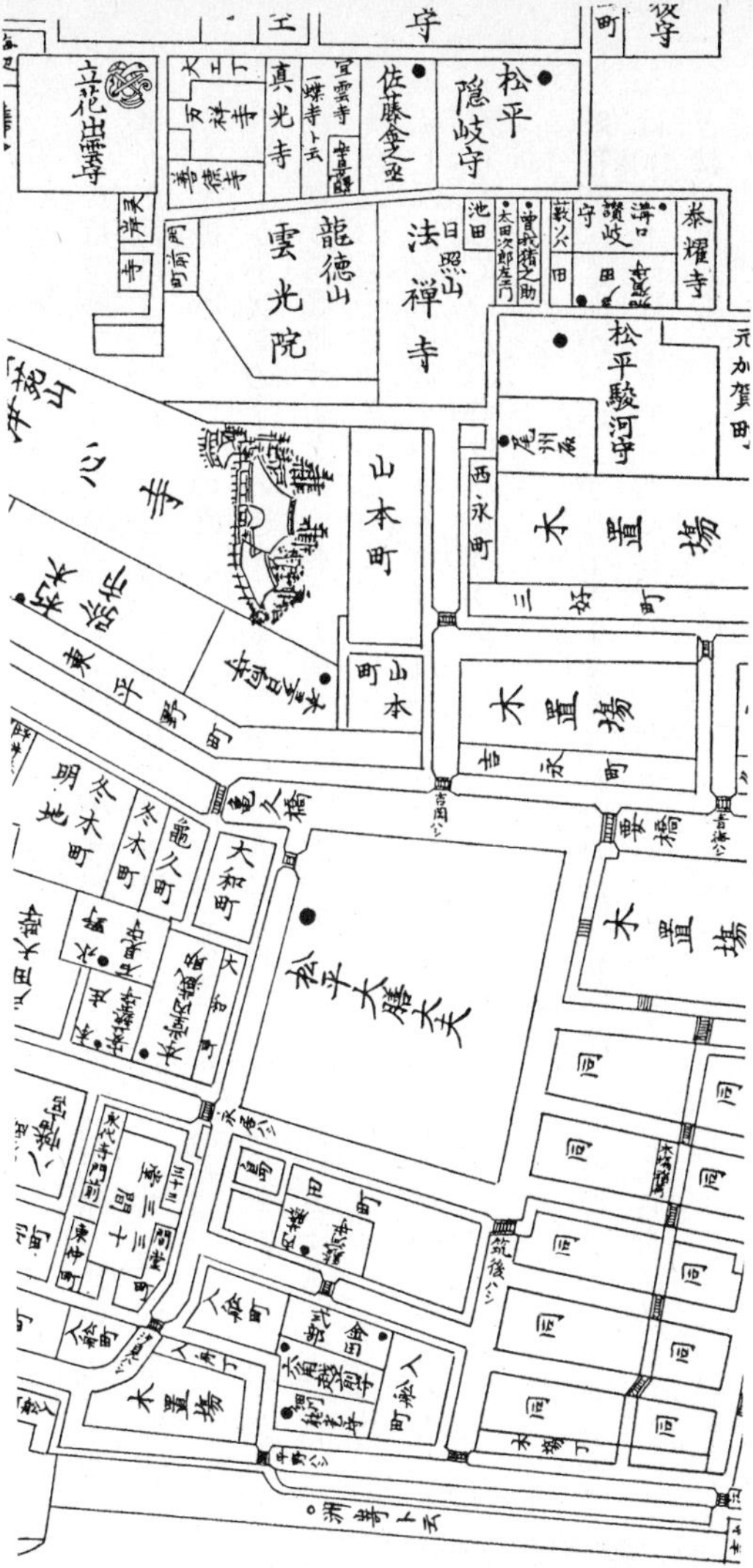

尾張屋板
〔藤ノ棚〕の表示がない。

中央公論美術出版（『古板江戸図集成』）より

「弥七が、もう少し大きくなりましたら、剣術を教えてやっていただきとう存じます」
「よし、心得た」

『黒白』下p225

これは宝暦二年（一七五二）、三十四歳の小兵衛、三十八歳の助五郎のあいだで交わされた約束ごとである。この場には八歳の弥七はいなかったが、のちに父親からしっかりと聞かされていたのだろう。大治郎の誕生はこの翌々年である。
弥七が小兵衛の手ほどきをうけたのが何歳のときからだったかは不明だが、小兵衛の流儀から類推すると、十四、五歳からだったのではなかろうか。とすると宝暦八、九年とおもえる。そのころまでは小兵衛の亡妻・お貞も元気に家事をこなしており、弥七は彼女から目をかけられていたとおもわれる。お貞は、弥七の母親・お富ともしたしくしていたのではなかろうか。

解答65　弥七が、お上から十手をゆるされたのは明和四年（一七六七）。このとき弥七は(a)二十三歳……でもあるし、(c)二十七歳……でもあるので、どちらも正解ということにしておこう。

剣客商売番外編『黒白』（下p233）での弥七は、宝暦二年（一七五二）に八歳だったことになっている。これから勘定すると十五年後の明和四年（一七六七）には二十三歳。

ところが、天明四年（一七八四）が舞台の16巻「暗夜襲撃」では、

「……お前は、いくつになったえ？」

「四十四《しじゅうし》になりましてございますよ、先生」

「ほい、しまった」

「いくつだとお思いになっていらっしゃいましたので？」

「三十四だとおもっていた」

「御冗談を」　p37　新装　p42

天明四年は明和四年の十七年のちである。四十四から十七を引くと(c)の二十七歳となる。

『黒白』をふくめた秋山小兵衛シリーズで、この弥七のように年代があわない事例が

ままあるのはファンなら百も承知のことだから、この問題に正解が二つあっても目くじらを立てない。

解答66〔四谷〕の弥七は町奉行所の同心から手札を預かって御用聞きをつとめるわけだが、弥七の上司でないのは、(c)上田孫蔵《まごぞう》

南町奉行所・上田孫蔵は5巻「暗殺」で、五千石の大身《たいしん》旗本・杉浦丹後守《たんごのかみ》出入りの同心である。杉浦家ほどの格の幕臣ともなると、屋敷内で事件や紛争が起きた場合に内々にすませるべく、ふだんから町奉行所の与力や同心に手当てをわたしていた。

(a)永山精之助は、もともと弥七に手札をわたした南町奉行所の常町廻《じょうまちまわ》りの同心。

永山精之助は、深川・佐賀町の〔味噌問屋《みそどんや》・越後屋万吉《えちごやまんきち》〕に招《よ》ばれ、富岡八幡《とみおかはちまん》宮《ぐう》門前の料理屋〔丸竹《まるたけ》〕で馳走《ちそう》になった。

永山同心の妻は、越後屋の三女である。

夜が更《ふ》けたので、越後屋は、

「駕籠《かご》を……」

しきりにすすめたが、永山は、

「いや、酔いざましに歩いて帰るがちょうどよろしい」
辞退して、丸竹を出た。（略）
どの店も大戸《おおど》を下し、寝しずまっていた。
と……闇の中から提灯《ちょうちん》も持たぬ黒い影が二つ、突然にあらわれた。
13巻「消えた女」p23　新装　p24
永山同心は、このとき、浪人者に斬殺された。
(b)堀小四郎は、永山同心が斬殺されたあと、弥七が仕えることになった同心。

解答67　弥七の女房・おみねがやっている料理屋は、(b)〔武蔵屋〕

小兵衛は、市ケ谷八幡宮《はちまんぐう》へ参詣《さんけい》をしたのち、近くの菓子舗でみやげを買いもとめ、四谷・伝馬町の御用聞き・弥七の家へ寄った。

弥七は、留守であった。

〔武蔵屋〕という料理屋をやっている女房のおみねのもてなしをうけ、小兵衛は此処《ここ》で遅い昼飯をとり……。

1巻「井関道場・四天王」p156　新装　p170

↗（約三〇〇メートル）ほど左手（府内側）にある。

四谷大木戸（『江戸名所図会』）

御用聞き・弥七の女房が切りもりしている料理屋〔武蔵《むさし》屋〕は、石垣の三丁

〔武蔵屋〕は、おみねの父親がやっていた料理屋で、弥七は入り婿のかたちでおみねと夫婦《めおと》になった。おみねが稼いでくれているおかげで、弥七は御用聞きにありがちなあこぎな真似をして金を得なくても十手仕事をやっていけている。

【傘徳の至言】　女房の耳へ入れてはいけない

「おれたちは女房どものおかげで、疚《やま》しいまねもせずに、お上の御用にはたらいていられる。大きな声じゃあいえねえが、ありがてえことよ、なあ傘徳」

いつか弥七がそういったとき、徳次郎は、

「まったくで。ですが親分。こんなことを女房の耳へ気《け》ぶりにも入れちゃあいけませんや。そんなことを聞いたら、女ってえ生きものは、すぐにのぼせあがり、今度はこっちへ恩を売りまさあ」

3巻「婚礼の夜」p212　新装　p232

（いえてる。傘徳も人間通よなあ……）

と、感服するとともに、

（まてよ。おだても女房操縦術——ひいては夫婦円満術の一つではなかったか）

池波さんは、新婚時代に手抜き料理が出たらお膳をひっくり返して意思を示さないとあとあとうまくいかない、と忠告しているが、世間智はいう。

「犬もおだてりゃ、木にのぼる」

筆者も三十数年間講じた美術大学の学生たちに、

「女とデザイナーはおだてと自惚《うぬぼ》れで伸びる。批判する友人は敬して遠ざけよ」

と、教えてきた。もっとも、冷静な自己診断ができる仁《じん》であることが大前提ではあるけれど……。

解答68『剣客商売』の長篇の各章も一話として勘定すると、文庫16巻で百九話ある。このうち、弥七が登場するのは、(b)六十二話

解答69　弥七の一の手先ともいうべき傘徳が登場するのは、(b)三十九話
親分の弥七は第一話「女武芸者」から顔を見せるが、傘徳の初登場は第四話「井関

道場・四天王」から。

解答70　傘徳の女房・おせきの前身は、(a)新宿の宿場女郎あがり

おせきは、新宿の宿場女郎だった女だが、五年前に徳次郎と「いい仲」になり、それを知った四谷の弥七が「あの女なら一緒になってもいい」と、金を出してくれ、傘屋の店を出させてくれたのであった。　3巻「婚礼の夜」p212　新装p232

店は甲州街道に面した内藤《ないとう》新宿の下町で、晴雨にかかわらず人の往還が多いから、店構えは小さくても売り上げはばかにならない。傘徳は御用の筋で他出が多くてほとんど店にいないために、商売はおせきが一人で取り仕切っている。

傘徳は弥七と一歳違い。もちろん傘徳のほうが年少。引用の3巻「婚礼の夜」のとき傘徳は三十八歳。子どもはまだいない。

解答71　御用聞きとして四谷の弥七、手先の傘徳についで登場回数が多いのが、北大門町（台東区上野一丁目）の文蔵の6巻「金貸し幸右衛門」から八話。この文蔵は二代

目で、襲名前の名は、(c)文太郎

(四谷・伝馬町の御用聞き・助五郎は)この夜は、下谷《したや》・御徒町《おかちまち》の御用聞き文蔵の家へ泊めてもらった。(略)

文蔵は去年に病死してしまったけれども、古女房のお吉《きち》がいる。

文蔵夫婦には子がなく、お吉の姪《めい》の子の文太郎を養子にしてある。

この文太郎が成長し、近くの北大門町へ移って御用聞きとなり、養父の名の文蔵を名乗るようになるのは、もっと後になってからだ。　『黒白』下p248

つまり弥七の亡父・助五郎と文蔵の養父とは生前に親交があったという設定なのである。弥七と二代目文蔵も身辺が清潔な御用聞き同士なので信頼関係を保っている。

【一分間メモ11】　問題にならない御用聞き

この囲みの表題は「問題にならない……」でなく「問題がつくれない……」とし

たほうが誤解を避けられよう、書きたいのは人望のある御用聞きのことだから。「大きな声では申せませんが……」と前置きした北大門町の御用聞き・文蔵が秋山小兵衛へいう。

「私どもの稼業《かぎょう》の裏は、そりゃもう、ひどく汚ねえものなのでございます。弥七さんや私なぞは、女房どもが商売をして暮しを立ててくれますから、おもいきって御用をつとめることもできますが……」

7巻「越後屋騒ぎ」p272　新装　p297

四谷の弥七のおみね、文蔵と仙台堀の政吉のそれぞれの女房どもが、亭主が御用に専念できるように経済的に支えている仕事をあてる問題はつくれないかとかんがえた。弥七のところの料理屋〔武蔵屋〕はいいとして、6巻「金貸し幸右衛門」から八話へ登場する文蔵のところの商売、3巻「深川十万坪」ほか三話に顔を見せる政吉のそれも、まったく明かされていない。

クイズの問題がつくれないのは一向にかまわないが、文蔵のいい分になっとくするためにも、彼の女房の名前と商売は、やっぱり知っておきたい。文蔵の家の一間きりの二階で小兵衛が仮眠をとらせてもらう（13巻「剣士変貌」p143　新装　p155）ところから、階下は三部屋ほどとみ、店ではなく、家で裁縫でも教えているのかな。

解答72　同心や密偵をもたない秋山小兵衛は探索や聞き込み、尾行や張り込みに御用聞きの手を借りることが多い。登場する御用聞きとその手先の人数は、(b)三十人前後きっちり数えると三十五人。住まいは本所・深川と浅草、下谷、本郷、小石川——日本橋から北と大川の東側に集中しており、小兵衛の行動範囲も読めてくる。

これらの中から弥七と親交がある御用聞きをマークしてみるのも面白い。

また、弥七、傘徳、文蔵のほかはほとんどが一話かぎりの使い捨てというぜいたくな人員配置でもある。

（・印は奉行所から手札をもらっている親分）

・〔伝馬町〕の弥七　1巻「女武芸者」から六十二話

手下：〔傘屋〕の徳次郎　1巻「井関道場・四天王」から三十九話

手下：〔桶屋〕の太次郎《たじろう》　2巻「三冬の乳房」

手下：寅松　2巻「三冬の乳房」
手下：幸蔵　2巻「妖怪・小雨坊」
手下：豊次郎　16巻「深川十万坪」
手下：与助　2巻「妖怪・小雨坊」
・〔北大門町〕の文蔵　6巻「金貸し幸右衛門」から八話
手先：金助　13巻「剣士変貌」
手先：源三　13巻「剣士変貌」
・〔蛤町《はまぐりちょう》〕の吉兵衛　2巻「悪い虫」
・〔仙台堀〕の政吉　3巻「深川十万坪」から四話
・〔中島町〕の勝平　7巻「大江戸ゆばり組」
・〔入船町〕の新蔵　14巻「忍び返しの高い塀」から二話
・〔亀島《かめしま》橋〕の彦太郎　10巻「老《おい》の鶯《うぐいす》」
・〔出村《でむら》〕の長兵衛　8巻「秋の炬燵《こたつ》」
・〔石原〕の吉兵衛　12巻「浮寝鳥」
手先：太助　12巻「浮寝鳥」
・〔緑町〕の金五郎　16巻「霞《かすみ》の剣」

・〔山伏町〕の亀蔵　4巻「突発」
・〔聖天町《しょうでんちょう》〕の玉吉　5巻「暗殺」
・〔金杉下町〕の七兵衛　6巻「品川お匙《さじ》屋敷」
・〔馬道〕の清蔵　12巻「浮寝鳥」
・〔坂本〕の友蔵　13巻「夕紅大川橋」
・〔橋場〕の富次郎　11巻「小判二十両」
・〔菊坂町〕の富五郎　6巻「いのちの畳針」
・〔湯島〕の長兵衛　7巻「越後屋騒ぎ」
・〔指《さし》ケ谷《や》〕の銀右衛門　13巻「敵」
・〔根津権現前〕の万七　8巻「狐雨《きつねあめ》」から二話
・〔小石川〕の平治郎　7巻「梅雨の柚《ゆ》の花」
・〔植木店《うえきだな》〕の小次郎　13巻「消えた女」
手先：寅松　13巻「消えた女」
手先：安　13巻「消えた女」
・〔久保町〕の藤兵衛《とうべえ》　6巻「いのちの畳針」
・〔浜松町〕の梅吉　5巻「白い鬼」

九章　〔不二楼〕と〔鯉屋〕まわり

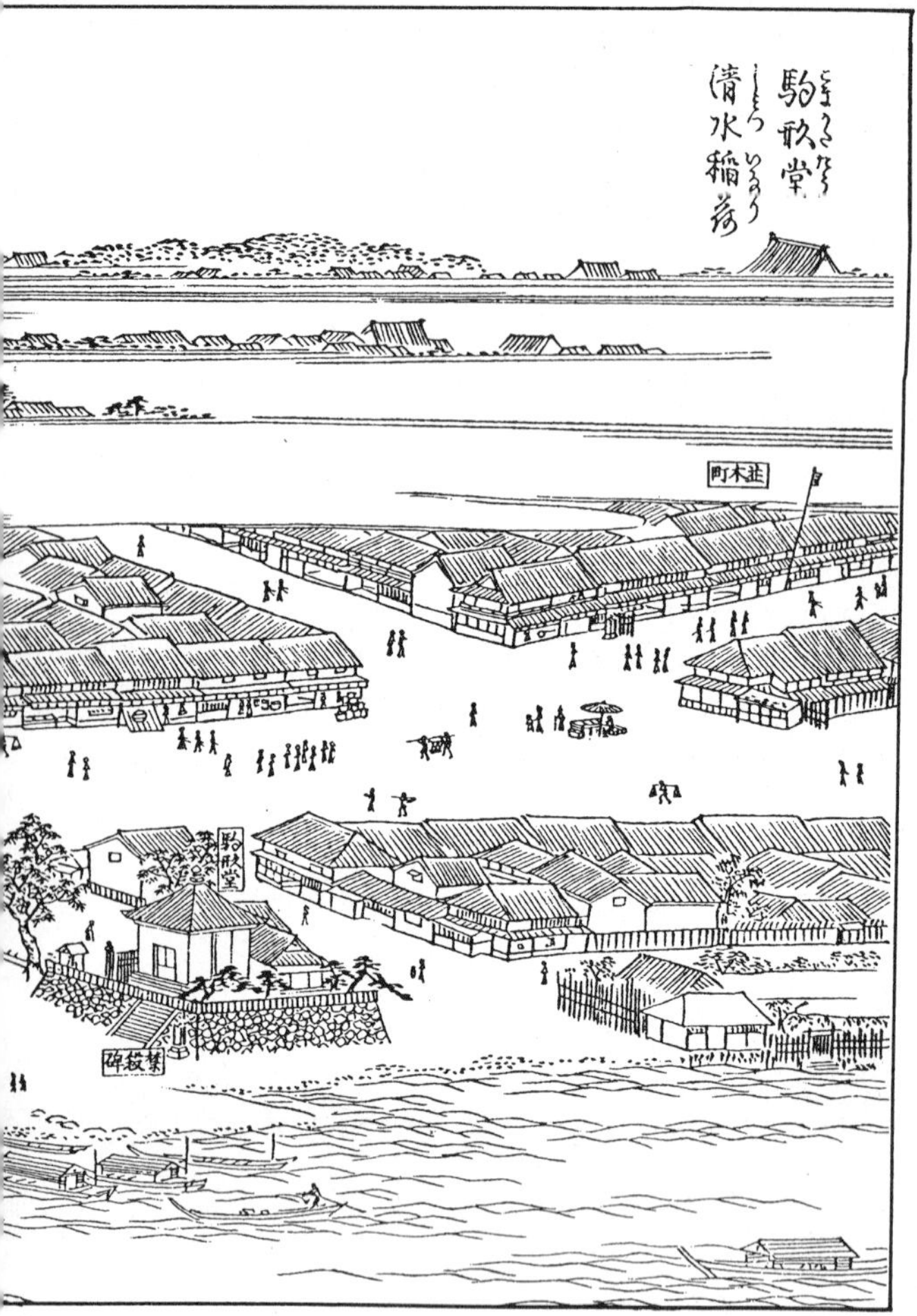

↗さて……。

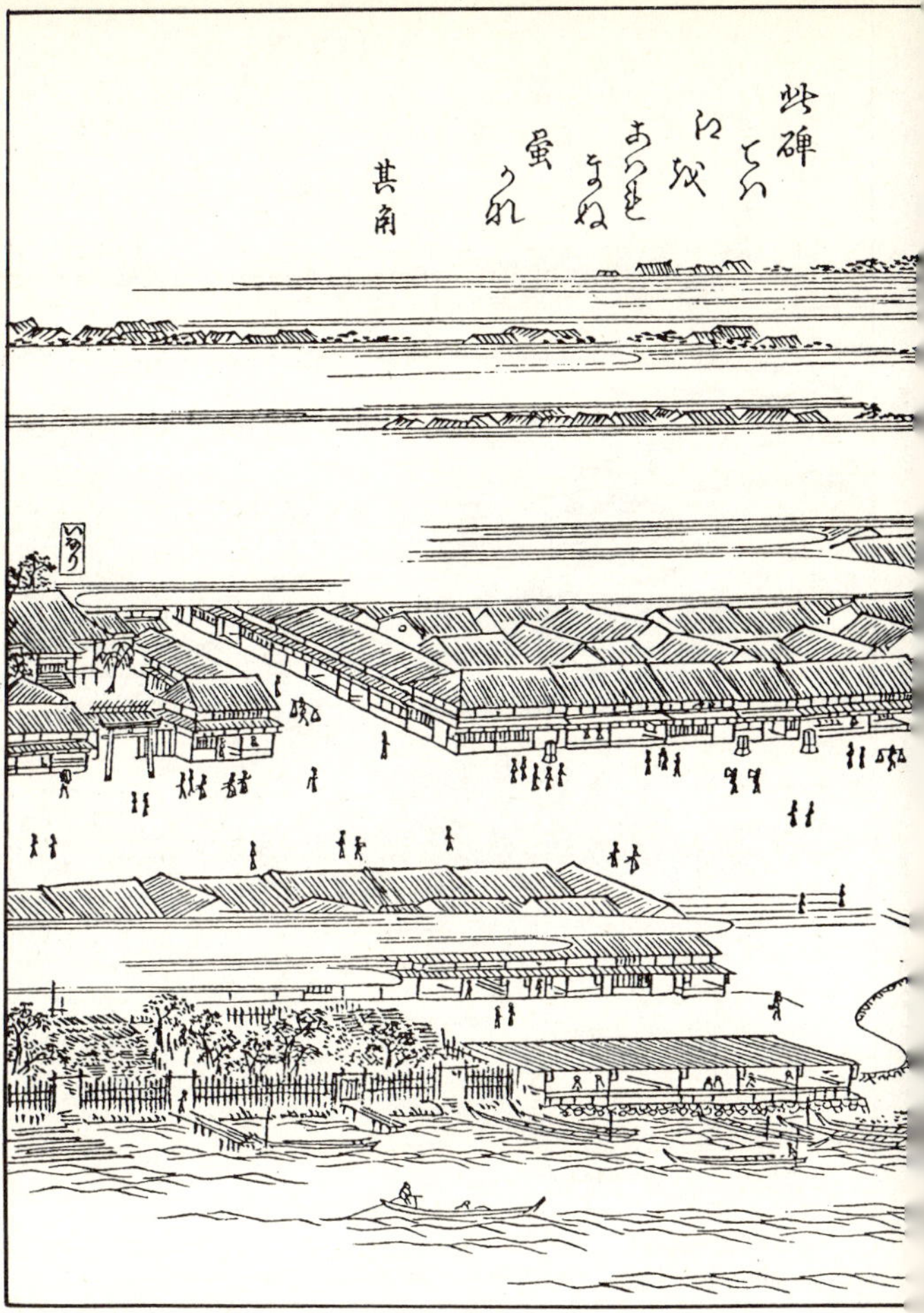

駒形堂　清水稲荷（『江戸名所図会』）

長次とおもとの酒飯《しゆはん》店〔元長《もとちよう》〕は駒形堂裏にあるのだが、お堂の正面には、

隅田川東岸
近衛 藤原信尹公
内川

問73　92〜93ページに掲げておいた『名所図会』の「思川・橋場の渡し」の絵の、大川（隅田川）沿いの向かって左手、料理屋〔不二楼《ふじろう》〕があるあたりの家並《いえなみ》に〔茶や〕と注記されているが、さらにその左隅の注記は？

(a)舟渡《ふなわた》し場《ば》

(b)船番所《ふなばんしょ》

(c)舟やど

問74　橋場の料理屋の亭主・与兵衛が内儀のおよしに頭があがらないわけは？

(a)およしが家つき女房だから

(b)およしの支度金のため

(c)与兵衛が外に子どもをつくったせい

問75　〔不二楼〕の板前の長次と座敷女中のおもとがしめしあわせて入り、抱きあった客部屋〔蘭《らん》の間〕の命名のゆえんは？

(a)面した庭に蘭が植えられているため

〔不二楼〕の女将・およしの実家の料亭〔梅松屋〕(『江戸買物独案内』)

(b)床の間に蘭の花が生けてあるため
(c)襖《ふすま》に蘭の絵が描かれているため

問76　夫婦《めおと》になった〔不二楼〕の板前・長次と座敷女中・おもとが、浅草の駒形堂裏《こまんどう》へ自分たちの酒飯《しゅはん》店を出す資金を融通したのは？
(a)秋山小兵衛
(b)〔不二楼〕の亭主・与兵衛
(c)高利貸しの浅野幸右衛門

問77　毎月、心づけをわたし、秋山小兵衛とおはるがその舟着きを利用させてもらっている船宿は〔鯉屋《こいや》〕だが、橋場にあるもう一軒の船宿の舟を1巻「女武芸者」で小兵衛は一度きり利用した。その船宿は？
(a)〔松屋〕
(b)〔竹屋〕
(c)〔梅屋〕

【小兵衛の至言7】　女は嫁いでからも、決して実家《さと》を忘れない

「たまさかには、共に、お前の実家で暮すのもよいだろう」

小兵衛はそういって、おはるをよろこばせた。

なぜなら、女というものは、他家へ嫁いでからも、決して実家を忘れぬものだからである。

6巻「品川お匙屋敷」p69　新装 p75

おなじ格言は『鬼平犯科帳』でもつかわれている。執筆時期的には鬼平の台詞《せりふ》のほうが五年ばかり早い。

「これ久栄。女というものは、他家へ嫁《とつ》いでも実家のことを忘れぬものだそうな。おれは亡き父上から、このことをつくづくといいきかされ、おぬしを妻に迎えてより十五年余、このことをいささかも忘れずにいたつもりだが……」

4巻「密通」p86　新装 p90

わが家人の言動に徴しても、けだし至言である。池波さんの体験からにじみ出た人生訓ともいえる。

妻の実家を尊重していれば夫婦の円満が保たれるということであれば、夏の休暇とか正月休みには自分の両親のところより、子どもたちを引き連れてでも妻の実家へ滞在するほうが良策というわけだが、それでも滞在日数は、まあ、予定より一、二日短めのほうが無難。

最良の策は、妻と子どもだけを行かして、自宅で鬼のいぬまに……を決めこむ。

解答73 92〜93ページの「思川・橋場の渡し」の絵の、大川沿いの向かって左手の家並に〔茶や〕と注記されているが、さらにその左隅の注記は、(b)船番所「船改《あらため》番所」ともいった。小兵衛の時代、河岸にもうけられた通過する船を調べて、課税・徴収をした役所。勘定奉行支配下の川船奉行——のち、川船改役に属した。

(a)舟渡し場は、〔茶や〕と注記された右手の、家並みが切れたところに「この所、すみだ河のわたし場」とある。ここから往来する渡し舟の行き先は二つあり、対岸の寺島と桜餅《さくらもち》で名高い長命寺がそれ。

(c)舟やど　「思川・橋場の渡し」につづくページは「総泉寺　砂尾不動　砂尾薬師」の絵で、その大川べりに「この辺別荘多し」と注記されている。別荘からの帰りに舟の利用もまんざらではなかったろうから、〔鯉屋〕〔梅屋〕など数軒の船宿があったはずだが、『図会』は記していない。

解答74　〔不二楼〕の亭主・与兵衛が内儀のおよしに頭があがらないわけは、(b)およしの支度金のため

およしは家つきの女房ではないが、まったく、与兵衛は頭が上らぬ。それというのも、およしが同業者の〔梅松屋政五郎〕のむすめで、新橋加賀町の大きな料理茶屋・梅松屋から不二楼へ嫁ぐとき、当時、先代からの経営不振で四百両に近い借金があった不二楼へ、梅松屋がむすめのために五百何十両も金を出してくれ、危急を救われたいきさつがある。

こういうわけで、不二楼における内儀のおよしの実権は大きい。

3巻「赤い富士」p69　新装p75

およしの実家の〔梅松屋〕だが、物語の時代から五十年ほど下った文政年間に、新橋加賀町（中央区銀座七丁目）に同名の料理屋があったことが、『江戸買物独《ひとり》案内』で明らかだ。もっとも〔梅松屋〕政五郎を名乗ったのは神田鍛冶町の支店のほうだが。

池波小説はこのように、その町内に実際に存在していた業種の商店を配して、つくりものの感じを極力排除するようにしている。

引用の「〔梅松屋〕政五郎のむすめ」と、「娘」でなくもっぱら平かなの「むすめ」と書くのは、「むすめ」に良い女がいることはきわめて少ないという、池波さんの女性観を反映しているからであろうか。いや、これは冗談。

解答75　〔不二楼〕の板前の長次と座敷女中のおもとが抱きあった客部屋〔蘭の間〕の命名のゆえんは、(c)襖に蘭の絵が描かれているため

秋山小兵衛は離れ屋を出て、ぶらぶらと廊下をたどるうちに〔蘭の間〕という奥座敷の前へ来た。

この座敷は、井村某《なにがし》という絵師が蘭を襖に描いたことから名がつけられたのだそうである。

2巻「不二楼・蘭の間」p247　新装p270

長次とおもとが抱きあったのは、1巻「芸者変転」で……。

解答76　夫婦になった板前・長次と座敷女中・おもとが、浅草の駒形堂裏へ自分たちの酒飯店を出す資金を融通したのは、(b)〔不二楼〕の亭主・与兵衛

料亭〔不二楼〕の料理人である長次と座敷女中のおもとの仲は、主人夫婦もみとめるところとなって、

「こうなったからには、仕方もないことだ」

不二楼の主《あるじ》・与兵衛が、仲へ入った秋山小兵衛の口ききもあったかして、

「ちょうど、いい売りものがある。金は私が出してあげようが、そのかわり甘えてはいけませんよ。いいかえ、その金は、きちんと毎月、すこしずつでもいいから返すのだよ」

と、駒形堂裏の茶店の権利が売りに出ていたのを、手に入れてくれたのである。

3巻「嘘《うそ》の皮」p125　新装　p137

馬頭観音《ばとうかんのん》を安置した駒形堂だが、ひと口に「駒形堂裏」というものの、お堂の正面がどっちを向いていたかをいうのはむずかしい。242～243ページの絵も正面が南向きか北向きかそれとも西向きか、判断に迷う。池波さんは、

石垣積みの台上に建てられた駒形堂は、しごく小さなもので、正面は大通りから大川の方へ切れこんだところにある。　同p128　新装　p140

と南向き説である。

だが、古いものの本には、大川のほう——つまり東を向いていたとある。大川を舟でやってきた人が参詣しやすいようになっていたと。

『江戸名所図会』は物語の時代から五、六十年ほどあとに板行されている。古いものの本の刊行はちょうど長次とおもとの〔元長〕のころだから、もしかすると駒形堂は大川に正面していたかも知れない。となると「駒形堂裏」は西にあたり、いまの江戸通りに面していたことになる。

ま、池波さんは『図会』の絵を見て〔元長〕を「駒形堂裏」に配置したのだから、ここは作家の頭の中の駒形堂どおり、南面していたことにしておこう。

【一分間メモ12】　駒形堂と竹町《たけちょう》の渡し

『剣客商売』には登場しないが、浅草の駒形堂の近くには「竹町の渡し」と呼ばれた舟渡しがあった。もちろん大川を横断する渡しで、駒形《こまかた》町の北の材木町と対岸の本所中《なか》ノ郷《ごう》竹町を結んでいた。

大川橋（のちの吾妻橋）が架橋されても残っていたところをみると、利用者も少なくなかったのだろう。

「竹町の渡し」の下流、三好町のが「御厩《おうまや》河岸の渡し」だ。対岸は本所石原町。

そのさらに下流のが「御《お》蔵《くら》の渡し」。幕府御米蔵のところから同御竹蔵の御蔵橋ぎわへ渡していた。

その下流が「富士見の渡し」。浅草瓦町（台東区柳橋二丁目）と対岸の本所横網町飛び地（墨田区横網町一丁目（鬼熊酒屋）のあったあたり）を結んでいた。

さらに下流、浅草茅《かや》町一丁目（台東区柳橋一丁目）と本所元町（墨田区両国一丁目）を往来していたのが「三途《さんず》の渡し」。明暦の大火のときの焼死者をここから舟に載せて回向院（墨田区両国二―八―一〇）へ送ったための命名という。大川を三途の川に擬《ぎ》したのである。だが小兵衛のころには廃されていた。

大川橋と両国橋のあいだは、現在は渡しにとって替って、駒形橋、厩橋、蔵前橋が架橋されている。小兵衛がこういうだろうか。

「いやはや、あれらすべての通行料が無賃とはな」

解答77　秋山小兵衛とおはるがその舟着きを利用させてもらっている船宿は〔鯉屋〕だが、橋場にあるもう一軒の船宿の舟を1巻「女武芸者」で小兵衛は一度きり利用した。その船宿は、(c)〔梅屋〕

秋山小兵衛は、おはるに船頭をさせて舟を橋場の船宿〔梅屋〕へ着けさせ、梅屋の舟に乗り替え、大川を浅草橋へ下って行った。　p22　新装p23

佐々木三冬の腕を折るというけしからぬ話を息子・大治郎に持ちかけてきた人物の素姓をさぐるにあたり、こちらのことが逆探知されないように、小兵衛は舟を乗り替えたのである。このあたりは些細《ささい》な描写だが芸が細かい。

ついでにいうと、〔鯉屋〕の女将の名はお峰。年代は不詳。秋山父子とは顔なじみである。

【一分間メモ13】〔鯉屋〕という店名

9巻「剣の命脈」に橋場の船宿〔鯉屋〕が初登場する以前——『小説新潮』の掲載号でいうと昭和四十八年（一九七三）四月号——つまり四年半ほど前の「赤い富士」（3巻）に〔鯉屋〕という名の料理屋が顔を見せている。

（〔不二楼〕の主）与兵衛は、上野の仁王門・門前の料理屋〔鯉屋忠兵衛〕方でひらかれた同業者の寄合いに出た折、小用に立って大廊下へさしかかると……

p63　新装　p68

料理屋の〔鯉屋〕は『江戸買物独案内』に広告参加をしている実在していた店である（ついでにいうと、翌年四月号「突発」（4巻）でも料理屋〔鯉屋〕で座敷女中をしていた女性が顔を見せる)。

小兵衛がひとはたらきをして池大雅《いけのたいが》〔赤い富士〕をまんまと入手した話を書いてから数年すぎていて、さて、橋場の船宿……となったとき、記憶のかなたにかすんでいた〔鯉屋〕という一種おかしみのある店名が、池波さんの頭に浮かび上ってき、〔鯉屋〕と万年筆が自然に走ったのだろうと想像している。

十章　秋山小兵衛の交遊関連

問78　秋山小兵衛の鐘《かね》ケ淵《ふち》の隠宅から本所《ほんじょ》・亀沢町《かめざわちょう》の町医・小川宗哲《そうてつ》宅までは、片道たっぷり六キロメートルはある。それでもなお小兵衛は、〔碁がたき〕としてはもちろん、人生の先達《せんだつ》として宗哲を敬愛しているが、二人の交誼《こうぎ》がはじまったのは？

(a)二年ほど前から
(b)五年ほど前から
(c)十五年ほど前から

問79　小川宗哲と秋山小兵衛の年齢差は？

(a)七歳
(b)九歳
(c)十一歳

問80　小川宗哲は二十年前から江戸に住みついたが、移住してきたのは？

(a)長崎から

(b)上方《かみがた》から
(c)駿府（静岡）から

問81　6巻「金貸し幸右衛門」で、縊死《いし》した幸右衛門《こうえもん》が湯島天神下・同朋町《どうぼうちょう》（文京区湯島三丁目）の居宅とともに秋山小兵衛へ託した金額は？
(a)ざっと千二百両
(b)ざっと千五百両
(c)ざっと千八百両

問82　辻売りの鰻《うなぎ》屋をやっている又六《またろく》が屋台を出しているのは？
(a)万年橋ぎわの霊雲寺《れいうんじ》門前
(b)富岡八幡宮《とみおかはちまんぐう》前の舟着き傍《わき》
(c)江島橋ぎわの洲崎弁天《すさきべんてん》社傍

問83　鰻の辻売りの又六は、4巻「鰻坊主」以降は深川島田町の裏長屋で母親と暮らしているが、初登場したときの住まいは？

(a)平井新田
(b)千田新田
(c)亀高新田

問84　16巻「深川十万坪」で夫婦《めおと》になる杉原《すぎはら》道場主のお秀《ひで》と辻売りの鰻の又六とでは、どちらが齢上《としうえ》？
(a)お秀
(b)又六

問85　杉原秀が父親ゆずりの道場をかまえているのは、品川台町の〔雉子《きじ》の宮〕の社《やしろ》と道をへだてた西側の、改造した百姓家。280～281ページの雪景色でいうと、左ページ中ほど左端に見えている農家のなかの一軒だろう。
ところで、この絵の百姓家の一つを住居にしている池波小説のヒーローは？
(a)雲霧仁左衛門
(b)藤枝梅安
(c)杉虎之助

問86　杉原秀の父親・左内は一刀流の名手で、もと、伊勢桑名《いせくわな》十万石・松平下総守《しもうさのかみ》の家臣であったが、同藩の剣術師範と決闘して脱藩した。秀の剣の師は左内だとして、別に会得した手裏剣の流派は？

(a)根来《ねごろ》流
(b)根岸流
(c)小堀流

問87　辻道場の同門で、秋山小兵衛がお貞と夫婦になる前からなにかと力になってくれていた、駿州・田中の在の郷士の出の仁《じん》は？

(a)内山又平太
(b)内山弥五郎
(c)内山文太

問88　辻道場の同門で、秋山小兵衛の古くからの親友・松崎助右衛門は、才能と健康に恵まれず、剣客としての道をあきらめて、妻の実家の支援で千駄ケ谷の隠宅で暮らしている。ところで、日本橋通《とおり》四丁目に店をかまえている妻の実家は？
(a)真綿問屋
(b)薬種《くすりだね》問屋
(c)塗物《ぬりもの》問屋

解答78　秋山小兵衛と小川宗哲の交誼がはじまったのは、(c)十五年ほど前から

秋山小兵衛と佐々木三冬は、両国橋の東詰で別れた。

両国橋を西へわたって行く三冬を見送ってから、小兵衛は、本所・亀沢町に住む町医者の小川宗哲をたずねた。

小兵衛と宗哲の親交は、すでに十五年におよんでいる。

1巻「御老中暗殺」p286　新装 p313

小兵衛は、三冬から預かった毒薬らしきものを鑑定してもらうために、宗哲をたずねる。

それはそれとして、十五年にもおよぶ親交といえば、小兵衛が鐘ケ淵の隠宅へ移る

よりずっと以前――まだ四谷・仲町に道場を構えていたころからの交際《つきあい》ということになる。四谷・仲町と本所亀沢町は、それこそ八キロ（約二里）は離れている。縁は異なものとはいうが、八キロメートルも離れて住んでいる二人の出会いは、どんな機縁があってのことであろうか。池波さんはそこのところを読み手の想像にゆだねる。

解答79　小川宗哲と秋山小兵衛の年齢差は、(c)十一歳　もちろん宗哲のほうが年長である。

　宗哲先生も、年が明けて七十六歳になる。　12巻「十番斬り」p134　新装p148

　舞台は天明三年（一七八三）。物語の冒頭に、小兵衛は六十五歳となった、とある。もっとも前問に引用した文は安永七年（一七七八）の事件を語ったものだが、引用文につづいて「七十をこえていながら宗哲の老顔は血色があざやかに浮き出し、音声が澄み通ってきこえる」。池波小説で「三十をこえた……」とあったら「三十一歳」、「五十をこえた」は「五十一歳」とおもってまず間ちがいないから、馴れた読み手なら、「御老中暗殺」で「七十をこえて……」を目にした瞬間に、

「ははーん。宗哲先生は七十一歳におなりだな」
と、合点したはず。

【小兵衛の至言8】　金銭哲学

「いまの世の金のちからは万能ということじゃ（略）……小判はこころ強い、たのもしい。その、たのもしさを一枚二枚と数えるのじゃもの。他人は死んでもおのれは死なぬ気にもなろうではないか」（略）
「じゃがの、わしは、さいわいに医者であった。おかげで、人間の寿命についてては、いやになるほど知りつくし、わきまえている」
「はあ……」
「そこで或《あ》る夜。ためこんだ小判を、いつものように数えているうち、ああ、こんなことして何がおもしろいのか……と、こうおもうた。小判を数えているうちに死んでしまうわな。二十年三十年なぞ、あっという間じゃ」

こう、自説を開陳した小川宗哲が小兵衛に、いう。　2巻「不二楼・蘭の間」p264　新装p289

「けれど、あんたは金を手に入れるのもうまいが、つかうのもうまい。つかうための金じゃということを知っていなさる……」　同p263　新装p288

宗哲の口を借りて、小兵衛の金銭哲学が語られたとみてよかろう。たしかに『剣客商売』と、いかにも剣術をたくみに使った錬金術ふうの題名になってはいるが、じっさいは小兵衛の金の散じ方を学ぶことで、社会的な評価を高めるテキストと観ずることもできる。

解答80　小川宗哲は二十年前から江戸に住みついたが、移住してきたのは、(b)上方から

「わしはな、二十年ほど前までは、上方で開業していた」

「いつぞや、うかがいました」

「そのころは、いくらでも金が入ってな」

「ははあ……」

「この医者という稼業《かぎょう》は、やり方しだいで、いくらでも金が儲《もう》かるのじゃよ」

「ははあ……」

「何も彼《か》も知っているくせに、小兵衛さん、惚《とぼ》けていなさる……」


2巻「不二楼・蘭の間」p263　新装　p287

上方といえば京都か大坂あたりでもあろうか。三十代、四十代のころの宗哲は、青年時代に長崎でまなびとった異国渡来の医術を駆使、上方で稼ぎに稼いで、女狂い、酒、博奕《ばくち》に注ぎこんだものだという。

江戸へ移り住んでからの宗哲は、門弟と女中だけで女っ気のない暮らしで、金よりも人望を優先させている。

宗哲を金に執着しない最右翼の仁とすると、最左翼は浅野幸右衛門ということになろうか。

解答81　縊死した幸右衛門が湯島天神下・同朋町（文京区湯島三丁目）の居宅とともに秋山小兵衛へ託した金額は、(b)ざっと千五百両

小兵衛へ当てた遺書には、貸付金のいっさいを無効とし、証文を焼き捨てたことが記されてあり、遺金千五百余両を、

「まことにもって御面倒ながら、なにとぞ、いかようにも御処分下されたく……」と、したためられていた。

6巻「金貸し幸右衛門」p232　新装 p254

この浅野幸右衛門、前身は武士で、三河・岡崎藩七万石の松平家の浪人。前妻と継妻・清に死なれ、菩提寺は白山《はくさん》前町（文京区白山五丁目）の現在《いま》はそこにはない道涼寺である。

『剣客商売』に登場する江戸とその近郊の神社は四十八社、寺院は百三十六寺（うち、道涼寺のように江戸後期の切絵図には載っているが現在はその場所にない寺は二十五、架空が二十四寺）。

ちなみに『鬼平犯科帳』では、神社六十七社、寺院二百八寺（うち、現在はその場所にないのが五十五寺、架空二十二寺）。

↗屋台は左手の脇門のあたりか。

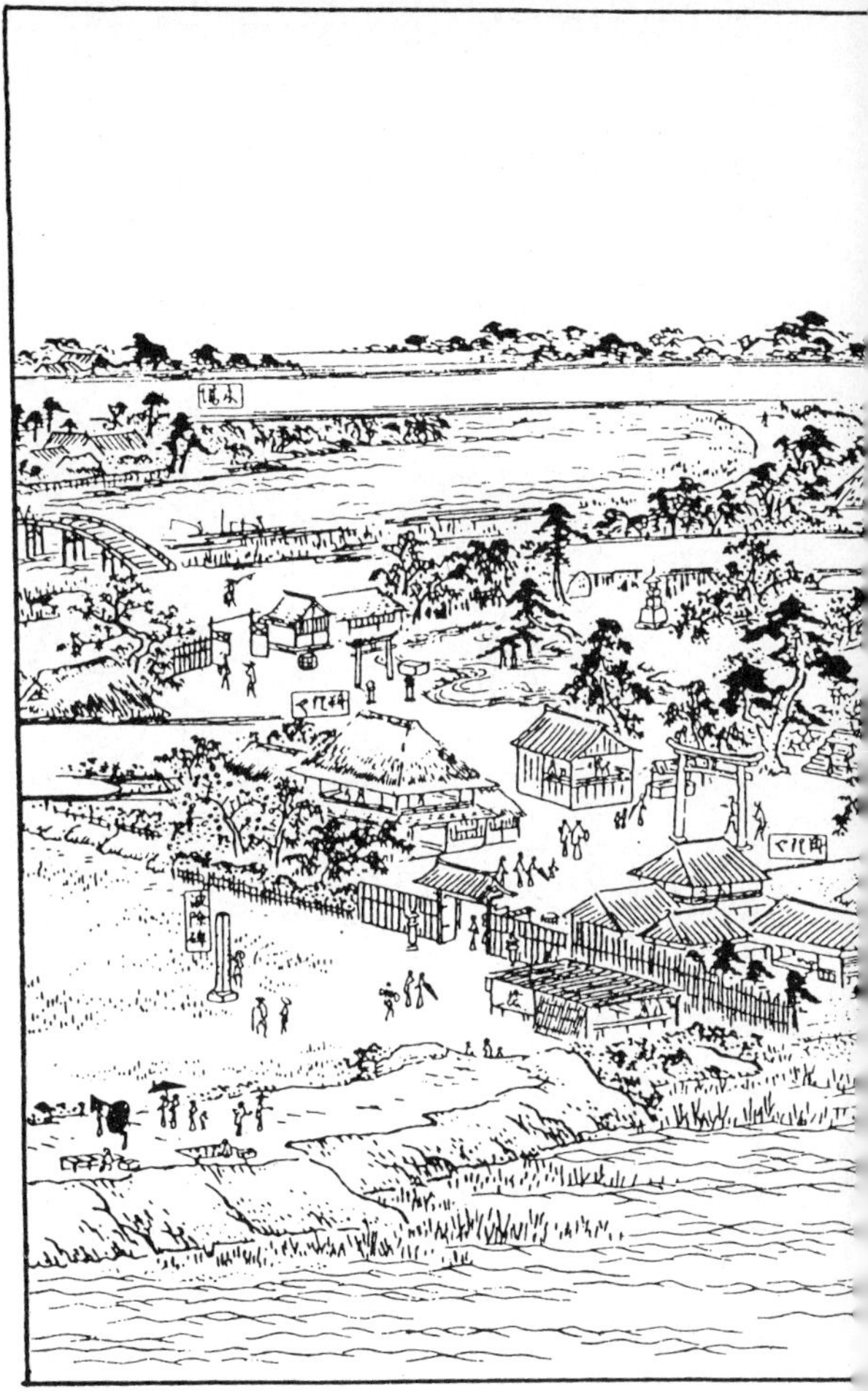

洲崎弁財天社（『江戸名所図会』）
境内の石垣を波が洗うほど、かつては海辺にあった。又六の鰻《うなぎ》の辻売り

『剣客商売』で寺院がもっとも多く登場する区は台東区である。四十七寺で全体の三分の一以上を占める。江戸の街衢《がいく》が整備されるにともなって幕府が寺院堂宇《どうう》を神田川の北へ移転・集中させたこともあろうが、浅草・下谷・谷中が物語の舞台となっている頻度が高いとかんがえるほうが当たっている。

解答82　辻売りの鰻屋をやっている又六が屋台を出しているのは、(c)江島橋ぎわの洲崎弁天社傍

又六は、いま、深川の洲崎弁天社の傍で、鰻の辻売りをやっているそうな。
2巻「悪い虫」p134　新装　p146

270～271ページの洲崎弁天社（江東区木場六―一三―一三）の景観を見ていただきたい。境内のすぐそばまで潮が寄せている往時の姿からは、海岸から一・五キロもへだたっている現状は想像の外でしかない。『江戸名所図会』からと断って、

この地は海岸にして佳景なり。ことさら弥生《やよい》の汐干《しおひ》には都下の貴賤《きせん》袖《そで》をつらねて真《ま》

砂《さご》の蛤《はまぐり》をさぐり、または楼船《ろうせん》を浮かべて妓婦《ぎふ》の絃歌《げんか》に興《きよう》をもよおすもありて、もっとも春色を添うるの一奇観たり
同　p148　新装　p161

潮が沖合まで引いて、砂洲に残された屋根舟から、弦に合わせた綺麗《きれい》どころの粋な歌声がきこえるようではないか。

池波さんは、境内の石垣を江戸前の波がしらが洗っているこの絵に魅《ひ》かれて、又六の屋台店をここへ置くことに決めたにちがいない。

が、境内には茶店や料理屋が櫛比《しっぴ》しているからうっかりその近くで商いをしてはどなられてしまう。画面左手の奥、屈曲した大横川へつらなっている木戸の傍らあたりでもあろうか。

いまでは高級な食べ物となっている「うなぎ」だが、小兵衛のすこし前までは

丸焼きにして豆油《たまり》やら山椒味噌《さんしよみそ》やらをつけ、はげしい労働をする人びとの口をよろこばせはしても、これが一つの料理として、上流・中流の口へ入るものではなかったという
同　p134　新装　p145

割《さ》いて適当な大きさに切って焼くという調理法が上方から伝わってきて、江戸でも食する人びとが増えた。小兵衛の時代からちょっとくだった『鬼平犯科帳』のころに座敷で注文すると一皿二百文だったとか。『剣客商売』の終りごろの池波さんは、一両を二十万円に換算していたから、幕府が決めた四千文が一両の相場でいうと一文は五十円。一皿二百文は一万円となる。

ついでに『剣客商売』で池波さんがしるしている換算率を列記すると、

巻	篇名	ページ	小説新潮	
2	「悲い虫」	136 新装148	一九七二年一一月号	五両＝五〜六十万円 一両＝十〜十二万円
2	「不二楼・蘭の間」	244 新装267	一九七三年　二月号	百両＝一千万円に相当 一両＝十万円
3	「深川十万坪」	270 新装296	一九七三年　九月号	二両＝二十万円に相当 一両＝十万円
5	「手裏剣お秀」	149 新装163	一九七四年　八月号	一分＝二万円 一両＝八万円

連載中の十八、九年間の日本はちょうど高度成長期からバブルの最中《さなか》でもあったから当初の一両＝十万円を、終りごろには一両＝二十万円へ貨幣価値を落として見積らなければならないほど、ひどい時代だったといえる。いや、それほど浮かれていたというべきかも。

＊一両は四分、一分は四朱、一朱は二百五十文、一貫は千文。

(a)万年橋南詰の霊雲寺門前で辻売りの鰻屋をやっていたのは、『鬼平犯科帳』15巻長篇「雲竜剣」の忠八である。

ついでにつけ足しておくと、深川を東西に貫流している小名木川のゆえんは〔うなぎ川〕がなまったものとの説もある。小名木川は、武田信玄の塩不足の故事に学んだ徳川家康が、千葉・行徳の塩をとどこおりなく江戸城へ船送できるように開鑿《かいさく》させたものである。

解答83　鰻の辻売りの又六は、4巻「鰻坊主」以降は深川島田町の裏長屋で母親と暮らしているが、初登場したときの住まいは、(a)平井新田

「てめえ、このところ、何処《どこ》へ消えてやがった。平井新田の小屋へおふくろを残

して、どこを、ほっつき歩いていやがったのだ」
大首の仁助が、青ぐろく浮腫《むく》んだ海坊主のような顔を、又六の前へ突き出して
そういった……
2巻「悪い虫」p152　新装 p166

平井新田だが、尾張屋板の切絵図にはこの地名はない。池波さんがいつも座右に置いて重宝していたのは近吾堂板だったとおもいいたり、その嘉永三年版「深川之内小名木ヨリ南之方一円」を開いてみると、あった。横川が木場の東南角から西へ曲流する東岸一帯――現在《いま》の江東区東陽三丁目から同二丁目へかけて〔営団地下鉄東西線［木場］駅出口1を出、沢海橋を東へわたった先〕だ。『江東区史』は明和二年（一七六五）から平井満右衛門が拡張し埋め立てたことによる命名とする。

又六がのちに越した先の島田町――これは尾張屋板にも記載されている。平井新田から五百メートルばかり西、現在の江東区木場二丁目。
(b)千田新田は切絵図に〔十万坪〕と書かれている新田。千田庄兵衛が拓いたための命名である。江東区千田と千石一、二、三丁目一円。庄兵衛が屋敷内に勧請した宇迦八幡宮（江東区千田一二―八）は別名・千田稲荷社ともよばれている。
(c)亀高新田は現在の江東区北砂四、七丁目あたり。亀高稲荷社は江東区北砂四―二

五。筆者が顧問をしている〔鬼平〕熱愛倶楽部《クラブ》が属する砂町文化センターに近い。

いまも、洲崎弁天《すさきべんてん》の橋のたもとで、鰻の辻売りをしている又六だが、この夏ごろに、平井新田の漁師小屋の荒屋《あばらや》から、老母のおみねと共に深川島田町の裏長屋へ移った。

4巻「鰻坊主」p239　新装p260

「この夏」とは、又六が秋山父子と知り合った翌年の安永八年（一七七九）の夏のことで、「鰻坊主」はその年の晩秋の事件である。

解答84　16巻「深川十万坪」で夫婦になる杉原道場主の秀と辻売りの鰻の又六とでは、(b)又六のほうが一歳齢上。

「深川十万坪」は天明四年（一七八四）の物語。又六は三十一歳、秀は三十歳。二人はいま流行《はや》りの〔できちゃった婚〕ではあるが、このところ珍しくはない〔姉《あね》さん女房〕ではなかった。

「先に手を出したのは自分だと、又六はいったが……」

いいさして、小兵衛は苦笑を洩《も》らし、

「わしは、ちがうとおもう」

「えっ。ま、まさか、お秀さんのほうからというのでは？」

「いや。秀から、どのようなかたちであったかは知らぬが、さそいの手を伸ばしたのじゃとおもう」

「あの、お秀さんが、まさか……」

「女だからといって、秀には男同様のところがある。秀は、又六より一つ下の三十歳だが、いつしか……さよう、この夏、皆川石見守《いわみのかみ》の一件（注・15巻）のことで、わしが共にはたらいてもらった。そのとき、いつしか秀は、又六を可愛《かわゆ》くおもうようになったのであろうよ」

p44　新装　p51

いっしょにはたらいていてできてしまった――現代でいえば同じプロジェクトに参加していてということであろうか、『鬼平犯科帳』の五郎蔵とおまさがそうだった。まあ、五郎蔵とおまさの例は、いっしょにはたらく以上のケースだった。張り込みで一つ屋根の下で一か月も寝食をともにしていたのだから、できないほうがおかしい。池波さんも又六と秀、五郎蔵とおまさのような……編集者同士のカップルを長い作家生活のなかで数多く身近に見てきたのであろう。

解答85　杉原秀が父親ゆずりの道場をかまえている品川台町、〔雉子の宮〕の社の傍の百姓家の一つを住居にしている池波小説のヒーローは、(b)藤枝梅安

鍼《はり》医者・藤枝梅安の家は、この雉子の宮の鳥居前の小川をへだてた南側にある。わら屋根の、ちょっと風雅な構えの小さな家で、こんもりとした木立にかこまれていた。

「おんなごろし」p12　新装　p13

『仕掛人・藤枝梅安』の連載がはじまったのは、『剣客商売』におくれること二か月——おなじ一九七二年の『小説現代』三月号の「おんなごろし」からだ。

だから、池波さんが『江戸名所図会』のこの絵に魅《み》せられたのは、梅安の住まいとしてのほうが早い。

同じ絵のなかへ梅安と杉原秀の二人を住まわせるほど、池波さんがこの絵を気に入った理由を推察すると、『図会』には長谷川雪旦《せったん》・雪堤《せってい》父子が描いた絵が六百六十余景収められている。うち、雪景色は〔雉子の宮〕をふくめてわずかに十景にすぎない

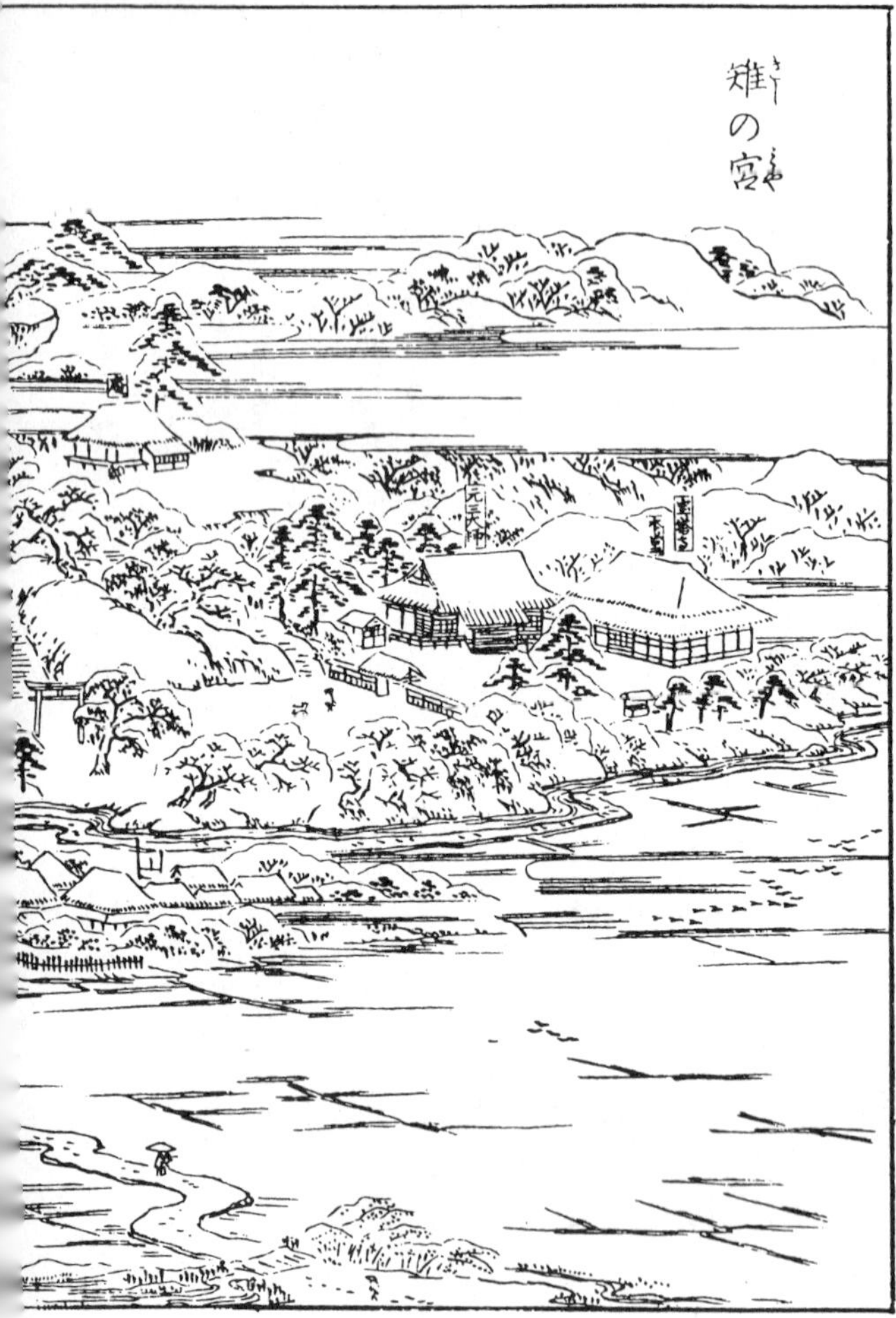

↗道を少し入った所に、杉原秀の剣術道場を置いた。別シリーズ藤枝梅安の居宅兼診療所は、中央の鳥居前、小川を渡った南側（手前）の村落の一軒。

雉の宮（『江戸名所図会』）
この雪景色に惹かれた池波さんは、丘上の社と道を隔てた西側（左手）の畑

（ちなみに雨のシーンは五景）。なかでも〔雉子の宮〕の雪景色は幽遠《ゆうえん》で滋味《じみ》ふかい。見飽きるということがない。

池波さんも恐らく目をとめるたびに、陽をうけてきらきらとかがやく雪のわら屋根、餌《え》をもとめて鋭く鳴く百舌《もず》の声などを聞いたことであろう。

解答86　杉原秀の剣の師は父親・左内だとして、別に会得した手裏剣の流派は、(b)根岸流

川井と木下が大刀をぬきはらって、秀へ殺到しかけた、その右腕へも、秀が投げつけた物が突き刺さった。（略）

秀が投げつけたのは、根岸流の手裏剣術で使う〔蹄《ひづめ》〕と称する小石ほどの鉄片であった。

5巻「手裏剣お秀」p143　新装 p157

池波さんもものの本で、根岸流の手裏剣術や〔蹄〕のことは十分に調べたろう。たしかに根岸流という手裏剣の流派は存在した。ただ、既出『武芸流派大事典』によると、流祖は上州・安中藩士の根岸松齢宣教《のぶのり》の曾祖父の根岸丈右衛門で、その技を

認められて寛政三年（一七九一）に民間から登用された、とある。

秀が生まれたのは宝暦五年（一七五五）、桑名藩を脱藩したときが十九歳（一七七三）、その数年前から手裏剣をならっていたとすると、根岸流が世に知られる二十数年も前ということになってしまう……。

右書の上梓は一九六九年五月、「手裏剣お秀」の発表は一九七四年『小説新潮』八月号。ただ右書は、出典を明記していないから、記述をそのまま信じるわけにもいくまい。
(a)根来流なら、秀吉の時代からの流派だからすんなりおさまるのだが……。

解答87　辻道場の同門で、秋山小兵衛がお貞と夫婦になる前からなにかと力になってくれていた、駿州・田中の在の郷士の出の仁は、(c)内山文太

……秋山小兵衛を合わせ、気心の知れた十名の高弟が、

「毎年の、この月、この日に寄り合おう」

と、約束をした。

このうちの六名が病死をしてしまい、一昨年からは四名になってしまった。

一は、秋山小兵衛。

一は、神谷新左衛門《かみやしんざえもん》（六十八歳）といって、六百石の旗本だが、家督を長男にゆずり、気楽な隠居の身だ。

一は、内山文太といい、駿河《するが》・田中在の郷士の出で、七十五歳の長命をたもち、ひとりむすめが市《いち》ケ谷《や》御門外の茶問屋〔井筒屋《いづつや》〕方へ嫁ぎ、後に老いた内山を引き取ったので、これも楽隠居の身である。

残る一人は、矢村孫次郎といい、四人の中では年下の四十三歳。孫次郎の亡父は信州・高遠《たかとお》の浪人だったというが、これこそ生涯《しょうがい》を剣客《けんかく》として生きるつもりらしく、妻もなければ子もない。


12巻「同門の酒」p180　新装　p198

剣の道とともに人の道をも極《きわ》めるべく、一つ道場でともに修行を積んだ者同士は、机をならべたクラスメート以上に親密で、ともに生死の境をくぐりぬけた戦友の心情に近いのではあるまいか。

会って酒でも入れれば、たちまち何十年の歳月が手品のようにふっとんで、おれ、貴様のあいだがらになってしまう。

なかでも小兵衛と内山文太のあいだはとりわけ濃密で、番外編『黒白』では祝言の世話から決闘の立会人まで頼まれている。小兵衛も宗哲に、こう、いっている。

「私と内山とは、この世の中で、もっとも長く親しんでまいっただけに、自分《おのれ》の半身《かたみ》のような気がしているのですよ、宗哲先生」

13巻「夕紅大川橋《おおかわばし》」p303　新装 p331

まさに心友《しんゆう》と呼ぶにふさわしい。

この内山文太の過去にかかわる物語が13巻「夕紅大川橋」である。友を亡《な》くした小兵衛の悲痛が橋上に結晶する。

(a)内山又平太は、1巻「まゆ墨の金ちゃん」に顔を見せる上州・沼田の浪人。

(b)内山弥五郎は、2巻「辻斬り」で、小兵衛に拐《かどわか》される永井家の家来。

「同門の酒」は、連載九年目にあたる昭和五十五年（一九八〇）の『小説新潮』五月号に、「夕紅大川橋」はそれから三年置いた昭和五十八年（一九八三）九月号に発表された。「黒白」はその間の昭和五十六年（一九八一）『週刊新潮』四月二十三日号から翌年十一月四日号に連載されている。

つまり、内山文太という剣友は、「同門の酒」と「夕紅大川橋」のあいだの「黒白」

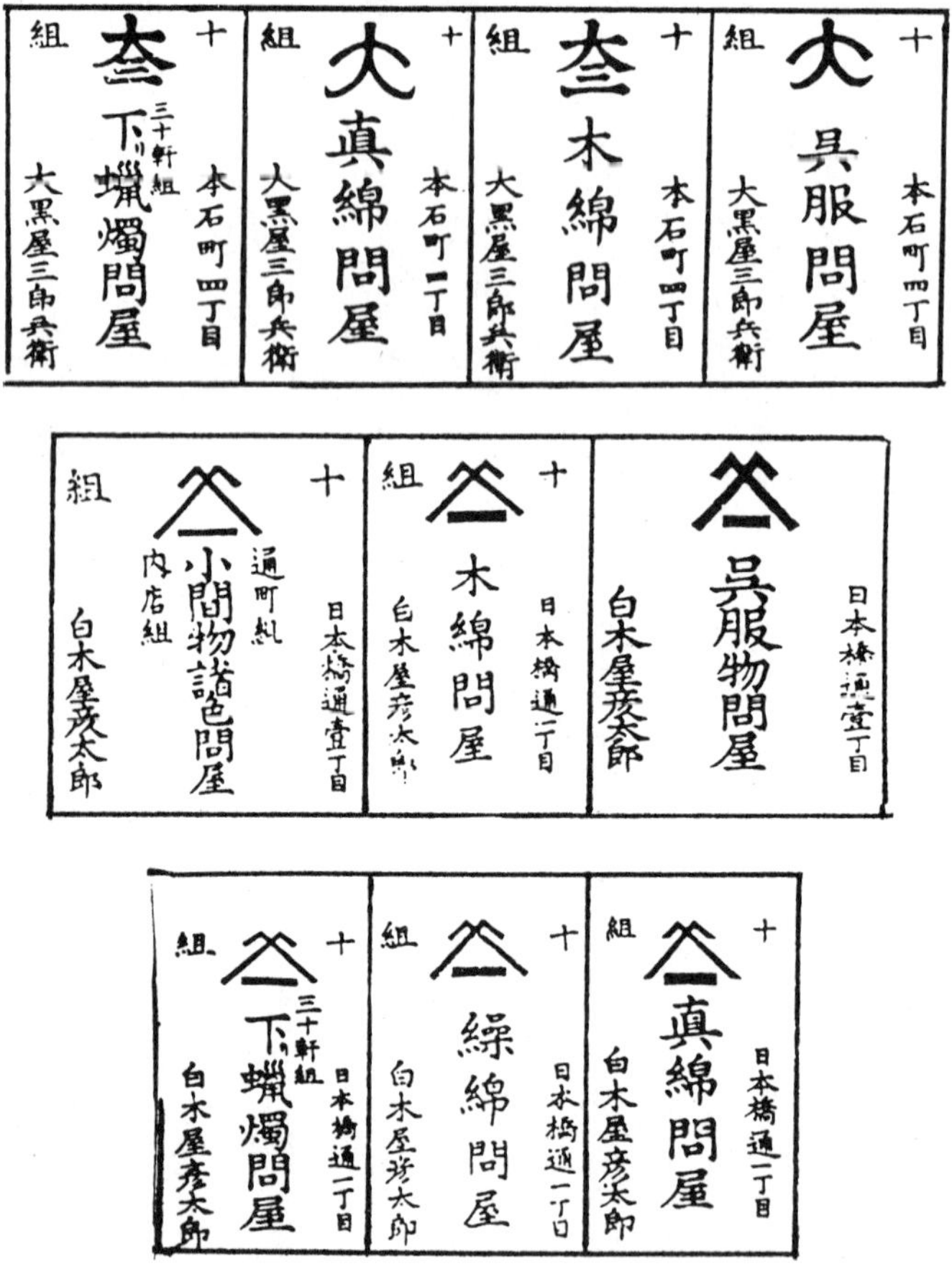

江戸中心部の真綿問屋は呉服問屋の一部門であることが多かった。(『江戸買物独案内』)より

で肉づけされた名脇役である。「まゆ墨の金ちゃん」や「辻斬り」などの『剣客商売』初期の段階では影もかたちも見せていなかったから、「内山」という苗字は簡単に使われた。

解答88　辻道場の同門で、千駄ケ谷の隠宅で暮らしている松崎助右衛門を支援してくれている妻の実家である日本橋通四丁目の大店は、(a)真綿問屋

助右衛門は肝ノ臓を病み、半年も病床に臥《ふ》したこともあって、ついに決意をし、剣客としての道を歩むことを断念したのだ。

その決意が、また別の新しい転機を生むことになったといえよう。

すなわち、兄の屋敷へ行儀見習いの奉公にあがっていたお幸《こう》というむすめと夫婦になったのである。

お幸は、日本橋通四丁目の真綿問屋〔大黒屋《だいこくや》彦五郎《ひこごろう》〕の次女で、助右衛門が大病中の看護にあたり、その間に、双方が、

（憎からず……）

おもうようになったらしい。

↗置いた。

仙寿院庭中（『江戸名所図会』）
池波さんは、左手の桜樹の先に小兵衛と同門・松崎助右衛門の隠宅を

二人が夫婦になるというので、お幸の父・大黒屋彦五郎は大よろこびとなり、

「助右衛門様の御静養によい場所を……」

と、新婚の家を千駄ケ谷へ建ててくれた。11巻「初孫命名」p106　新装　p116

富豪の〔大黒屋〕から一生、何もせずに暮らして行けるほどの金を分けてもらっている松崎助右衛門のことを、小兵衛は「まことに、うらやましい人よ」とかねがね洩らしている。

というわけで、お幸の実家は「真綿問屋」で正解なわけだが、じつは〔大黒屋〕の日本橋通四丁目という所在地にいささかひっかからないでもない。日本橋通といえば五街道の起点の日本橋から南へのびる、大店《おおだな》や高級店が軒をつらねている超一級の商圏である。そんな地価の高いところで「真綿問屋」のようないたずらに置き場所をとるばかりの業種がやっていけるだろうか。

池波さんが座右に置いている、江戸の問屋の名刺広告集『江戸買物独《ひとり》案内』の真綿問屋の項をたしかめてみた。なるほど、日本橋本石町四丁目の〔大黒屋〕三郎兵衛店と日本橋通一丁目の〔白木屋〕彦太郎店が並んでいる。この二店をないまぜにして、

日本橋通四丁目の真綿問屋〔大黒屋彦五郎〕

をこしらえあげたことはわかったが、これが『買物独案内』でよくはまる陥穽《おとしあな》の一つなのだ。

二千六百二十二枠ある問屋名鑑『買物独案内』は、問屋を業種別に分類・印刷している。だから真綿問屋のページだけを見ていると、〔大黒屋〕は真綿問屋専業とおもいこみがちだ。が、〔白木屋〕の本業は呉服問屋と知れている。真綿問屋は片手間の商いだ。

で、二千六百二十二枠を一枠ずつにばらして町別に集めなおしてみると、〔白木屋〕彦太郎店は呉服問屋のほかに、木綿問屋、小間物問屋、繰綿問屋、下《くだ》り蠟燭《ろうそく》問屋の項へも広告を出している。それぞれの部門に担当の番頭をあてていたのだろう。〔大黒屋〕三郎兵衛店も真綿問屋というより、呉服問屋、木綿問屋、下り蠟燭問屋を兼ねてい、主業は呉服問屋とするほうが正しい。

呉服問屋なら業種としては最上級だから、日本橋通や日本橋本石町に店を構えていられるのも道理だ。

いや、「初孫命名」のことをとやかくいっているのではない。江戸・日本橋かいわいの大店の商いの仕様《やりよう》をさぐってみたにすぎない。ついでにいうと、右のように『買物独案内』二千六百二十二枠の広告を町ごとに集めなおして兼業分を差し引いてみると、広告している店は『江戸学事典』（弘文堂）のいう二千六百二十二店ではなく、二千三百店余に減る。

松崎助右衛門が隠棲したころの「千駄ケ谷は、江戸の郊外といってよいほどの閑静な土地で……」とあるとおりで、助右衛門の居宅があったとおもわれるあたり——288～289ページの仙寿院（日蓮宗《にちれん》　渋谷区千駄ケ谷二—二四—一）の絵の左ページ奥に新日暮里《ひぐらしのさと》と注記されている。

日暮里は、JR日暮里《にっぽり》駅近辺の意である。当初の新堀《にいぼり》に日暮里の字をあて、小兵衛が辻道場で鍛練しているころから「ひぐらしのさと」と呼ぶようになったと『図会』はいう。「この辺の寺院の庭は、奇石を畳んで築山を設け、四季草木の花が絶えず、観賞に供している。なかんずく二月（現在《いま》の三月）の半ばからは酒亭、茶店の仮店がならんで、袖をつらねてやってくる貴人も庶民も春の日永《ひなが》をたっぷりとたのしむので、ひぐらしのさとと呼びならわすようになった」

で、千駄ケ谷は日暮里のミニ版というわけ。名所がひとつ生まれるとそのミニ版がいくつもできるのが世のならいで、それが商略というものだが、この場合は唯一無二のミニ版である。

池波さんも、288～289ページの仙寿院の絵のもつのどかさ、静謐《せいひつ》さに魅かれて松崎助右衛門の隠宅を置くのにふさわしい土地と観じた。あえて極論を吐くと、この絵を見ているうちに助右衛門のような性格の剣友が創られた。

もちろん、好んで火中の栗を拾いたがる小兵衛の住いには向かない。

【小兵衛の至言9】　女の嘘《うそ》は、女の本音

「わしだって、この年齢《とし》になって、まだ、女のことはちっともわからぬのさ」

「へへえ……？」

「うちのおはるのような女でも、ときどき、こいつ、肚《はら》の中で何を考えているのかと、おもうことがあるわえ」

「やっぱり……？」

「お前だって、女房のことをそうおもわぬか？」

「おもいますとも、おもいますとも」

「女の嘘は男の嘘と、まったくちがうものらしいのう」

「嘘を嘘ともおもわないのでございますからね」

「そのことよ。だから、女の嘘は、女の本音なのじゃ」

8巻「毒婦」p55　新装 p59

蛇足を加えるまでもあるまい。が、ひとつだけ。池波説——ではなかった、秋山小兵衛と〔元長〕長次の女の本音不明説を敷衍《ふえん》するみたいだが、女だって色ごとのことをのけると、男の肚《はら》の中がわからないのではあるまいか。

色ごとそのものは、まあ、むかしから単純だからほとんどの男女が相手の欲を読みきる。いや、大人の男女間のことは八、九割方が色ごとが基《もと》にある……といいきってしまえたが、女性の社会進出が当然になっている当今、男と女には色ごとぬきのあいだがらのことが八、九割にもなってきている。名手・小兵衛でも悩みはつきない。

十一章　目黒かいわい

↗いの屋根は池波さんの命名になる茶店〔七里屋〕のもの。

目黒川の太鼓橋（『江戸名所図会』）

橋の左詰のしる粉が名代の〔正月屋〕とわかる人は池波小説の常連。その向

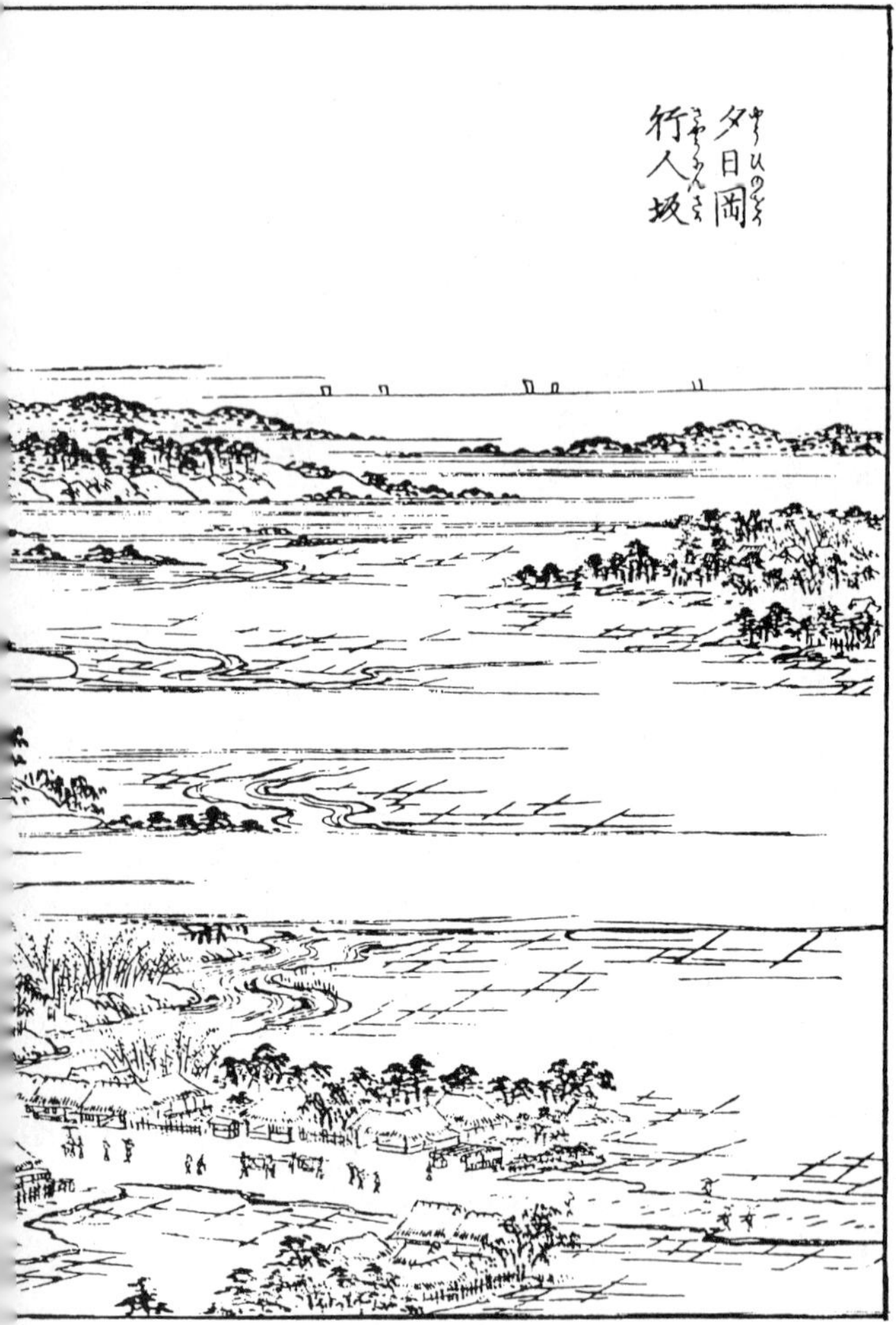

夕日岡 ゆふひのをか
行人坂 ぎやうにんざか

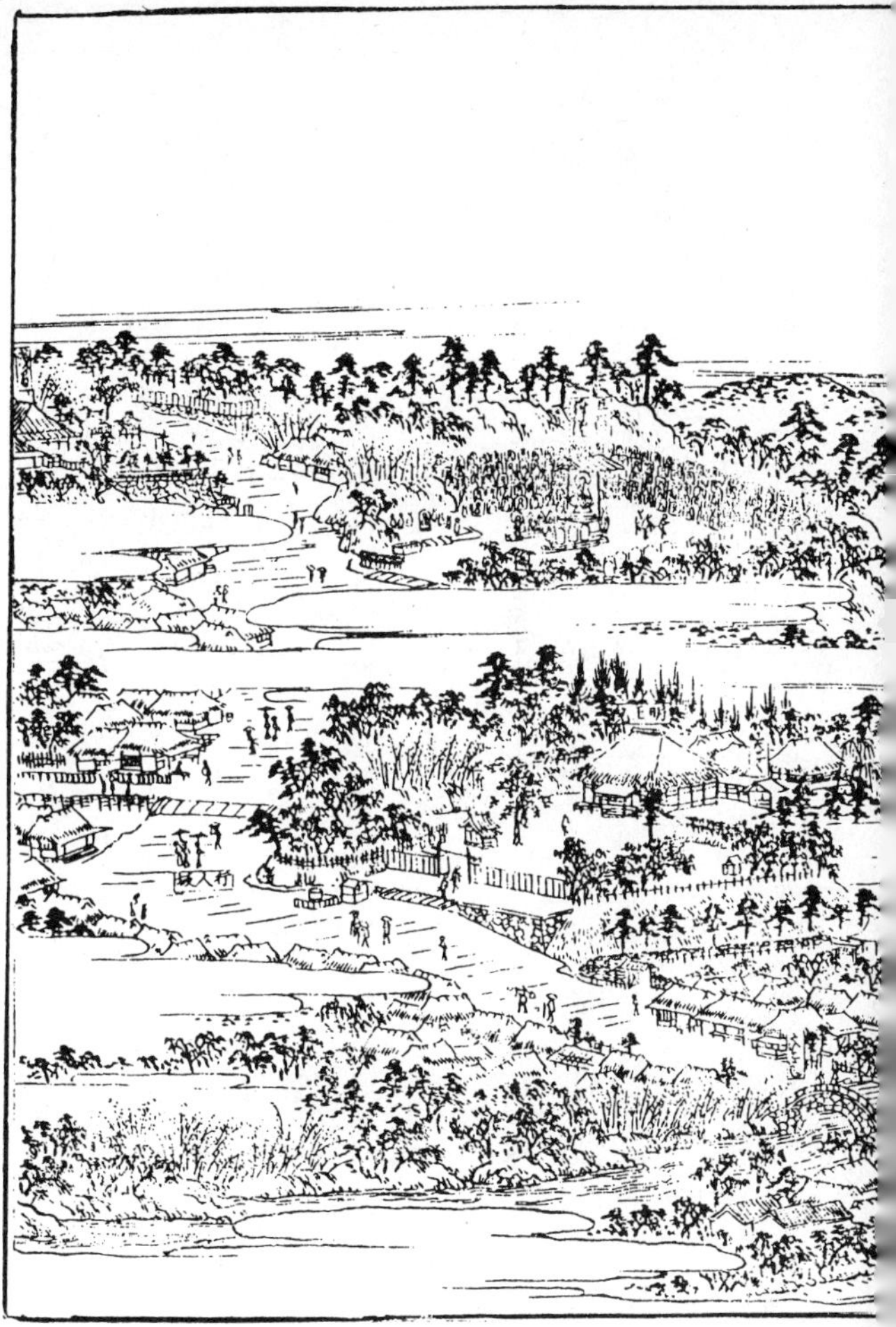

夕日岡　行人坂（『江戸名所図会』）

左上の坂が行人坂。中央下が太鼓橋。目黒不動堂へは道をさらに右へ行く。

鐘ケ淵の隠宅からたっぷり四里十丁（約十七キロメートル）、当時は江戸のはずれだった目黒かいわいが、『剣客商売』にも『鬼平犯科帳』にもおもいのほか頻繁に登場する。が、「池波正太郎と目黒」といった研究テーマになるほどのものではない。

池波さんの住まいの品川区荏原から目黒不動堂（滝泉寺　天台宗　目黒区下目黒三—二〇—二六）へは片道一キロメートル前後で、小説の構想を練りながらの散策コースのひとつ——それも主要コースだったという、しごく現実的な理由があったのだ。目黒不動堂コースの利点は、境内右手の奥庭の深い林へ入ると野鳥のさえずりのほかは聞こえなくなるので、雑念から解放され自然のうつろいを目や肌でたしかめることができた。

執筆前の散策の時間は池波さんには欠かせないもので、前夜（というより早朝）の就寝前にじっくりとながめておいた『名所図会《ずえ》』の絵なり切絵図なりの場所へ、執筆中の登場人物を立たせて、そこから彼らが勝手に動くのを追って行くための、仕込みのひと刻《とき》でもあったようだ。

そのためには、あまりコースを変えないほうが思念に没入したままで歩ける。もちろん気分を切り換えたい日にはコースをちがえて歩く。作品から推理して、目黒コースのほかに十以上の散策コースがあったとふんでいる。

問89（東京近辺に在住の読者へ質問）　秋山小兵衛の活躍半径は、火盗改メ長官・長谷川平蔵ほどには広くない。鐘ケ淵の隠宅へ落ちついてからの小兵衛が、もっとも遠出をしたのは？

(a)駒込上富士前町の住人で剣客の平内太兵衛を訪ねたとき
(b)旗本子弟の襲撃から杉原秀を護《まも》るために品川台町へ行ったとき
(c)剣友・牛堀九万之助と目黒不動堂へ参詣したとき

問90　目黒・行人坂《ぎょうにんざか》を太鼓橋の方、西へ下る坂の途中、左手の大円寺の境内にならんでいる石の五百羅漢《らかん》は、どの大火の犠牲者の霊を悼んで建立《こんりゅう》されたか。

(a)振袖火事　明暦三年（一六五七）一月十八日
(b)八百屋お七火事　天和二年（一六八二）十二月二十八日
(c)行人坂火事　明和九年（一七七二）二月二十九日

問91　12巻「同門の酒」で、恩師が京の山里へ去った二月十日に寄り合う左の仲間で、

目黒村の金毘羅《こんぴら》大権現の先の西感寺に身を寄せているのは、
(a)神谷新左衛門
(b)内山文太
(c)矢村孫次郎

解答89　鐘ケ淵の隠宅へ落ちついてからの秋山小兵衛が、もっとも遠出をしたのは、(c)剣友・牛堀九万之助と目黒不動堂へ参詣したとき　目黒不動堂は、行人坂をくだって太鼓橋をわたった四百メートルほど先方にある。

(b)では、行人坂下の太鼓橋ぎわの茶店〔七里屋〕で不逞《ふてい》なやからを見張った。『名所図会』で石造りの「太鼓橋」の左端に描かれ、しる粉で名高かった茶店が〔正月屋〕。この茶店は『黒白』にも登場するから絵をとくと鑑賞したい。

その向いに藁《わら》屋根だけ見せているのが〔七里屋〕である。屋号はもちろん池波さんの創作。

もう一景の「夕日岡《ゆうひがおか》・行人坂」は、視点を川上側において描いており、茶店〔正月屋〕は中央下の太鼓橋を向こうへわたった左詰の店。

茶店〔正月屋〕のように、『名所図会』に描かれた商舗《みせ》の看板の屋号を池波さんがきちんと読みとり、物語へ取りいれている例はほかにもある。2巻「妖怪・小雨坊」に出てくる「麻布一本松」長善寺の門前茶店〔ふじ岡〕（p235　新装　p257）がその一つ。ただし、長善寺は切絵図の誤字を池波さんがそのまま写した寺号で、長伝寺（浄土宗港区元麻布一―二―二）が正しいことが、現場へ行ってみるとわかる。

(a)駒込上富士前町は、目黒不動の半分ほどの道のり。

解答90　目黒・行人坂を下る途中、左手の大円寺の境内にならんでいる石の五百羅漢は、(c)行人坂火事　の犠牲者の霊を悼んで建立された。

行人坂を西へ下って行くと、左側に五百羅漢の石像がならんでいる。これは、すぐる明和の江戸大火に焼死した者の迷魂を弔わんがため、ある奇特《きどく》の人が建立したとかで、このあたりの名所の一つになった。

5巻「手裏剣お秀」p147　新装　p161

五百羅漢の群像は『名所図会』の絵のとおりに、現在も大円寺（天台宗延暦寺派目黒区下目黒一―八―五）の境内に鎮座している。池波さんとしても見なれた景色なので、さりげなく書き流している。「奇特の人が建立」といった経緯は、もしかすると住職・福田師から聞いたのかもしれない。

行人坂の火事は、火事騒ぎのどさくさにまぎれて盗みを働こうとして放火したものだが、折からの強風にあおられて火は予想外に大きく燃えひろがって江戸の半分近くを焼きつくす大火事となり、犠牲者も多く出た。

犯人は十八歳の長五郎真秀という不良小僧だった。ときの火盗改メの長官は、鬼平こと長谷川平蔵の父・宣雄《のぶお》。統率していたのは先手弓組の第七組。その配下の者が、町で高僧の衣装を着ているにもかかわらず汚れた裸足のかかとがひび割れている真秀に目をつけて逮捕。その論功行賞というわけでもないとはおもうが、長谷川宣雄は京都西町奉行へ栄転した。

行人坂の命名の由来は、大円寺に行人（修行者）の墳墓が多いことからもわかるように、このあたりに行人がかなり住んでいたことによる。

池波さんは、行人坂を下る途中の右手横町にあるとんかつ専門店〔とんき〕（目黒区下目黒一―一―二）によく通っていたから、行人坂も大円寺の五百羅漢もおなじみだったろう。

目黒駅近辺の食べ物屋というと、池波夫妻の行きつけだった蕎麦《そば》の〔一茶庵〕（品川区上大崎二—一四—三）を抜かすわけにはいくまい。しもた家風で、玄関の下足箱もなつかしい。

(a)振袖火事は、本郷・丸山の本妙寺（日蓮宗 明治四十五年［一九一二］に豊島区巣鴨五—三五—六へ移転。本妙寺坂の坂名のみが跡地の文京区本郷五丁目にのこっている）で、法会中に振袖に移った火から大火になったもの。

(b)お七火事は、避難所にあてられた寺で美形の寺小姓を見そめた十六歳のむすめ・お七が、火事になればまた会えると放火して大事にいたったとの説がもっぱらだが、火事場泥をねらう悪人にそそのかされたお七が放火したとの説もある。火刑になったお七の墓は円乗寺（文京区白山一—三四—六）にあり、いつの時代にも恋に狂った少女には憐憫《れんびん》が集まるらしく香華が絶えない。

問91 「同門の酒」で、恩師が京の山里へ去った二月十日に寄り合う仲間で、目黒村の金毘羅大権現の先の西感寺に身を寄せているのは、(c)矢村孫次郎

矢村孫次郎が身を寄せている西感寺は、目黒村の金毘羅大権現の少し先にあった。

12巻「同門の酒」p184 新装 p202

金毘羅大権現は明治初期に廃絶され、現在は、ない。

権之助坂を下って目黒川の新橋をわたり、そのまま直進して大鳥神社（目黒区下目黒三―一―二）の前もそのまま直進したゆるい坂に、金毘羅坂の坂名がのこっている。尾張屋板「目黒白金図」は坂の北側にあって五千坪（一万六千平方メートル）をゆうにこえる境内に〈金毘羅大権現〉と記しているが、じつは境内と社殿は曹洞宗の高幢《こう》寺《とう》のもので、金毘羅は境内の一端にあったにすぎない。しかし、「御城南鎮護神と称して奉《まつ》れり」と『名所図会』がいうとおりに、世人は主客を転倒させた尊敬ぶりであった。

池波さんは散策のおり、高幢寺跡地を日にとめながら、人間がおかした廃仏毀釈《はいぶつきしやく》というおろかしい行為を感じていたのではなかろうか。

金毘羅の先の西感寺は、もちろん架空寺。

(a)神谷新左衛門　六百石の旗本だが、家督を長男にゆずり、気楽な隠居の身。

12巻「同門の酒」p180　新装 p198

(b)内山文太　ひとりむすめが市ケ谷御門外の茶問屋〈井筒屋〉方へ嫁ぎ、後に老いた内山を引き取ったので、楽隠居の身。　同

せっかく目黒を散策しているのだから、『鬼平犯科帳』の木村忠吾と密偵・伊三次ファンへサービスしておこう。木村家の菩提寺で伊三次も葬られた黄檗《おうばく》宗の威得寺は、大鳥神社の二百メートルほど南、下目黒二―二三……東邦モータースのショールームのあたりにあったが、明治二十年（一八八七）に親寺の瑞聖寺（港区白金台三―二―一九）が合併したと、瑞聖寺の住職・古市師から伺ったと記憶している。

十二章　料理と菓子まわり

池波さんの料理通には定評がある。一読したあと、食べ物のところを拾い読みして歩く美食家はたくさんいるし、池波さん行きつけの割烹《かっぽう》店や食べ物屋をめぐって舌のあと追いをしている知人も少なくない。

池波さんがもっとも通ったのは、千代田区外神田六丁目の〔花ぶさ〕だろう。店はかつての御成道《おなりみち》——いまの中央通りから一本西へ入った三組坂《みくみさか》下、というより練成《れんせい》中学の校門前にある（校名は近くにあった練塀町《ねりべいちょう》と御成道を会わせたものだそうな）。

こじんまりしたしもた屋風の店がまえが池波さん好みをしのばせる。二階、三階は座敷、一階が調理場と向かいあった十席たらずのカウンター。入口側三席の右端が池波シートだった。そこは料理長にもっとも近く、会話を交わすのに都合がいい。

池波さんの料理についてのうんちくの何割かは、〔花ぶさ〕の料理長とのやりとりから生まれたのだろう。池波さんが江戸期の料理書を集めていたことや愛読していたことも、自分で包丁をにぎることもしばしばだったことも承知の上での推測だが。

季節感を添えるために料理の描写を挿入しているとある対談で池波さんが洩らしていた。たしかに旬《しゅん》の食材《もの》がよく出てくる。が、それだけでは読者の味覚を刺激することはできない。

いつになく烈《はげ》しい小兵衛の語気に、秋茄子《なすび》へ水芥子《がらし》をあしらった味噌汁《みそしる》をはこんであらわれたおはるが、目をみはって……　2巻「辻斬り」p55　新装　p59

ふつうの作家が「秋茄子の味噌汁」ですますところを、池波小説では「秋茄子へ水芥子をあしらった味噌汁」となる。文字どおりに香辛料《からし》がきいているから食欲をそそられるのだ。

根岸の三冬の寮で老僕・嘉助《かすけ》が仕度したものにしても、そう。

豆腐汁に鮒《ふな》の甘露煮《かんろに》だけの簡素な膳《ぜん》であったが、嘉助は香の物の沢庵《たくあん》を薄打《うすうち》にし、これへ生姜《しょうが》の汁をしぼりかけたものを出した。　2巻「三冬の乳房」p174　新装　p190

「生姜の汁」がしぼりかけられていなければ、沢庵なんてわざわざ書きとめることもない香の物の小皿である。

いや、『剣客商売』の脇役《わきやく》たちはだれもかれも、みごとな香辛料遣《つか》いである。3巻

「深川十万坪」の力持ち・おせきばあさんも、しかり……。

膳の上のまっ白な布巾《ふきん》を取りはらうと、胡瓜《きゅうり》もみに、串刺《くしざ》しの手長蝦《てながえび》を味醂《みりん》醤油《じょうゆ》の付焼《つけやき》にしたものなどがならべられていた。（略）

冷酒をすすり、手長蝦の付焼を口へ入れてみて、

「む、こりゃあ……」

おもわず小兵衛が感嘆の声を発したのは、粉山椒《こなざんしょ》がふりかけてあったからだ。

p272 新装 p298

粉山椒の刺激的な香りが、読み手の鼻にもつーんとくる。

【小兵衛の至言10】　幼いときによく口にしたものの味

「大治郎、人間はな、幼いときに口にしたものの味は、生涯《しょうがい》忘れぬものよ。わかりきったことだわえ」

5巻「白い鬼」p64 新装 p70

〔白い鬼〕こと妖剣をつかう金子伊太郎が、朱塗りの容物《いれもの》へくろい太打ちの冷たい蕎麦《そば》をこんもりと盛って出す芝神明前の蕎麦屋〔上州屋〕へ惹《ひ》きつけられているのを見破ったときの小兵衛の言葉である。

妖剣士・金子伊太郎は上州・沼田で、生母が汁《つゆ》に生姜を搾《しぼ》ってたらした、その香りがただよう蕎麦が忘れられなかった。それで小兵衛の刀の露《つゆ》と消える羽目になった。

が、引用文には二文字がぬけている。「幼いときによ、、く口にしたものの味」の「よく」が、それ。反復が記憶を永く保存させる。

筆者は少年期のほとんどを鳥取市で育った。冬になると母が、地元で〔親蟹《おやがに》〕とよんでいた小ぶりの蟹をしばしば食膳へのせてくれた。腹に暗紅色のぶつぶつの卵をいっぱいかかえているのを、手とあごを茹《ゆ》で汁で汚しながら、歯でこそげて食べた。小ぶりの数の子みたいな歯ごたえと味で、咀嚼《そしやく》できたのかどうかもわからないままに嚥下《のみくだ》す。

ときどき金沢あたりからその〔親蟹〕をいただくが、東京育ちの家人は食べないのをいいことに、筆者ひとりが懐古にひたりつつ平らげながら、（つぎの冬には

〔親蟹〕を賞味する旅に出よう〕とおもってしまう。
客を招く前にその仁《じん》が幼いころによく食べていたものを聞き出しておくというのも、もてなしのコツであろう。

問92　江戸の人びとが一年のうちのある一定期間、蛤《はまぐり》や浅蜊《あさり》を口にしなかったのは？

(a)三月三日の雛《ひな》祭から中秋八月十五日まで
(b)寒《かん》の入り（十二月）から立春（一月）まで
(c)夏の土用丑《どようのうし》の日（六月）から冬の土用丑の日（十一月）まで
（月は、いずれも陰暦）

問93　小兵衛は〔浅蜊飯〕が好きだが、その〔浅蜊飯〕は？（複数解答可）

(a)浅蜊の剝身《むきみ》を煮立てた汁で飯を炊《た》きあげ、引き上げておいた浅蜊を飯にまぜる。食べるときはもみ海苔《のり》をふりかける
(b)浅蜊の剝身を煮立てた汁で飯を炊きあげ、引き上げておいた浅蜊を炊きたての飯の上にのせる

(c)浅蜊の剝身と葱《ねぎ》の五分切を、薄味の出汁《だしじる》もたっぷりに煮て、汁もろとも炊きたての飯へぶっかける

問94　左の〔鴨飯《かもめし》〕のつくり方のうち、大治郎が新妻・三冬に食べさせたのは？

(a)鴨の肉を卸《おろ》し、脂皮を煎《せん》じ、その湯で飯を炊き、鴨肉はこそげて叩《たた》き、酒と醬油で味をつけ、これを熱い飯にかけ、きざんだ芹《せり》をふりかける

(b)鴨の肉へ塩を振り、鉄鍋《てつなべ》で煎《い》りつけてから、これを薄く小さく切り分ける。鉢《はち》に生卵を五つほど割り入れ、醬油《しょうゆ》と酒を少々ふりこみ、中へ煎鴨の肉を入れてかきまぜておき、これを熱い飯の上から、たっぷりとかけまわす

問95　小兵衛流の〔鮒飯《ふなめし》〕のつくり方は？

(a)内臓と鱗《うろこ》を除いた鮒をみじんにたたき、胡麻《ごま》の油で煠《いた》め、酒と醬油で仕立てたものを、熱い飯にたっぷりとかけまわす

(b)内臓と鱗を除いた鮒をみじんにたたき、胡麻の油で煠め、酒と醬油で仕立てたものを、飯とまぜあわせる

(c)内臓と鱗を除いた鮒をみじんにたたき、胡麻の油で煠め、酒と醬油で仕立てた

もののの上へ、飯をのっける

問96　小兵衛は無類の豆腐好きを自認している。夏、おはるが一日に贖《あがな》う豆腐の量は？

(a)四丁
(b)五丁
(c)六丁

問97　薄目の出汁を、たっぷりと張った鉄鍋の中へ、大根を切り入れ、ふつふつと煮えたぎったところで小皿にとり、粉山椒をふって食べて、「こりゃあ、うまい」と嘆声を発したのは？

(a)四谷の弥七
(b)剣客・平内太兵衛
(c)佐々木三冬

問98　15巻「二十番斬り」で小梅村の皆川石見守《いわみのかみ》・下屋敷へ斬り込みに行く小兵衛の

ために、杉原秀《すぎはらひで》がつくった朝食は？
(a)豆茶飯《まめちゃ》
(b)鶏肉と葱を叩きこんだ雑炊《ぞうすい》
(c)白粥《しらがゆ》

問99　秋山小兵衛宅の買いおきの茶受けが両国・米沢町の菓子舗《みせ》〔京桝屋《きょうますや》〕の〔嵯峨《さが》落雁《らくがん》〕であることを知っていて、手みやげとして持参したのは？
(a)道場主・牛堀九万之助
(b)田沼家用人・生島次郎太夫
(c)料理屋〔不二楼〕主人・与兵衛

問100（ちょっと意地の悪い設問だがあしからず）　杉原秀の道場を訪ねた秋山大治郎は、ついでだからと目黒不動へ足をのばして参詣をすませ、家の者が好物だからと門前の〔桐屋〕で〔目黒飴《あめ》〕を贖う。この飴が好物なのは誰？（複数解答可）
(a)三冬
(b)おはる

(c)小兵衛

問101　目黒不動・裏門前の料理屋〔伊勢虎〕の名代は、夏は〔鮎飯〕だが、春は？
(a)筍《たけのこ》飯
(b)桜飯
(c)菜の花飯

解答92　江戸の人びとが一年のうちのある一定期間、蛤や浅蜊を口にしなかったのは、
(a)三月三日の雛祭から中秋八月十五日まで

又六が二つの笊《ざる》にもりわけた見事な蛤をさし出した。

「おお、久しぶりじゃな、蛤は……」

小兵衛がそういったのは、三月三日の雛節句から仲秋八月十五日まで、江戸の人びとは蛤、浅蜊を口にしない。それは、春から夏にかけてが、この貝類の産卵期にあたるからだ。現代では、食物に対する人間の、そうしたこころづかいが絶えて久しい。

4巻「鰻坊主」p235　新装　p257

ベルギーで名物のムール貝を食べたとき、綴りにeとrが入っている月はいいが、入っていない月に食べると食あたりをもたらすといわれ、あわててフランス語の会話本をたしかめた。一月janvierジャンヴィエ、二月fevrierフェヴリエ、九月septembreセプタンブル、十月octobreオクトーブル、十一月novembreノヴェンブル、十二月decembreデサンブル……みごとに江戸人のこころづかいと一致していた。

解答93　小兵衛は〔浅蜊飯〕が好きだが、その〔浅蜊飯〕は、(a)浅蜊の剝身を煮立てた汁で飯を炊きあげ、引き上げておいた浅蜊を飯にまぜる。食べるときはもみ海苔をふりかけるのと、(c)浅蜊の剝身と葱の五分切を、薄味の出汁もたっぷりに煮て、汁もろとも炊きたての飯へぶっかけたもの。

地元ではどちらも〔深川飯《ふかがわめし》〕とよんでいる。とりわけ(c)は、漁へ出た漁師たちが船の上でさっと調理して食べた。

おみねは夕餉《ゆうげ》の仕度にかかり、たちまちに大治郎へ膳を出した。

その仕度が、あまりに早かったので、大治郎は遠慮をする間とてなかった。

いま（注・晩秋）が旬の浅蜊の剝身と葱の五分切を、薄味の出汁《だし》もたっぷりと煮て、これを土鍋《どなべ》ごと持ち出して来たおみねは、汁もろともに炊きたての飯へかけて、大治郎へ出した。

深川の人びとは、これを「ぶっかけ」などとよぶ。

9巻「待ち伏せ」p33　新装　p35

江戸時代には深川の東の海で浅蜊がよくとれたので、朝、町々を「あさぁりむッきん……」と売り歩いた。「むッきん」とは剝身のことである。値も安かったので庶民が好んだ、とものの本にある。

おはるによると、〔浅蜊飯〕は小兵衛の好物のひとつらしい（13巻「消えた女」p50　新装　p54）。甲州育ちの小兵衛なのに味覚は江戸人なみなところがおもしろい。

解答94　左の〔鴨飯〕のつくり方のうち、大治郎が新妻・三冬に食べさせたのは、(b)鴨の肉へ塩を振り、鉄鍋で煎りつけてから、これを薄く小さく切り分ける。鉢に生卵を五つほど割り入れ、醤油と酒を少々ふりこみ、中へ煎鴨の肉を入れてかきまぜておき、これを熱い飯の上から、たっぷりとかけまわす

「三冬どの……」

「は、はい……」

「米が飯に変じましたかな？」

「だ、大丈夫……かと、おもいます」

「それは、たのしみ」（略）

「大治郎さまは、あの、このような料理を、いつの間に、おぼえられましたか？」

「料理などというものではありません。男どうしが寄りあつまってすることです。だれにでもできる」

6巻「川越中納言」p111　新装p121

米を飯へ変じさせるのにも汗だくの新妻というのも困りものといいたいが、「いまは、電気釜《がま》があるもんね」とやられそうだからやめておく。三冬のころは薪《まき》で炊いた。「はじめちょろちょろ、中ぱっぱ。赤子泣くとも蓋《ふた》とるな」なんて飯炊きの鉄則はもうとっくに死語になっている。
(a)鴨の肉を卸し、脂皮を煎じ、その湯で飯を炊き、鴨肉はこそげて叩き、酒と醤油で味をつけ、これを熱い飯にかけ、きざんだ芹をふりかける――これは、おはるの得意料理のひとつ。

2巻「老虎」p107　新装　p116

解答95　小兵衛流の〔鮒飯〕のつくり方は、(a)内臓と鱗を除いた鮒をみじんにたたき、胡麻の油で煠《いた》め、酒と醤油で仕立てたものを、熱い飯にたっぷりとかけまわして食べる。（5巻「手裏剣お秀」p122　新装　p134）

奥山益朗編『味覚辞典―日本料理―』（東京堂出版）は、〔鮒飯〕を岡山県南部の郷土料理としてそのつくり方を紹介している。胡麻の油でいためるところまでは池波流とほぼおなじ。それに出汁を加えて裏ごしし、いためた大根、にんじん、ごぼう、里芋を汁の中へいっしょに入れて味つけをし、セロリを入れて炊きたての飯にかける……と。

寒鮒を最高とするが、初春のヒワラがうまいとも。おはるの父親・岩五郎が鮒をとどけてきたのは旧暦二月だ。

解答96　小兵衛は無類の豆腐好きを自認している。夏、おはるが一日に贖う豆腐の量は、(a)四丁

寺嶋《てらじま》村の豆腐屋が毎朝の豆腐を届けに来た。

夏になると、小兵衛は朝から豆腐を食べるので、日に四丁の豆腐が要る。

井戸水でよくよく冷やした豆腐の上へ摩《す》り生姜をのせ、これに、醬油と酒を合わせたものへ胡麻の油を二、三滴落したものをかけまわして食べるのが、小兵衛の夏の好物であった。

その〔かけ汁〕の加減がむずかしくて、おはるは少女のころから小兵衛の許《もと》にいて、このかけ汁をこしらえてきたわけだが、このごろ、ようやく小兵衛の文句が出なくなった。

「剣術つかいは飲み食いの加減がうるさいねえ、三冬さま。おたくの若先生もそうですかね？」

などと、つい二、三日前に、隠宅へあらわれた三冬へ、おはるがいったものだ。

11巻「小判二十両」p284　新装　p313

俳優・田村高廣さん、割烹〔近藤〕の近藤文夫さんと筆者の三人でＮＨＫラジオで池波小説について話し合った。本番が終って田村さんが「私は朝、昼、晩の三度三度、豆腐です」といい、改めて細身の体型はそのせいかと見なおした。田村さんは池波作品への出演も多く、作家との交流も篤《あつ》かった。小兵衛の豆腐愛好は田村さんからの受けうりかもしれない。


昼すぎに、小兵衛がなじみの料亭、浅草・橋場《はしば》の〔不二楼《ふじろう》〕の料理人・長次が、

「先生が、お好きでござんすから……」

とどけてくれた蛤《はまぐり》を豆腐や葱《ねぎ》といっしょに今戸焼《いまどやき》の小鍋《こなべ》で煮ながら、小兵衛に食べさせようと、おはるはおもった。

2巻「妖怪・小雨坊」p204　新装　p223

四谷の弥七と小兵衛が、ひとしきり打ち合せをすませたのち、酒になった。

肴《さかな》は湯豆腐である。

土鍋《どなべ》に金杓子《じゃくし》で削《そ》ぎ入れた豆腐へ大根をきざんでかけまわしてあるのは、豆腐をやわらかく味よくするためで、煮出は焼干の鮎《あゆ》という、まことにぜいたくな湯豆腐だ。

7巻「大江戸ゆばり組」p224　新装　p245

さて……。よく冷えた豆腐に、これもよくできた〔かけ汁〕をかけまわしたのに、

焼茄子《やきなす》の味噌汁、瓜《うり》の雷干《かみなりぼ》しで、小兵衛は朝餉の膳につく。これでは手間がかかりすぎると文句のひとつもおはるからでるというもの。

秋山小兵衛は、

「ふ……」

微《かす》かに笑い、懐紙を出して血をぬぐい取ってから、切断された傘の柄を、ぽーんと庭へ放《ほう》り投げておいて、こういった。

「今日は妙に冷える。おはる。夕餉は、油揚《あげ》を入れた湯豆腐にしておくれ」

15巻「二十番斬り」p250　新装　p274

隠宅で小兵衛が食べた……というよりおはるがつくった豆腐料理だけを並べた。

解答97　薄目の出汁を、たっぷりと張った鉄鍋の中へ、大根を切り入れ、ふつふつと煮えたぎったところで小皿にとり、粉山椒をふって食べて、「こりゃあ、うまい」と嘆声を発したのは、(b)剣客・平内太兵衛　4巻「約束金二十両」p214　新装　p235
食べているのは、駒込上富士前町の裏側の百姓家にひとりで暮している剣客・平内太兵衛が、手みやげといって栗、つくね薯《いも》などとともに大風呂敷いっぱいに持参した大根である。その大根の味のように素朴で飾らない平内太兵衛の人柄に、小兵衛は親交の予感を深めている。

【一分間メモ14】　鰻の辻売り・又六の剣術修行

腹ちがいの兄に金をまきあげられている又六が大治郎に弟子入りしたとき、のぞきにきた小兵衛が、

又六の体を、ちょいちょいちょいと切った。

いや、ほんとうに切ったのである。

又六の厚い胸肉に二カ所、血が糸を引いてながれた。

「痛いか。これほどのことなら痛くはなかろう」

「う……」

又六が、必死の形相となった。

「鋭《えい》!!」

今度は、裂帛《れっぱく》の気合声を発した小兵衛が、すいと近寄り、ちょいちょいと切った。

2巻「悪い虫」p145　新装　p158

又六が不逞《ふてい》の兄をしりぞけるまでに強くなったこの鍛錬法、じつは池波小説ファンには初出ではない。「悪い虫」が書かれる七年前――『週刊文春』の一九六五年二月九日号から連載された剣客・杉虎之助が主人公の『その男』で、師・池本茂兵衛からまず試されたこの肌浅切りに出会っている（文春文庫は『その男 一』p122）。出どころをさがして剣術関連の本をあたってみてはいるが、まだお目にかかれない。ご存じの向きはご教示いただきたい。

解答98「二十番斬り」で小梅村の皆川石見守・下屋敷へ斬り込みに行く小兵衛のために、杉原秀がつくった朝食は、(c)白粥

朝餉は、杉原秀が仕度をした。
白粥である。

「うむ。何よりじゃ」

秋山小兵衛が、満足そうにうなずいた。

秀は、すぐれた剣客であった亡父・左内《さない》の血を受け、一刀流を遣うし、根岸流・手裏剣の名手だ。

ゆえに、真剣勝負の日の腹ごしらえについては、よくわきまえている。

秀がつくった白粥は、おはるのそれよりも薄目で、そのかわり、塩がきいていた。

15巻p213　新装p234

これは、水を多くして米から炊いた粥だろう。小兵衛のころ、関西風の朝粥や茶粥は冷や飯から再炊した。

(a)豆茶飯。蚕豆《そらまめ》をちょいと炒《い》りつけ、水に浸《つ》けて皮をむいたのを茶飯へ炊きこむ。

3巻「兎と熊」p195　新装p213

(b)鶏肉と葱を叩きこんだ雑炊。3巻「東海道・見付宿」（p40　新装p44）で、秋山大治郎が監禁されている浅田忠蔵を救出するべく、浅田道場門人の百姓たちをひきいて玉屋伊兵衛方へ乗りこむ前、腹ごしらえに食べた。

解答99　秋山小兵衛宅の買いおきの茶受けが両国・米沢町の菓子舗《みせ》〔京桝屋〕の〔嵯峨落雁〕であることを知っていて、手みやげとして持参したのは、(a)道場主・牛堀九万之助

牛堀九万之助は折にふれて、

「秋山さん。御機嫌《ごきげん》はいかがです?」

鐘《かね》ケ淵《ふち》の隠宅を訪ねてくれるのだ。

この夏も、

「暑中、いかがお過しかと存じて……」

と、小兵衛が大好物の両国米沢町〔京桝屋〕の銘菓〔嵯峨落雁〕を携え、見舞いに来てくれ、

「ほんに、牛堀先生は情のこまやかなお人ですねえ」

おはるが、つくづくといったものである。　8巻「狂乱」p111　新装 p121
おはるならずとも、相手方の趣味嗜好を記憶していて贈り物をたがえないほどに気づかいの行きとどいた仁《じん》というのは少ないものだ。また、そういう友人からはこちら

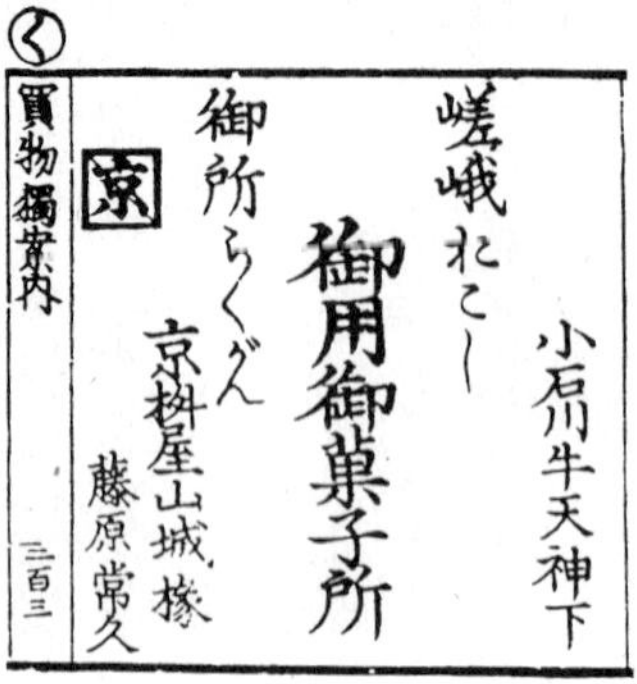
く

小石川牛天神下

嵯峨おこし

御用御菓子所

御所らくがん

京

京桝屋山城掾

藤原常久

買物獨案内

三百三

〔嵯峨落雁〕の出どころ
（『江戸買物独案内』）

が啓発される。小兵衛と牛堀九万之助の友情がだんだんにふくらんでいくのも納得できる。

〔京桝屋〕の〔嵯峨落雁〕だが、池波さんは手元の『江戸買物独《ひとり》案内』の広告からこの銘菓を創作した。すなわち小石川・牛天神（北野神社　文京区春日一—五—二）下の〔京桝屋〕では鐘ケ淵から遠すぎるので、これを米沢町へ移し、名代の〔嵯峨おこし〕と〔御所らくがん〕を合成して〔嵯峨落雁〕をつくり出した。この手の創作は池波さんの得意わざのひとつである。

解答100　杉原秀の道場を訪ねた秋山大治郎は、ついでだからと目黒不動へ足をのばして参詣をすませ、家の者が好物だからと門前の〔桐屋〕で〔目黒飴〕を贖う。この飴が好物なのは、(a)三冬、(b)おはる、(c)小兵衛、の全員。

設問は9巻「秘密」（p151　新装　p163）、

目黒不動の参詣をすませた秋山大治郎は、門前の〔桐屋〕で名物の〔目黒飴〕を二包み求めた。

妻の三冬と、義母おはるへの手みやげにするつもりだ。

からとったが、13巻「波紋」（p56　新装　p60）にも、

おはると三冬が好物の、目黒不動・門前の〔桐屋〕の黒飴を買って帰ろうとおもいつき……

とあり、二人とも好物であることは間ちがいないところ。問題は小兵衛。じつは5巻「手裏剣お秀」（p129　新装　p142）に、

秋山小兵衛は、目黒不動・門前の〔桐屋〕という店で売っている名物の黒飴が大好物だ。

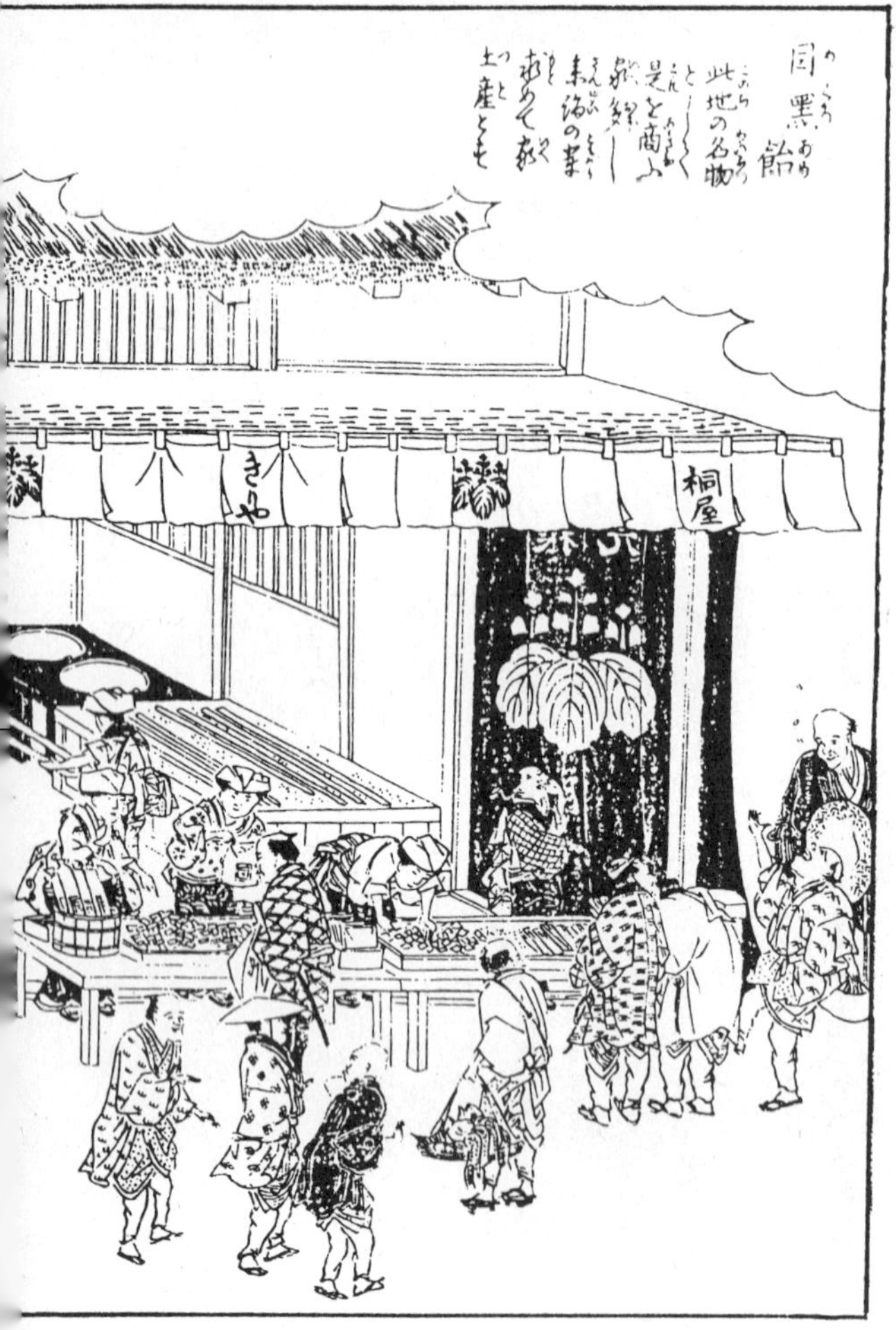

↗い。店先の品箱を見るかぎりでは白飴のようだが……。

目黒飴（『江戸名所図会』）
のれんに〔桐屋〕の屋号が読める。目黒不動堂の門前にあったが現在はな

これを読んだとき、〔小兵衛って両刀遣いなんだ〕とおぼえた。

余興に、池波さんの早とちりぶりを。『名所図会』の〔桐屋〕の絵に添えられた文を読むと「目黒飴　この地の名物としてこれを商う家多し。参詣の輩《ともがら》、求めて家土産《いえつと》とす」とあるだけで、〔黒飴〕とは書かれてなく、店前の台の上の箱に盛られている飴も白い。〔目黒飴〕だから黒飴だろうというのは池波さんのおもいこみ。もっとも現在は〔桐屋〕もほかの飴屋もなくなって売っていないから、黒飴であろうと白飴であろうと口にはできず、どちらでもいいのだが……。

意地悪な設問なので、無審査でどなたにも1点呈上。

解答101　目黒不動・裏門前の料理屋〔伊勢虎〕の名代は、夏は〔鮎飯〕だが、春は(a)筍飯

小兵衛も何度か客となっていたし、おはるも知っている。

竹林に包まれた奥座敷へ入り、春は目黒名物の筍、夏は鮎や鯉などで、ゆっくりと酒食をするのは、なかなかよいものだ……

11巻「小判二十両」p290　新装　p319

たしかに筍料理は目黒の名物にはちがいないが、孟宗竹が小兵衛のころに目黒にあったかどうか。資料は、三田・四国町の薩摩《さつま》屋敷の庭（現・NECビルの敷地）に植わっていた孟宗竹が珍しいと、幕府の廻漕《かいそう》ご用をつとめていた山路次郎兵衛（四代目）が寛政五年（一七九三）に鹿児島から数種の種竹をとり寄せて植えたのが最初だという。寛政五年といえば小兵衛は七十五歳、おはるは三十五。もちろん種竹を移植してすぐに筍料理が名物になるわけではない。ひろまりはじめたのは文政のころ（一八一八〜二九）のようだ。文政元年だと小兵衛はすでにこの世にいなかった。

池波さんは季節の使者として料理をあしらっているのだから、ま、こういう詮索はほどほどにして、〔伊勢虎〕で筍飯を、

「先生。これ、春の香ばしさだよう」

目を細めて食しているおはるの姿をおもい浮かべて喉を鳴らそう。

——最終採点——

お疲れさま。で、一問一点としての、結果は？

五十点以上……ご立派！　難関の田沼老中の部も入れてこれだけとれれば。でも、発奮して全巻再読する勇気が湧いたのでは？　そうしたあとでは、二十点アップはかたい。で、七十点の注釈へ。

六十点以上……一刀流六段を称してもいいのでは。不得意の分野を補強すればさらにランクアップできる。それとも周囲に『剣客商売』の新規の読み手を三人ふやしてこのクイズをやらしてみて、あなたは師範代の地位に就《つ》く。

七十点以上……無外流の型を十五はものしているといえる。高弟を自称してさしつかえない。もっとも、それには小兵衛流の料理のいくつかを自分でつくれないとならないが。いや、食べる側にまわってもかまわない。

八十点以上……辻道場の〔竜虎《りゅうこ》〕の一人があなただ。このうえは『江戸名所図会』の雪旦の絵を熟視すること。いっそ筆者の〔鬼平〕クラスにならい、『図会』の彩絵《ぬりえ》をやってみては？　筆者は彩絵流の道場主ではあるが、門弟の器量にあわせて個性をのばすように指導しているから安心して入門してよろしい。

九十点以上……信じられない。世の中にはかくれた名人がいるもんだねえ——と、小兵衛も嘆声をあげるはず。かくなる上は、新潮社にはすまないが、拙著『鬼平クイズ』（マガジンハウス）も試して、そちらも九十点以上なら、池波流の名人位を自称してよい。

百一点……ウソつきか、そうでなければ小兵衛の七十代、八十代の物語を書くか、池波さんが書きたがっていた捕物帳を書いても、ベストセラーにできる人だ。

四十九点以下……なんと、うらやましい。『剣客商売』を初《うぶ》な心でもう一度読む機会を持っている人なんだから。クイズの結果は忘れて『剣客商売』を再読すると人生がもっとたのしくなるはず。ほんと、うらやましい。

初出リスト

篇名	文庫	巻	小説新潮初出
女武芸者	剣客商売	1	1972（昭和47）年1月号
剣の誓約		1	1972（昭和47）年2月号
芸者変転		1	1972（昭和47）年3月号
井関道場・四天王		1	1972（昭和47）年4月号
雨の鈴鹿川		1	1972（昭和47）年5月号
まゆ墨の金ちゃん		1	1972（昭和47）年6月号
御老中毒殺		1	1972（昭和47）年7月号
鬼熊酒屋	辻斬り	2	1972（昭和47）年8月号
辻斬り		2	1972（昭和47）年9月号
老虎		2	1972（昭和47）年10月号
悪い虫		2	1972（昭和47）年11月号
三冬の乳房		2	1972（昭和47）年12月号
妖怪・小雨坊		2	1973（昭和48）年1月号
不二楼・蘭の間		2	1973（昭和48）年2月号
東海道・見付宿	陽炎の男	3	1973（昭和48）年3月号
赤い富士		3	1973（昭和48）年4月号
陽炎の男		3	1973（昭和48）年5月号
嘘の皮		3	1973（昭和48）年6月号
兎と熊		3	1973（昭和48）年7月号
婚礼の夜		3	1973（昭和48）年8月号
深川十万坪		3	1973（昭和48）年9月号
雷神	天魔	4	1973（昭和48）年10月号
箱根細工		4	1973（昭和48）年11月号
夫婦浪人		4	1973（昭和48）年12月号
天魔		4	1974（昭和49）年1月号

約束金二十両		4	1974（昭和49）年２月号
鰻坊主		4	1974（昭和49）年３月号
突発		4	1974（昭和49）年４月号
老僧狂乱		4	1974（昭和49）年５月号
白い鬼	白い鬼	5	1974（昭和49）年６月号
西村屋お小夜		5	1974（昭和49）年７月号
手裏剣お秀		5	1974（昭和49）年８月号
暗殺		5	1974（昭和49）年９月号
雨避け小兵衛		5	1974（昭和49）年10月号
三冬の縁談		5	1974（昭和49）年11月号
たのまれ男		5	1974（昭和49）年12月号
鷲鼻の武士	新妻	6	1975（昭和50）年７月号
品川お匙屋敷		6	1975（昭和50）年８月号
川越中納言		6	1975（昭和50）年９月号
新妻		6	1975（昭和50）年10月号
金貸し幸右衛門		6	1975（昭和50）年11月号
いのちの畳針		6	1975（昭和50）年12月号
道場破り		6	1976（昭和51）年１月号
春愁	隠れ簑	7	1976（昭和51）年２月号
徳どん、逃げろ		7	1976（昭和51）年３月号
隠れ簑		7	1976（昭和51）年４月号
梅雨の柚の花		7	1976（昭和51）年５月号
大江戸ゆばり組		7	1976（昭和51）年６月号
越後屋騒ぎ		7	1976（昭和51）年７月号
決闘・高田の馬場		7	1976（昭和51）年８月号
毒婦	狂乱	8	1976（昭和51）年９月号
狐雨		8	1976（昭和51）年10月号
狂乱		8	1976（昭和51）年11月号
仁三郎の顔		8	1976（昭和51）年12月号
女と男		8	1977（昭和52）年１月号

秋の炬燵		8	1977（昭和52）年２月号
待ち伏せ	待ち伏せ	9	1977（昭和52）年３月号
小さな茄子二つ		9	1977（昭和52）年４月号
或る日の小兵衛		9	1977（昭和52）年５月号
秘密		9	1977（昭和52）年６月号
討たれ庄三郎		9	1977（昭和52）年７月号
冬木立		9	1977（昭和52）年11月号
剣の命脈		9	1977（昭和52）年12月号
除夜の客	春の嵐	10	1978（昭和53）年１月号
寒頭巾		10	1978（昭和53）年２月号
善光寺・境内		10	1978（昭和53）年３月号
頭巾が襲う		10	1978（昭和53）年４月号
名残りの雪		10	1978（昭和53）年５月号
一橋控屋敷		10	1978（昭和53）年６月号
老の鶯		10	1978（昭和53）年７月号
剣の師弟	勝負	11	1978（昭和53）年12月号
勝負		11	1979（昭和54）年１月号
初孫命名		11	1979（昭和54）年３月号
その日の三冬		11	1979（昭和54）年４月号
時雨蕎麦		11	1979（昭和54）年６月号
助太刀		11	1979（昭和54）年８月号
小判二十両		11	1979（昭和54）年９月号
白い猫	十番斬り	12	1979（昭和54）年10月号
密通浪人		12	1980（昭和55）年２月号
浮寝鳥		12	1980（昭和55）年３月号
十番斬り		12	1980（昭和55）年４月号
同門の酒		12	1980（昭和55）年５月号
逃げる人		12	1980（昭和55）年６月号
罪ほろぼし		12	1980（昭和55）年７月号
消えた女	波紋	13	1981（昭和56）年２月号

波紋		13	1981（昭和56）年５月号
剣士変貌		13	1981（昭和56）年８月号
敵		13	1982（昭和57）年１月号
夕紅大川橋		13	1983（昭和58）年９月号
浪人・波川周蔵	暗殺者	14	1984（昭和59）年４月号
蘭の間・隠し部屋		14	1984（昭和59）年５月号
風花の朝		14	1984（昭和59）年６月号
頭巾の武士		14	1984（昭和59）年７月号
忍び返しの高い塀		14	1984（昭和59）年８月号
墓参の日		14	1984（昭和59）年９月号
血闘		14	1984（昭和59）年10月号
おたま	二十番斬り	15	1986（昭和61）年２月号
目眩の日		15	1987（昭和62）年４月号
皆川石見守屋敷		15	1987（昭和62）年５月号
誘拐		15	1987（昭和62）年６月号
その前夜		15	1987（昭和62）年７月号
流星		15	1987（昭和62）年８月号
卯の花腐し		15	1987（昭和62）年９月号
深川十万坪	浮沈	16	1989（平成１）年２月号
暗夜襲撃		16	1989（平成１）年３月号
浪人・伊丹又十郎		16	1989（平成１）年４月号
霜夜の雨		16	1989（平成１）年５月号
首		16	1989（平成１）年６月号
霞の剣		16	1989（平成１）年７月号

＊なお剣客商売番外編『黒白』収録の、以下の各篇は、『週刊新潮』1981（昭和56）年４月23日号から1982（昭和57）年11月４日号までに80回にわたって連載された。

有明行燈／蝙蝠／秋山小兵衛／雷雨／野火止・平林寺／白い蝶／桐屋の黒飴／秘密／浮寝鳥／旋風／除夜／霰／春雪／三条大橋

解説「まんぞく　まんぞく」

落合恵子

「歩かなきゃねえ。歩かなきゃ、だめだよ」池波正太郎さんはよくそうおっしゃっていた。

その頃わたしは、年に一度、池波さんとお目にかかる機会に恵まれていた。

毎年、春と呼ぶにはまだ肌寒いころ、秋山小兵衛《こへえ》の隠宅の庭に、白梅の蕾《つぼみ》がそろそろほころびはじめる季節だった。池波さんをはじめ、本書の著者、西尾忠久さんも選考委員をつとめられていた新聞社主催の映画広告コンテストに、ある年からわたしも参加することになった。

映画は好きだし、広告にも関心はある。けれど、なぜわたしが？　と不思議に思いつつも、あの鬼平の、梅安の、堀源太郎の、そして小兵衛や大治郎や三冬の生みの親……、池波さんとお目にかかれるのだという、実に単純な理由でお引き受けした。

実際、二時間ほどの選考会は楽しかったし、そこで交わされていた本筋とは関係のない、池波さんと西尾さんの会話。たとえばその日、池波さんがされていたマフラーの色や素材に関する話、まさに『男のこだわり図鑑』に収録したいような味わい深く、けれどさりげない会話を、ただただ聞き入る楽しみがあった。

「会」と名のつくものには反射的に拒否反応を示し、面倒、億劫《おっくう》と避けてしまう悪い癖があるわたしが、この会だけは楽しみにしていたひとつの理由は、そんなおふたりの会話にあった。

選考会のあと、池波さんは大手町から原宿や青山に出られることが多かった。帰路でもあったので、わたしも車に同乗させていただき、さらにその界隈《かいわい》の散歩にもおつきあいした。緊張して、カッチンカッチンにかたまったまま。

若者の街と呼ばれ、けれど表通りをそれると思いがけないところに三坪ほどの日常使いの器屋などがあるこの街を、池波さんは小一時間ほど散歩されるのが常だった。

終点は、わたしが主宰する子どもの本の専門店で、そこで池波さんはいつも二、三冊絵本を選ばれた。

さっと店に入り、書棚や平台をささっと見回し、「うむ、今年は、これ」と手にされたのが、クリス・ヴァン・オールズバーグの作品だったりした。絵本にはちょっとうるさいスタッフたちも、「さすが」と舌を巻いていた。

池波さんはまた、散歩の途中、いろいろなものに興味を示された。

ある年のこと。表参道沿いにおかれた大小様々な看板の中から、「あれ、なあに?」と指差したのが「睫《まつげ》パーマ」。

睫にパーマをかけて、ソリをよくすることではないかということぐらいしか知らないわたしが、もにょもにょと説明にもならない説明をしていると……、池波さんの関心はすでにエスニック風な喫茶店のドアにぶらさがった「ルイボスティ」の文字に飛んでいる。「どういうお茶?」

いまなら、活性酸素を抑えるお茶で、南アフリカ産、根っこが八メートルにもなるそうですよ、ということぐらいはお伝えできるのだが。当時は、またもや、もにょもにょ、カッチンである。

ご贔屓《ひいき》のコーヒー専門店で香り高いコーヒーをご馳走《ちそう》になり、「はい、お土産。おかあさんといっしょにね」揚げたてのカツサンドをいただいたこともある。

あのときも、もにょもにょとした口調で素っ気なくお礼を言うしかなかった。

あれから何度も白梅の季節を迎え、そして見送り、再びの白梅の季節の中で、本書を楽しんだ。

それにしても、知らないことが多すぎる。いったいわたしはどういう読み方をしていたのだ、と内心忸怩《じくじ》たる思いにとらわれるが、それがまた爽快《そうかい》だから、不思議なものだ。

おはるのたっての希望で、最初の設計図から広く変えられたのは……、「寝間だ!」。これは、解答のページを繰って、「よしよし、当たり」。西尾さんも紹介されているが、これは、小兵衛と弥七《やしち》の会話が面白くて覚えていたのだ。

「うむ。寝間をな、もう少し、広くしてくれと、おはるがいうものじゃから、いま、図面の手直しをしていたところじゃ」

「御寝間を、ひろく……」

「うむ、うむ」

「これは、どうも恐れいりましてございます」

「どうして、恐れいるのじゃ」

「これは、どうも……」

「妙な男よ」

この、実に酸《す》っぱいような、くすぐったいような小兵衛と弥七のやりとりを、池波さんはどんな顔して書いておられたのだろう。勝手に想像して、にたにたさせられたシーンである。

「あ、これはわかる」、「これは何だっけ？」と、ひとつひとつの問いに立ち止まり、解答をみて辿《たど》りつく、当たりと外れ。邪気のない喜びと、気持ちのいい無念さ。結局、朝まで満喫させていただいて……、まんぞく、まんぞく、である。

問題の採点は、ｏｈ！　四十九点以下。

……なんと、うらやましい。『剣客商売』を初《うぶ》な心でもう一度読む機会を持っている人なんだから。クイズの結果は忘れて『剣客商売』を再読すると人生がもっとたのしくなるはず。ほんと、うらやましい……。

と、著者を羨ましがらせてしまった。悔しいけど、ここでもまんぞく、まんぞく。

そういった意味では本書もまた、もうひとつの「歩き方」を指南してくれる本だと言えるかもしれない。作品の縁と淵を。ひとの心の揺れと沈みを。

と、書いてきて、不意に「明るい虚無」という言葉が心を過ぎる。不遜《ふそん》を承知で、思いきって言ってしまおう。池波さんがずっと見ておられたものは、そういったものではなかったろうか。

なんだか、そんな気がしてならない。誕生させた人物たちの心の底に流れていたものもまた。

いのちあるものは必ず無に還《かえ》るという、それだけは何人も抗《あらが》うことのできないこの世の「約束」。

その「約束」に常に素手で触れながら、池波さんは、かくも魅力的な物語を、数々の人物と人生を丹念に描き続けてこられたのではないだろうか。

それにしても、池波さんの描く女（男もそうだが）のなんと凜々《りり》しく、清々《すがすが》しいことか。自立と自律という自分との約束を心の奥に秘めて、向かい風に頤をあげる女像に、エールを送りたくなる。池波ワールドは女にはわかるまい、とおっしゃるかたがいるが、わたしの周囲には、池波ファンの女（それもラジカルフェミニスト）が少なくない。


朝がきた。

愛犬バースと散歩に行く時間だ。

池波さんのおたくには猫がいた。なにもかも存知ております、という風情をした猫だった。

そうだ、こんな朝の食事には、大治郎もよく飲んだ根深汁（ねぎの味噌《みそ》汁）がいい。

散歩から帰ったら、作ろう。昨夜の残りの鮪《まぐろ》の刺身は、醬油《しょうゆ》につけて軽く炙《あぶ》るのがいい。

（平成十五年一月、作家）

この作品は新潮文庫に書下ろされたものです。

剣客商売《けんかくしょうばい》101の謎《なぞ》

新潮文庫　い－17－50

平成十五年三月一日発行

著者　西《にし》尾《お》忠《ただ》久《ひさ》

発行者　佐藤隆信

発行所　株式会社 新潮社

郵便番号　一六二―八七一一
東京都新宿区矢来町七一
電話　編集部(〇三)三二六六―五四四〇
　　　読者係(〇三)三二六六―五一一一

価格はカバーに表示してあります。

乱丁・落丁本は、ご面倒ですが小社読者係宛ご送付ください。送料小社負担にてお取替えいたします。

印刷・錦明印刷株式会社　製本・錦明印刷株式会社

ISBN4-10-110121-3 C0195